U0604205

旧梦重温时

《长河文丛》……梁由之 主编

李辉——

著

九州出版社
JIUZHOUPRESS

图书在版编目（CIP）数据

旧梦重温时 / 李辉著. -- 北京 : 九州出版社,
2016.8
ISBN 978-7-5108-4569-7

Ⅰ．①旧… Ⅱ．①李… Ⅲ．①随笔－作品集－中国－
当代 Ⅳ．①I267.1

中国版本图书馆CIP数据核字(2016)第174009号

旧梦重温时

作　　者	李　辉	
出版发行	九州出版社	
责任编辑	李黎明	
封面设计	吕彦秋	
地　　址	北京市西城区阜外大街甲 35 号 （100037）	
发行电话	（010）68992190/3/5/6	
网　　址	www.jiuzhoupress.com	
电子信箱	jiuzhou@jiuzhoupress.com	
印　　刷	三河市东方印刷有限公司	
开　　本	880 毫米 ×1230 毫米　32 开	
印　　张	10	
字　　数	220 千字	
版　　次	2016 年 9 月第 1 版	
印　　次	2016 年 9 月第 1 次印刷	
书　　号	ISBN 978-7-5108-4569-7	
定　　价	45.00 元	

自序：
旧梦难去，重温在心

时间无情，带走诸多往事，人们还来不及细细打量，早已烟消云散，消弭于无形。该忘记的总会忘掉，人的一生，哪能带着那么多的往事压在身上负重前行？

有的往事，如果一旦与人的命运密切相关，却很难被历史遗忘。岁月中走过，多少人历经坎坷与磨难，对他们是刻骨铭心的记忆，对后人是审视历史的参照。

写作三十余年，结识不同领域的前辈，听他们的故事，读他们的文字，在字里行间走进时间深处。选入此书的随笔，从胡风、冯雪峰、巴金、萧乾、赵树理，到丁聪、吴冠中、王世襄、黄苗子、郁风等，所写人物的界别不同，遭际不同，但在一个大的时代格局里，各自命运的起伏跌宕与悲欢离合，相互映衬，让我在写作时，总是感到历史如此沉重。

所谓旧梦，在很大程度上就是人们不能忘却的噩梦。书中所写的这些人物，个别人被"文革"浩劫所吞噬，大部分则乐观、坚韧甚至委曲求全地挺了过来，从而他们才在人生的最后阶段，更加珍惜生命，珍惜文化创造的可能。

今天八月二十四日，五十年前，同一个日子，受尽屈辱的老舍，在北京太平湖度过了漫长的一天。他走进湖水之中，再也没有醒来。谁能想到，他的人生最后一页，竟会以这种方式惨然翻过。

又是许多年过去。书中我所熟悉的不少前辈，如今都已离我们远去。于是，我们只能在他们的往事中看历史如何艰难行进，同时，在一个容易淡忘的年代，我们反省，我们沉思。

旧梦难去，重温在心。

这是我们这代人注定的宿命。

二〇一六年八月二十四日，匆匆于北京

目　录

旧梦重温时

——"五七干校"的历史回望

一

我曾有过一次难忘的黑龙江之行。

从佳木斯出发，沿松花江、黑龙江、乌苏里江而行，直至兴凯湖。那是秋天收获的季节，三江平原上的北大荒一望无际，延伸着红的、黄的色彩，煞是壮观。比起在云贵高原，或者在江南水乡看到的大一块小一块的色彩分割，似乎这里才显出了大自然的恢宏气势。行走在这样的一片土地上，我强烈地感到了人可能永远只是大自然的一种点缀。

那次到北大荒是去采访农垦系统。大概和同行人的兴趣有所不同，从踏上那块人们早已熟悉的土地之日起，在感慨拓荒者的艰辛、伟大的同时，我就无法摆脱一种历史的追寻。我不能不一次又一次想象着我所认识的一些老前辈，他们当年作为"右派分子"被发配到这里之后如何度过难熬的时光。聂绀弩、刘尊棋、丁聪、吴祖光……从他们那里，我早已听到过不少发生在这里的各种各样的故事，但只有当自己呼吸到这里的空气，踩着他们流过汗水和泪水的土壤，历史的感受才会更为深切。

最让我震动的是在兴凯湖农场。

在去北大荒之前，我听歌唱家张权讲过，她的丈夫莫桂新在被打为北京音乐界的"大右派"之后，被发配至兴凯湖，很快就在那里死了。她不清楚真正的死因，即便都是"北大荒人"的朋友们，说法也不一致。我在兴凯湖农场住下之后，借来场志翻阅，只在上面看到一句简单的记载：1958年9月，因一种流行性传染病，大约有十多人去世。

我去那里还是在七八年前，场志中所讲的具体是什么病我已记不清，但所说的时间，正是莫桂新去世的时间，想必所记的十多人中就包括了他。可是，我从当地一位老农垦那里，又听到了另外一种说法。当莫桂新一行"右派"被发配到这里之后，负责管理他们伙食的管理员，从中克扣贪污，把他们的粮食拿去倒卖，使他们一直处于饥饿状态。后来这件事被在北京的家属反映上去，北京方面要派调查团来了解。于是，场方在调查团到来那天，立即改善伙食。这些长期饥饿难耐的人们，忘记了自己的肠胃已经变得十分脆弱，不能一下子承受过多的食物和油腻。他们拼命地吃。结果，几乎所有人都立即腹泻不止，直到肠胃病蔓延，不少人相继死去。莫桂新是他们中的一个。作为一个留学归来报效祖国的著名音乐指挥家，就在那样的环境中竟以这样一种方式走完了他的人生。

听了这个故事，我的心情久久被一种难以名状的沉郁和悲凉充溢。我想，回到北京之后，最好不将这样的传闻告诉张权，尽管它极可能就是事实的真相。事情已经过去三十年了，何必再以这样的传闻来刺痛她的心。

我把它一直埋在心底。最终我也不清楚张权生前是否知道了这个故事。

那次黑龙江之行，除了北大荒外没其他地方，而且从那之后，我也没再去过黑龙江。我想，现在再有机会到那里，我也许还会去一个对今天的人们来说是十分不著名的地方——庆安县柳河。我觉得，有聂绀弩这样一些人在北大荒作映衬，有莫桂新这样一种悲剧性命运作点染，在那个十分不著名的柳河诞生的十分著名的"五七干校"，一开始仿佛就无形之中具备了某种历史的延续。这样，当今天人们有机会重新回望这种"文革"产物时，便会觉得它在历史行程中的位置变得更加突出，对许许多多走进过干校的人来说，它所具备的意义，也从而会变得更加厚重起来。

从地图上看，庆安县离哈尔滨并不远，不过"柳河"这个地名就无法在分省地图上找到了。它实在太小了，以致连在地图上占据一个黑点的位置都没有。

对中国绝大多数人来说，柳河当然是一个陌生的地方。它之所以值得提起，是因为1968年5月7日，为纪念毛泽东的"五七指示"发表两周年，一座被命名为"五七干校"的农场首先出现在那里。在历史的卷宗里，它分明是一个门类必不可少的开篇。

翻开1968年10月5日的《人民日报》，便会看到一整版与柳河有关的文章。通栏标题是《柳河"五·七"干校为机关革命化提供了新的经验》。为这篇通讯加的编者按，传达了最新最高指示："广大干部下放劳动，这对干部是一种重新学习的极好机会，除老弱病残者外都应这样做。在职干部也应分批下放劳动。"由此，一个牵动千家万户的大迁徙开始了。

率先建立起来的柳河"五七干校"，被罩上了美丽的光环。五百名来自黑龙江省直属机关的干部，在这里似乎得到了灵魂的冶炼，以往无法解决的一切，几个月之间就迎刃而解。劳动成了万能，干校成为理想化的乐园。当一位老干部重新拿起几十年前的放羊鞭子后，不由得发出这样的感慨："天下还有多少放羊娃、穷苦人没有解放呵！我怎能革命胜利了就享清福呢？今天赶着羊群跋山涉水，越走离毛主席的革命路线越近，越走越觉毛主席亲。"

劳动、集体生活似乎具有特别的魅力，使得那些干部再也不愿意离去。他们有的把中学毕业的儿女带到了干校，有的主动要求把全家带到干校落户。究竟是确有此事，还是记者的妙笔生花，或者是根据政治需要所涂抹上的色彩，时过二十多年，已无法证实这篇通讯的真实性，即使访问柳河，那所干校肯定也已面目全非。

光环已经消失，当年影子是否尚存？

我想，最初创办这所干校的人们，很有可能仅仅是将此作为一种权宜之计，将大量闲置的干部集中起来学习、劳动，在短暂的间歇之后，就会匆匆告别田间。他们怎么会想到，一个本来是区域性的带有临时劳动性质的安排，在一个混乱的年代，被拔高到令万人仰望的高度，然后，迅即推及全国，并从此引发出一场历史性的"壮举"。

熟悉"文革"的人对这种典型的树立和意义的发掘应该不至于感到奇怪。那是一个典型和创造性层出不穷的时代，仿佛只要需要，就可以如同村姑在田野里挖野菜一样随意地找出典型，找出能够印证能够体现某一构想的范例。人们的创造性也似乎被激发到一个前所未有的境地，当知识被贬低时，当经济被抛弃一旁时，种种创造性的精力，也就自然而然集中在将运动不断深入、不断升华的动作之中。

"五七干校"对于干部和知识分子来说，无疑是大风暴之后的自然延续。当"对知识分子进行再教育"的思路必须付诸实施的时候，"柳河五七干校"应运而生，星罗棋布的干校应运而生。

　　刚刚经历过"文革"初期疾风暴雨冲刷的干部们、知识分子们，重又开始一个新的历程。是喜是忧，是苦是乐，是庄重是荒唐，是一种现实必然的选择，还是一种历史的随意之笔，恐怕谁都无法轻易地做出回答。而对此的描述、归纳，也不可能圆满。不管怎么说，"柳河五七干校"在历史的记载上会留下它的大名，大概是可以确定的；"五七干校"，一个涉及千家万户命运的大壮举，将成为永久的历史话题，大概也是可以确定的。

二

　　我曾设想，"文革"时发射上天的人造地球卫星，在它向大地发回悦耳的《东方红》乐曲声时，它在鸟瞰"文革"时期的中国大地时，也许会注意到，广袤的大地上，两股声势浩大的人群几乎一夜之间开始了它们的流动。

　　这两大人群一是上山下乡的知识青年，一是"五七干校"的"五七战士"。在1968年的冬天，人们怀着不同的心情，等待着他们在新的一年里开始涌动。

　　在柳河"五七干校"被树立为典型之后仅仅两个多月，《人民日报》12月22日发表了一篇著名的通讯《"我们也有两只手，不在城里吃闲饭！"》，报道了甘肃会宁县城市民和知识青年到农村安家落户的事情，从而向所有城市的知识青年发出了到农村去的号召。

两股人流由此而形成，开始以他们各自不同的方式、状态流动。尽管年龄不同，知识层面不同，在"文革"初期所处的身份所发挥的作用也不同，但在由城市向农村流动上，在通过劳动接受再教育途径和要求上，他们没有差别。

1969年"两报一刊"发表的社论《五四运动五十年》，是这样概述正在形成的这两股人流的：

毛主席在无产阶级文化大革命中，发出了对知识分子进行再教育的伟大号召。今天，广大红卫兵小将，知识青年和广大革命干部，正在积极响应毛主席的号召，走向农村，走向工厂，同工农兵相结合。

……

无产阶级文化大革命中，青年知识分子，红卫兵小将，立下了丰功伟绩，这是应当充分肯定的。但是，他们同样要走五四运动以来革命知识分子必走的道路——和工农兵相结合的道路。革命事业需要有尽可能多的知识分子参加，但是，许多知识分子往往表现出动摇性和革命不彻底性。知识分子的动摇性和革命不彻底性的弱点，只有在长期的革命斗争中，在和广大工农群众相结合的过程中，才能够得到克服。

到底因为什么原因、出于什么目的，把城市各个层次的干部和知识者下放到农村，这是历史学家和社会学家可以研究的课题。是城市里革命风暴难以平息时的救急方式？是解决城市人口就业难题的权宜之计？是出于改造知识者的革命选择？

历史便是这样将不同知识层的人纳入到相同的轨道。

有时我想，农村在中国似乎永远是一个巨大的空间，天生具有了容纳一切的功能。它以广袤的土地，以劳动的神圣，以海洋一般的农民，仿佛随时都可以成为一个巨大的搅拌机，把一切混合起来，让所有的烦恼和难题都消融其中。

无一例外地，两股人流将从大大小小的城市出发，向农村迁徙。作为现代文明标志的科学、知识、文化，则在迁徙的同时被视为一种负担一种羞愧而抛在身后；曾被看作文明发展新阶段的城市，同样被视为一个染缸一片污水而摈弃。农村、劳动、农民，被想象为理想王国，仿佛一旦走进那里，一接近他们，城市人、知识者所有的弊病所有的缺陷，都会予以更新，从而蜕变为 20 世纪崭新的人。

不错，谁都不应该脱离劳动，谁都不能忘记中国有着广袤的农村这一现实，但让人疑惑的是，在现代文明不断进入 20 世纪每个角落的时候，缘何一定要将农村、将体力劳动变为神话，仿佛只有那里才是纯洁灵魂冶炼灵魂的所在？难道在我们这样一个国度，在那样一个年代，这是唯一的、最好的选择？

只是到了一些年后，人们才发现这是对历史的嘲弄，而反过来，历史又毫不留情地嘲弄了我们。

三

有一个问题曾经萦绕于我脑海中：同样是迁徙的人流，但当磨难过去，当历史尘埃落定之后，我们看到从其中一股人流中，走出了一个个知青作家，知青文学由此而引人注目。即便到了 90 年代，这样的势头仍然不减，不少知青和知青作家，在新环境中仍然以新的状态发出对那段历史的感慨。可是，另外一股人流中，几乎没有走出新的作家，除了为数甚少的回忆录和散文之外，我们没有见到更多的以干校为背景的小说、电影、电视剧。几年中涉及千家万户的历史变动，仿佛没有在那股人流中激起多少浪花，仿佛一夜之间轰然而起的骚动，又在一夜之间趋于平静，趋于沉寂。

为什么？是那些"五七战士"已经失去了文学创作所需要的青春冲动？是因为各自在"文革"中角色的不同，使彼此对"再教育"有着不同的感受？还是因为年龄的差别而形成的人生体验，决定着他们面对现实的不同态度？

我相信答案不会是一个，甚至可能无法找到很确切的答案。不过对于我来说，询问本身就是思考的一种方式。它更是一条小径，通往历史深处。对于每个人，重要的不在于是否可以走到路的尽头（那似乎是不可能的），而在于以什么样的姿态开始这样一个行程。

带着这样的疑问，我回望着当年那些人群出征的时刻。

两股人流各自的告别场面是如此不同。

踏上上山下乡征途的第一批知识青年，他们中的大多数人，一开始未必意识到自己的社会角色的改变，他们的经历和经验，远不能让他们深刻理解上面社论中所说的含义。他们不会想到，他们这些"文革"初期的闯将，辉煌与荣耀即将或者已经成为过去，未来日子的政治舞台上，他们的身影不再会令人瞩目。到农村去，那里是一个能够大有作为的广阔天地，这样的号召和许诺，在最初的日子里，对他们仍然有相当大的诱惑和激发。于是，他们依然满怀豪情，依然有"革命舍我其谁"的壮志。

在这股人流的最初流动中，自愿踊跃报名的知青，占据着很大比例。似乎越遥远越艰苦，也就越有诱惑越有刺激。他们高举红旗高唱战歌意气风发，告别亲人告别城市的依依不舍，让位于开创新事业的伟大抱负。在这样的情形下，当然更不会有凄凄切切的"小资产阶级知识分子"的感伤，相反，还会有革命者的浪漫诗意。

对比之下，奔赴"五七干校"的出发场面，竟是如此地令人失望。也有红旗招展，也有标语飞扬，也有欢送的人群，但出发的人们绝对没有那些知青的豪情与抱负，自然也就没有了他们那种精神抖擞的状态。

不同于革命小将，"五七战士"中的大多数人，从"文革"一开始就成为革命的对象，或者大大小小的"走资派"，或者是"反动"学术权威等等。身份的不同、角色的不同，使得他们从一开始就得清楚奔赴"五七干校"对于他们所具备的意义。那里不过是城市里"牛棚"的延续，他们面临的仍然是没完没了的批斗、学习、劳动。在那里仍然需要夹着尾巴做人，仍然只能是接受改造，别无其他。在这样的现实面前，他们当然不会有知识青年那种浪漫情怀。

在一些部门，当领导各部门斗批改运动的人员向大家宣布建立"五七干校"的决定时，就已经毫不掩饰地把黯淡的前景一一描绘出来。在中国作家协会，在中国科学院哲学社会科学部（简称"学部"，今中国社会科学院），连最高指示所说的可以不去干校的"老弱病残"，也都同样被列入"五七战士"的行列之中。

一位作家回忆，当作协宣布所有人员都要下放干校时，军宣队一位政委讲话说："你们要明白，作协是砸烂单位，你们去的干校——文化部干校属于安置性质，你们就在那儿劳动，不要再幻想回北京来。能去的人，包括老弱病残家属小孩都去。

当然不愿去的，也可以找个地方投亲靠友，我们放行。"

另一位作家也这样谈到学部的情况："当时各地都是由上边下通知，被通知的同志不得不依照规定的日子和地点集合，下'五七干校'或插队落户。说下去是响应毛主席的号召，这只是表面文章，欺人之谈。你想不下去，能行么？各地的情况虽有差别，但是强迫下去是一致的。以社会科学院（前学部）为例，军代表宣布的精神三点：1.老弱病残全都要下去，走不动的用担架抬，一个不留，这叫做'连根拔'。2.革命群众下去是劳动锻炼，那些头上有帽子的，下去是劳动改造。3.那些有问题的人，我们劝告你们，别再痴心妄想回北京城了，北京城不需要你们这号人。"

在这样一种情形下，奔赴"五七干校"的出发场面，自然而然深深笼罩着一种凄清，一种感伤。当看到已过古稀之年的俞平伯，已过花甲之年的冰心、张天翼、陈翰伯等人走在下放劳动的队列之中，我想，稍稍有一些人道主义精神和正常心态的人们，是无论如何也不会产生出快乐或者豪迈的情绪。

杨绛便是以一种难以言说的沉重心情，去为钱钟书送行。这是一个令她难忘的历史场面。她看到下放人员整队而出，红旗开处，俞平伯夫妇领队当先。年逾七旬的老人，还像学龄儿童那样排着队，远赴干校上学，这一幕令她难以接受。杨绛看着心中不忍，抽身先退，她发现周围大家脸上都漠无表情。几年后，在那本著名的《干校六记》中她回忆了这一切。尽管她的笔调格外地简洁冷峻，但正因为如此，更让我们深深感受出文字之间渗透着的无奈和惆怅。

这该是对历史场景的一个真实记录。

或许可以说，两股人流出发场面和出征心情的强烈差别，从一开始就决定了他们未来日子里各自不同的发展轨迹。

四

在众多"五七干校"中，最让我关注的自然是设在湖北咸宁的文化部"五七干校"。

咸宁干校因位于向阳湖而又被称作"向阳湖干校"，它满员时曾容纳过六千多人。我不能断定它就是当时中国规模最大的"五七干校"，但可以肯定的是，中国历史上还没有任何一个时期，能够像它那样在一个小小天地里，以前所未有的方式容纳如此众多的中国文化界的翘楚精英。可以很容易地举出一个个值得关注的名字：冰心、沈从文、陈翰伯、冯雪峰、张天翼、郭小川、李季、萧乾、张光年、严文井、陈白尘……他们曾在20世纪中国的文化创造中表现出他们的才华和学识，如今，他们被一种无法抗拒的力量汇集到向阳湖。

一个普普通通的地方，将因这样一批人的来临而在当代文化史上变得重要起来。

这是一次前所未有的汇集，也许还可以说是"空前绝后"的汇集。我相信，下个世纪的人，难以想象竟然曾经有过这样一个历史时刻，在一个名不见经传的小地方汇聚了如此众多的文化精英人物。不过，更令他们惊奇的，应该是他们的生存方式。他们在垂暮之年，不得不抛弃以往的一切，改换业已形成的生活方式，步履蹒跚地在沼泽地里、在田埂上留下新的脚印。在这里，农业劳动成为至高无上的东西，所有他们过去视为神圣的与文化有关的一切，则被视为羞愧甚至耻辱而被摈弃。

据我所知，在所有干校中，向阳湖干校的境况可能最为艰苦。和一些中直党政机关的干校、各地省直机关的干校有所不同，来到这里的"五七战士"是真正应该受到改造的对象。在向阳湖干校里，作家、学者、专家、出版家，纵然是学贯中西，纵然是著作等身，在田野里，这些东西一下子失去了原有的神圣或者庄严。学问、才华和庄稼、肥料，在那样的情形里其实没有什么区别。他们本来就是这场革命的重要对象，他们有的单位（如作协）甚至有可能将不复存在。回北京是遥遥无期的事，他们有可能永远就以这样一种新的生活方式生存下去。

"文革"后参与创办《英语世界》并担任主编的陈羽纶，是一位英语专家，他曾翻译过人们熟悉的《福尔摩斯探案集》。当年他已年近半百，因为在"文革"初期挨整被工宣队误诊失去左脚。但是，两个月后，他也不得不拄着拐杖来到向阳湖。像这样一位高级知识分子，尽管行动不便，也得参加力所能及的劳动。他用仅剩的右腿踩缝纫机，认认真真地为其他学员缝补衣服，有时还在小卖部代卖香烟。最令他难忘的是上干校的茅坑。每次上茅坑都非常吃力，稍有不慎，还可能掉进去。

中华书局总经理兼总编辑金灿然，年岁已高，身体瘦弱，重病缠身，但他也得吃力地在菜地里抬一大桶粪。他1938年去延安，早年是范文澜《中国通史简编》一书的得力助手，但他终于未能挺过"五七干校"这一关，在1972年死于向阳湖。

文学评论家侯金镜也在菜地劳动。他是有名的病号，但管理人员仍然要他挑水。一天，他连续挑水十担，当晚便心脏病猝发而死。

人们不时看到，已是花甲之年的商务印书馆总经理兼总编辑陈翰伯，在盛夏的毒日下装卸砖头。这样一个学识渊博早年就投身革命的文人，却不得不放下手中的笔。他的手颤抖着，顾不上擦去满脸汗水，像年轻人一样每次提四块砖。人们还记得，他走路八字脚不大利索，有次过向阳湖一座独木桥，没人帮忙，只好慢慢爬过去。就连夜间起床小便时，尿桶发出声音，也受到过看管者的严厉斥责。

写到这里，我不由想到了60年代初萧乾遇到的同样的尴尬，当时他在右派分子集中劳动改造的唐山某农场。他素来胆小，不敢过独木桥，每次只得小心翼翼地从上面爬过。在那样的时刻，他大概没有想到，十年后，类似的体验会在更多的文人身上发生。

不过，萧乾同样没有想到的是，他在向阳湖畔不仅要不断地重复十年前的动作，还会经历新的磨难。他难忘的是和冯雪峰一同参加拉练的一个个夜晚。

干校一律按照军队编制，每个单位为一个连，管理者是军人，在军宣队看来，是连队，当然就得有军队的课题。于是，冯雪峰、萧乾，还有更多的年过花甲者，毫无疑问也该如同青年人一样，走在深夜拉练队伍的行列中。萧乾清晰地记得这样一个情景：一次翻过一道土岗子，他看到冯雪峰咕咚一声跌倒，便赶紧去搀扶。冯雪峰，这位参加过万里长征的人，却一边喘着粗气，一边摆手，并向前面指了指，示意萧乾别管他，快跑，不然会受到批评。萧乾仍然坚持将他扶起。听到前方传来的口号声，冯雪峰推搡着萧乾，上气不接下气地勉强说了句："快跟上队伍！"尽管如此，他们还是因为迟到，受到了年轻军人的严厉斥责。

说实话，第一次听到这个故事时，我的心里异常沉重。我难以想象，在现代文坛赫赫有名的人物，竟然会以如此狼狈、可怜的姿态，出现在皎洁的月光之下。这里，不仅仅没有了对革命者、对知识对文化的尊重，甚至连最基本的对老人的爱护，也荡然无存。

向阳湖，因为这样一些人的这样一些故事，在我的脑海里不再会消失。

五

与此同时，在与湖北相邻的河南，俞平伯、钱钟书所在的"学部干校"，那些学者们也经历着前所未有的生活。

翻译《堂·吉诃德》的杨绛在菜园里为修建一个厕所忙碌着：

新辟一个菜园有许多工程。第一项是建造厕所。我们指望招徕过客为我们积肥，所以地点选在沿北面大道的边上。五根木棍——四角各竖一根，有一边加竖一根开个门；编上秫秸的墙，就围成一个厕所。里面埋一口缸沤尿肥，再挖两个浅浅的坑，放几块站脚的砖，厕所就完工了。可是还欠个门帘。阿香和我商量，要编个干干净净的帘子。我们把秫秸剥去外皮，剥出光溜溜的芯子，用麻绳细细致致编成一个很漂亮的门帘；我们非常得意，挂在厕所门口，觉得这厕所也不同寻常。谁料第二天清早到菜地一看，门帘不知去向，积的粪肥也给过路人打扫一空。从此，我和阿香只好互充门帘。

……我们窝棚四周散乱的秫秸早被他们收拾干净，厕所的五根木柱逐渐偷剩两根，后来连一根都不剩了。

（《干校六记》）

和杨绛的忙碌相似的，是俞平伯和哲学家杨一之的修建养鸡棚。

杨一之是哲学所研究员，曾翻译黑格尔的《逻辑学》，他和俞平伯一起奉命养鸡。为了防止小鸡丢失，他们到集市上花了几十元买来两把高粱秆，搭起一个篱笆城将小鸡围住，两人累了一中午才休息。等起床一看，已是鸡去城无。只有一只跑不动的小病鸡和一大群大嚼"建筑材料"的农家小孩。原来这些高粱秆都是不长粮食的甜秆，是当地农民的天然食品。杨一之也由此得了一个与名字谐音的雅号——"养一只"。

有了这样一些沉重的故事，所有加在"五七干校"身上的冠冕堂皇溢美之词，顿时成为毫无生命力的肥皂泡，破碎为留不下一点儿痕迹的虚妄。

有些道理今天已经变得十分明白。谁也不会否认农业劳动的重要性，谁也不应轻视农民，但这并不意味着，一定要将之同知识、同所有精神领域的创造对立起来，将知识分子视为天然的应该改造的对象，并且必须在农村这样的天地里予以实施。这只能是"文革"这样一个畸形时代的一个畸形创造。在干校里人们出演的，不仅仅是那些"五七战士"们的个人悲剧，更是整个民族的、国家的悲剧。今天的人们，恐怕无法想象会重新出现这种违反现代文明发展规律的错误，更不会再用走了调的旋律去贬低知识、讴歌劳动。

一切，都应该还原它本来的作用和价值。一切，都该走向历史的良性循环。

六

假如不是为了写这篇文章而有意识地从不同角度了解，"五七干校"就可能永远作为一个固定的、相互一致的模式存在于我的意识之中。一样的悲悲凄凄地告别，一样的半军营式的管理，一样的被迫无奈地劳动……真实，现实远不是如此简单。不同行业、不同地区的"五七干校"，境况和待遇有所不同；不同身份、不同处境的"五七战士"，面临的磨难和心情，也互有差别。

和"文革"初期的群众性批斗相比，到"五七干校"去，对许多人来说，无疑是一种解脱。干校和"牛棚"毕竟有所区别，那里有更广阔的天地，那里不再如同批斗时那样完全没有人身自由。能够成为"光荣的五七战士"，在某种程度上，甚至是一种荣耀，因为不是所有人都能拥有这样的资格，因为那意味着走进这个行列之中的人，尽管还要面临改造，但已经属于被解放者。在这样的时候，感到苦恼的是那些暂时没有资格成为"五七战士"的人。

陈白尘在他的日记里，非常生动地记录下了自己在最初因不能到"五七干校"时而感到的沮丧。

不妨读读他下面的两则日记：

1969 年 9 月 9 日

早晨集中，宣布下放以前的全部日程。我若留在北京，将不知以后如何生活了，不禁茫然。自从回到群众中去以后，精神上是比较愉快的，今后又要重返孤寂的生活中么？忽然，李季来找我，透露说还是作下放的准备，大喜。11时许，专案组通知我说，已同意我随群众下放了。这是一百八十度的大转弯，一时大为忙乱，开购物单，写家信，紧张万分。

下午开誓师大会，宣布下放名单，我被列为外单位随同下放而由中央专案组管理的人员，唱名时有如考生听发榜，怦然心动。

9月15日

上午写汇报，抒述被批准下放的兴奋心情，即交出。但片刻之后，专案组侯××来通知说："经研究已基本决定，你暂时还是不下放。"兜头一瓢冰水，木然良久，又是一次一百八十度的大转弯！理由何在？无从得知，极为苦恼。作为老弱病残加以照顾么？天翼又何以独去？一变再变，究竟说明什么问题呢？真是精神折磨！

今天的人们，无论如何也无法理解陈白尘所代表的一种心情，但当时这却是实实在在的现实。

对于那些早就成为"右派"的人来说，到"五七干校"，还会是某种程度上的安慰。

远在新疆的一位"右派"作家，"五七干校"无形之中改变了他原有的境况。好几年时间里，他被下放到伊犁劳动，工资也被停发。而能够到"五七干校"，就意味着他和别人一样，也具备了"战士"资格。于是，他写信申诉，要求恢复他的工资。令他意想不到的是，他的工资不仅恢复，而且还把几年停发的工资一次补齐。当他向我讲述这些往事时，当年的那种意外之喜仿佛还留在他的脸上。他说："当时拿到两千多元，那个兴奋，简直和现在拿到二十多万元的感觉差不多！"

另外一个作家也有一种被解放的感觉。他被打为"右派"后，下放到河南省直机关。他告诉我，这里的干校，情形相对来说要好一些。在管理者的眼中，那些来自中央、来自省城的干部，毕竟是具有一定级别的人，他们来到干校，只不过是短暂的过渡，或迟或早，仍然会返回城里，那时他们说不定还会是威风八面的领导。所以，一般来说，这样的干校，生活条件、待遇并不恶劣，劳动强度也不大。

与他们类似的人应该不在少数。他们早已陷入逆境，种种磨难不再那么可怕。更重要的是，在干校里，所有人，无论过去彼此身份有多大差别，也不管过去相互之间有多少是是非非恩恩怨怨，现在都是一样的"战士"。对于这些受过多年委屈和歧视的人来说，无疑有一种享受到平等的满足。

何止这些。也许还会有不宜明说的内心窃喜。这里，我想到一位前辈曾经谈到过"文革"爆发时他内心的真实感受。当时北京文化界所有重要人物都被作为批斗对象，一并集中到京郊的社会主义学院。他早就是"右派"，在看到那些将他打为"右派"或者批判过他、蔑视过他的人，一夜之间失去曾有的威风，变得和他一样时，他的确有一种快感。

这样的心态，也许显得不那么崇高。但这就是那个特殊的时代，中国不少文人真实的内心写照。

七

"五七干校"不可避免地成了一个庞杂的小社会。

走进这里的人，早已经历过这个世纪不同时期的风风雨雨。

战争、贫困、民族抗争、祖国兴衰，一直维系着他们的命运。当"文革"风云来临时，他们中的许多人，以不同方式接受着承受着它。对知识的贬低，对自我的贬低，早因为接踵而至的运动而形成一个定势，或者说惯性。多年的教育和改造，已经无须过多的压力，就让他们无形之中不得不把自己从事的神圣的文化创造，看得无足轻重，根本无法与工人、农民、士兵们的工作相提并论。至于个人奋斗、个人创造，种种类似的意识，更是被视为消极、腐朽的东西而抛弃。

既然没有浪漫和豪情，也就无所谓悲壮，他们便以平淡甚至有点麻木的感觉来面对生活；既然并不认为这是命运的大起大落，也就无所谓内心的激烈变化；既然生活本来就告诉过他们许多，也就不至于像知青那样在现实面前对一切感到陌生，继而因困惑和思索而激发出文学的灵感。即使对于苦难，他们已不会幼稚地把它当作是命运的恩赐，而是作为一种命运的无奈淡漠地承受下来。对于已经经受过革命风暴的灵肉"洗礼"的他们，这几乎算不得什么苦难了。

这样一些心态，大概便形成了他们与知青的不同。在"五七战士"这代人自我意识不断被消蚀被抛弃的时刻，"文革"反倒以一种奇特的方式，唤醒了知青们的自我。他们中的许多人在"文革"初期被膨胀的力量推到极致，让他们强烈地感觉到自己是社会的主宰，是历史的创造者。在那样的日子里，他们不会有他们前辈的那种自卑和委琐，他们充满自信，认为自己应该而且也是能够大有作为的。然而，农村的现实，琐碎、平淡的日常生活，将他们所有的浪漫、激情击得粉碎。他们未曾想到，所谓的自我，在政治面前是无足轻重的；所谓的浪漫，在生活面前更是一种不切实际的空想。于是，失落、苦闷、困惑、痛苦、荒谬……种种过去从未见过的东西，一一在他们心中呈现出来。

他们开始成熟起来。他们的成熟，却又不同于前辈的与世无争。"苦是苦，但是我不怨天尤人，我总是想，'文革'中那么多大人物都遭厄运，我小人物一个算什么，人家比我惨多了。"诸如此类的"五七战士"式的自我安慰，是不可能产生于知青身上的。他们更看重个人命运的不公和悲剧性，更看重历史的荒诞与不可理喻性。他们还有青年的锐气和朝气，还有燃烧的激情，将苦难揉碎，再化为想象力表现在文学之中。他们让自己成为一张白纸，在上面来画自己的画。在这一点上，他们身上由"文革"激发出来的自我意识，在"文革"后通过文学得到了另外一种方式的体现，这大概是谁也未曾预料到的。

然而，这就是历史演进中的顺理成章。

不过，我还是不能接受自己所做出的结论。因此，即便干校持续时间不长，即便"五七战士"把这一切看得颇为淡漠，我也难以相信，他们对发生在自己和周围人身上的这些事情，没有强烈的感受。

从文学的角度来说，实际上并非一定是大起大落的历史事件，才能够造就作家，造就文学。对有创作欲望的人来说，生活中发生的许多事情，不管其大小如何，重要程度如何，在不同的层面上，社会的、政治的、心理的，等等，其实都有它的价值。

因此，我怀疑生活在干校的人们，真的对周围发生的一切无动于衷。不，不会。有的事情，初看起来，似乎平淡无奇，但如果用心去体味，实际上同样惊心动魄，同样能够构成知青文学所具有的不少特质，因悲欢离合、大起大落而渲染出悲壮、哀怨与伤感。

陈白尘在日记中记述了一个故事。他给大嫂写了一信，在连部的邮筒内偷偷发出，信封上写的是大嫂的名字——陈王氏收，下款未注地址。当第二天开邮筒者持信追问发信人，要求补写地址时，他却不敢出来承认是自己发出的。尽管信中没有不可告人的内容，但他害怕的是没完没了的追究，害怕由此而带来无穷的后患。于是，他只装充耳不闻。

他的信被公开了。由人在晚饭时在食堂门口宣读，以寻发信人。他写道："幸而无任何政治内容，只是要这要那，未引起注意。我不敢抬头，闷声吃饭，汗流浃背。"

然而，事情没有结束。陈白尘被一种无名的恐惧揪住。他无法保持内心的平静，为指责、惩罚随时可能降临于身而惶惶不安。他去大田翻地，但"终日心绪不安"。他的信虽然作了伪装，但笔迹有的人是可以认得出的，尤其是一句来干校后专门检查家信的女士。他感到万幸的是这位女士当时不在。直至收工时仍无事，他这才略微放下心来。

别人读了这个故事会有什么感觉我不知道。就我来说，久久感受到一种深深的压抑。当事人的惶惶不安令人吃惊，令人震动。一个著名的剧作家，一个曾经受人尊重的文艺界领导，居然会因为一封极其普通的家信而如此惶恐，实在令人难以想象。我相信，在干校的日日夜夜里，不断发生的类似的"小事"，完全有可能让人的内心变得复杂起来。尽管他们外表的平静和随遇而安，无法让他人感受到他们内心世界中大江大河一般的跌宕起伏。

萧乾讲述过这样一个故事。

30 年代他在福州一所教会学校教过书，校长是从美国哥伦比亚大学归来的教育学博士，同事中则有几个美国传教士。和他一样，这位博士后来也成为干校的一员。在尼克松访华之后的1973年，正在插秧的博士，被连部叫去发给一套新制服，并要他立即进城理发洗澡，原来省里要来外宾，他被要去担任翻译。

博士走进了省政府的大客厅，重又坐上舒适的沙发。外宾进来了。他意外地发现他们正是原先他学校里的那几位美国教师。对于他来说，这也许是他一生中情感最为复杂心理变化最为迅疾的一个瞬间。久别重逢的兴奋，历史场景变换的巨大反差，个人命运的喇弄，等等，一并向他袭来。

博士终于承受不了如此大的心理冲击。他猝然倒下，永远也没有再站起来。

和寄信而带来的苦恼相比，博士的遭际无疑具有更强烈的命运震撼力，对"五七战士"的思想、感情，必然会产生猛烈冲击。他们会根据自己的亲身经历，根据周围发生的一切，来重新认识自己在生活中所处的尴尬和无奈。于是，干校的种种，对于他们就不再是被动的承受，而应是某种意义上的催化。正是在这样一个环境里，许多干校中人，才有可能从一片懵懂中走出来，开始冷静地思索自己，思索"文革"，思索历史，从而为后来的彻底否定"文革"，作了历史的铺垫，为迎接一个新的时代，酝酿出他们真诚的热情。

这该是一个意想不到的收获。"文革"后，我们读到的一些文学前辈的作品，显然与以往大大不同。有了更多的历史思考，情感更深沉，文笔更老辣。既然他们走进过干校，既然他们经历了干校的种种现实，他们就不可能摆脱它。虽然没有大量反映干校生活的文学作品出现，但他们后来的所有创作，都或多或少折射着干校生活留在心中的投影。从这个角度看，干校对他们真的起到了"改造"的作用，因为他们中的许多人正是在那里渐渐走出了"文革"的噩梦，从而在晚年达到了一生中文学创作的最后高潮。

这可以看作没有产生"干校文学"的一种补偿。

假如把视野从文人范畴扩展到所有"五七战士"，便会看到更为壮观的历史涌动。不同领域的人，正是在干校时期开始了他们对"文革"，对历史的反思。个人崇拜渐渐淡去，务实精神重新得到重视，这样的反思，为哲学、经济学、政治等方面注入了前所未有的活力。我们难以想象，没有这样一批人的影响和积极参与，"文革"后的中国，会在思想解放和改革开放时表现得如此活跃，如此充满勃勃生机。

历史是复杂的，文学创作更为复杂。我也许应该改变一下审视干校文学的角度，不必从文学外在形态上将它和知青文学进行类比，而应走进人的内心深处，看看那里究竟发生了什么，而这又给人的文化创造提供了哪些新的元素。

八

前不久，收到湖北咸宁地区一位文化工作者的来信。从他那里知道，"向阳湖五七干校"重新受到了当地政府的重视。在他们看来，众多的文学大师、艺术巨匠在特定的历史条件下汇集一隅，纵览古今中外文化史都是不多见的。这是一笔值得开发的重要文化资源。

目前这个开发工程已经启动，计划做的事情不少：编写一本以"向阳湖五七干校"文化人回忆录和访问记为主要内容的专集；编写一本以咸宁人民回忆"五七干校"及文化人为主要内容的专集；拍摄一部向阳湖文化资源开发纪实专题片；编印一本向阳湖文化人纪念册；编写一本向阳湖文化志；创作一批讴歌向阳湖文化、经济发展、风俗人情的歌曲；征集原干校有关纪念物品；筹建一座向阳湖文化碑林，将文化名人的题词、书画陈列摆设，供游人观赏……

从总结历史的角度，这无疑是一件值得赞赏的举动。在经济大潮涌动的今天，当地人的初衷是为了提高咸宁的知名度，最终借文化这个舞台来唱好经济这台戏。这是可以理解的，也说明文化已经具有了它更多的功能。如此集中地将一所干校视为地方的一个文化资源，在全国恐怕还是独一无二的。梳理历史，回望往事，将曾经发生过的干校现象，用另外一种方式呈现出来，毕竟能够起到警示后人的作用。

但是，当看到当地有关部门草拟的提示文化人题词的内容后，我又不由茫然起来。

有这样一些口号：

回忆向阳，百感交集。
向阳情结，刻骨铭心。
重温旧梦，回味无穷。
劳动创造了人类，劳动创造了世界。
现在之苦，将来之乐。
受得苦中苦，做得人上人。
实践出真知，劳动长才干。

独立地看，每一句话似乎都无懈可击，都相当精粹。但假如将它们放在特定的历史背景下，将它们与向阳湖畔曾发生的种种窘状、惨状联系起来，就很难说是协调的，甚至是对那段绝非值得留恋的历史的淡忘。

时光已经进入世纪末，当回望二十多年前绝对属于中国特色的那段干校历史时，那些当年的"五七战士"会作何感想？我不知道是否已经有当年的"五七战士"为向阳湖文化碑林挥毫题词。如果有，他们对这样一些口号会有怎样的感受，我不知道。

"重温旧梦，回味无穷"？

对于"五七战士"来说，旧梦重温时，是一种温馨的回忆，还是一种冷峻的反思？是将之涂抹上虚妄的色彩，还是让光环散尽而还原其本来模样？这显然是重要的历史课题。不仅仅如此。在为后人描述那些日日夜夜时，他们又会如何勾画出自己在历史场景中的姿态，会如何追问自己的灵魂呢？

显然，不能忽视对"文革"（包括对"五七干校"）的淡忘，更不能对虚饰和美化无动于衷。痛苦和磨难并不像理论上所叙述的那样，就一定会让人清醒让人警觉。忘掉悲剧，在现实生活中其实是件很容易的事。即便在"文革"结束前后，不就是已经有人刚刚离开干校，就以赞美的笔调描述过干校生活吗？何况如今已过去二十多年，所有的记忆被各种各样的因素予以改变并非难事。"接受历史教训"，也许会成为历史过来人的口头禅，但将之变为清醒的理性，人们仍需要在一条崎岖的路上跋涉，他们的内心不会、也不应该感到片刻轻松。

我便是以并不轻松的心情，回望着"五七干校"。

写于 1996 年 1 月下旬，北京

巴金：思想史，如江水奔腾

一

巴金再次走进巴黎，是在 1979 年 4 月，距 1928 年年底离开巴黎刚满五十年。与他同行的有孔罗荪、徐迟、女儿李小林。

陪同巴金一行并担任翻译的是高行健——二十年后，他以法籍华人作家的身份获得了诺贝尔文学奖。他的《巴金在巴黎》一文，生动记叙了巴金重返巴黎的行程。

五十年，尝过多少酸甜苦辣，走过多少风风雨雨，经过多少悲欢离合，巴金终于走到了今天。不过，此时的巴金早已不是当年那个寂寞、苦闷、徘徊的青年。一个曾经全身心投入社会革命的热血青年，现在以享誉世界的著名作家的身份重返巴黎。

重回巴黎，巴金还是住在拉丁区。迎接他的是鲜花，是读者的簇拥，是演讲会上热烈的掌声，还有书店里醒目地摆放着的《家》的法译本。而在《家》之前，《寒夜》与《憩园》的法译本早已售罄。

身份变了，但对法国的那份情感依旧。高行健这样写道："巴金的话不多，却总是朴实诚挚而谦逊，他谈到他来到法国寻找他旧日的足迹，谈到他是在法国学会写小说的，谈到痛苦而悲哀的时候，法国作家卢梭、伏尔泰、雨果和左拉曾给予他精神上的支持，他是来向法国老师们致谢来的。"

人已衰老，不可能一一重返当年逗留过的地方。但巴金还是来到了先贤祠，来到了协和广场。当年凝望过的卢梭雕像被毁于希特勒法西斯占领期间，重修的雕像模样虽然已改，但仍让巴金注目良久。他又一次向他心目中的伟大的"日内瓦公民"献上敬意。

重返巴黎，这是晚年巴金与青年巴金之间精神行程的一次连接。刚刚经历过"文革"浩劫的巴金，思想正处在一个关键的转折点上。旧地重游带给他的不只是兴奋、亲切，更是对历史的反思。"爱真理，爱正义，爱祖国，爱人民，爱生活，爱人间美好的事物，这就是我从法国老师那里受到的教育。"巴金谈到重返巴黎时说的这番话，绝非一般的泛泛而谈，而是有着非常具体的历史内容。因为，巴金晚年最为重要的作品《随想录》，正好在 1978 年 12 月开始动笔。

不少巴金研究者，都非常看重巴金早年思想和道德观与《随想录》的关系。我也一样。我甚至认为，准备重返法国以及随后的重返法国，为开始独立思考、提倡说真话的巴金，提供了一次直接感受历史的机会。在现实生活中产生的一些疑惑、思虑，有可能因重返法国而得到廓清。认识更加深切，表述也更加明确。

我注意到，《随想录》刚开始写作时，巴金就在家里接待了几位法国汉学家，在 1979 年 1 月 25 日第八篇《"长官意志"》中提到了此事。第十篇就是《随想录》中非常重要的一篇《把心交给读者》。

1979 年 2 月 3 日写作的这篇长文，带有"宣言"性质。文章开头记叙巴金和友人黄裳的对话，巴金告诉黄裳，他要把《随想录》当作遗嘱来写，他要把心交给读者。正是在这篇文章里，巴金深情地回忆到自己在 1927 年的巴黎生活，一个又一个地提到他所敬重的法国伟人：卢梭、伏尔泰、雨果、左拉，而他特别强调伏尔泰、左拉为冤屈者发出抗议之声的举动。在这样的回顾中，巴金开始了自我解剖的工作。他写道：

这是我当年从法国作家那里受到的教育。虽然我"学而不用"，但是今天回想起来，我还不能不感激老师，在"四害"横行的时候，我没有出卖灵魂，还是靠着我过去受到的教育，这教育来自生活，来自朋友，来自书本，也来自老师，还有来自读者。至于法国作家给我的"教育"是不是"干预生活"呢？"作家干预生活"曾经被批判为右派言论，有少数人因此二十年抬不起头。我不曾提倡过"作家干预生活"，因为那一阵子我还没有时间考虑。但是我给关进"牛棚"以后，看见有些熟人在大字报上揭露"巴金的反革命真面目"，我朝夕盼望有一两位作家出来"干预生活"，替我雪冤。我在梦里好像见到了伏尔泰和左拉，但梦醒以后更加感到空虚，明知伏尔泰和左拉要是生活在一九六七年的上海，他们也只好在"牛棚"里摇头叹气。这样说，原来我也是主张"干预生活"的。

巴金只提到了以上几位法国作家，他本应还提到与卢梭他们一起影响过他的那些俄国人，如克鲁泡特金、巴枯宁、妃格念尔，更应提到他的"精神上的母亲"高德曼。他没有提到，但并不意味着他忘记了他们。不，没有忘记。当年他赞美他们对自由的向往和牺牲精神，认同他们关于奉献生命的道德主张，这些现在仍内在地促使他对自己的无情反思。毫无疑问，如果没有这种历史关联，巴金是不可能对自己身上曾经有过的软弱、人云亦云、违心地批判自我和批判友人等，有那么深深的内疚和痛苦。时光流逝，尘埃落定，他仿佛忽然间发现自己竟走了一条如此漫长的曲折道路。

二

在《随想录》中，巴金一再提到他在"文革"初期被迫不停地写交代的经历。我曾见到一份巴金在"文革"中写的关于作家严文井的交代材料，虽因价格太贵没有买下原件，但我保留了一份复印件，它可以帮助我们对巴金当年的情况了解一二。

这份交代为两页信纸，约八百字。标题为"材料"，另在抬头写着"关于严文井"。交代写于 1967 年 6 月 28 日。严文井是儿童文学作家，曾担任《人民文学》主编，并在中国作协负责外事工作。这份交代显然是严文井的"文革"档案中的一部分，似是由中国作协流失而出。可以断定这是当年外调严文井情况时，造反派组织特地派人到上海逼迫巴金所写。

巴金在这份交代中，主要谈他所了解的严文井在外事工作中的情况。不过，从字里行间看，巴金虽然免不了用"政治标准"、用"主席思想"来衡量严文井外事工作中的"错误"，但他的言辞并不激烈，没有"无限上纲"，更没有恶意诬陷与诽谤。相反，我觉得，在造反派逼迫下不得不写交代时，他仍显得比较冷静，有一定的分寸把握。从内容看，他所交代的基本上是一些政治色彩并不严重、也"无伤大雅"的事情。如他这样交代严文井：

有一年严文井从湛江到上海，对我大大称赞湛江风景好，建设好。

……

一九六三年十一月我们同访日本，一行四十几天，只有最后写鉴定时，他讲出要冰心在政治学习上多努力的话，平时他最喜欢开玩笑。有一次讲了一个挖苦山西人的故事，几乎使马烽发起脾气来。当时在饭桌上还有日本翻译，我也感到为难。后来他告诉我，他和冰心同车出去，常常在车上开玩笑，那个翻译（是个左派）提过意见，以后要注意。这说明他做外事工作太不突出政治了。

应该说，在革命风暴中，这样的交代并不会给当事人增加多少新的罪责。

但，即便如此，写交代的经历对巴金心灵无疑是巨大的折磨。一个在五四时代狂热信仰安那其（无政府主义）的人，一个曾把真诚、勇敢作为做人的道德标准的人，怎能不对自己的软弱行为、对人格被扭曲而感到痛苦呢？

我怎么忘记了当年的承诺？我怎么远离了自己曾经赞美的人格？我怎么失去了自己的头脑，失去了自己的思维，甚至自己的语言？

这是可以想象到的巴金的内心。

一次又一次的精神自责，在开始写作《随想录》时不住地折磨着巴金。但，正是这种精神的痛苦，成了他晚年写作的动力，这与当年在巴黎写下《灭亡》中的片段时的精神状态颇为相似。用他自己的话说，"仿佛我又遇到五十年前的事情"：

今天我回头看自己在十年中间所作所为和别人的所作所为，实在不能理解。我自己仿佛受了催眠一样变得多么幼稚，多么愚蠢，甚至把残酷、荒唐当做严肃、正确。我这样想：要是我不把这十年的苦难生活作一个总结，从彻底解剖自己开始弄清楚当时发生的事情，那么有一天说不定情况一变，我又会中了催眠术无缘无故地变成另外一个人，这太可怕了！这是一笔心灵上的欠债，我必须早日还清。它像一根皮鞭在抽打我的心，仿佛我又遇到五十年前的事情。"写吧，写吧。"好像有一个声音经常在我耳边叫。

于是，历史的风风雨雨，一个个朋友的坎坷命运，自己人生的复杂体验，在他的笔下一一呈现。他不再人云亦云，不再丧失自我。他直面"文革"对民族带来的浩劫，直面自己人格曾经出现的扭曲。他愿意用真实的写作，填补一度出现的精神空白。他终于写出了在当代中国产生巨大影响的《随想录》，以此来履行一个知识分子应尽的历史责任，从而达到了文学和思想的最后高峰。

一步步逐渐深入的独立思考，首先从主张"干预生活"开始。独立思考—把心交给读者—讲真话，它们成了《随想录》不断出现的自白。清醒的自我忏悔意识，使巴金率先提出了诸多至今看来仍不乏生命力的思想命题。

率先倡导自我忏悔和反思。1978年，中国社会尚处在拨乱反正阶段，以控诉为基调的"伤痕文学"以及"暴露文学"在文坛盛行，但巴金超越个人苦难的诉说，率先提出每个知识分子乃至每个人都应反思自己的责任。他更多地从道德的角度进行自我解剖。进而，他又把反思的范围从"文革"十年延伸到"文革"前十七年。他的这一观点，他表现出来的忏悔意识，立即在思想界、文化界引起强烈反响。

率先站在整个人类的角度看待中国的"文革"。1980年4月，在重返法国一年之后，巴金又到日本访问，出席世界笔会大会。在大会所做的演讲《文学生活五十年》里，他这样明确地指出："我认为那十年浩劫在人类历史上是一件大事。不仅和我们有关，我看和全体人类都有关。要是它当时不在中国发生，它以后也会在别处发生。"在这里，巴金又一次表现出强烈的世界意识。

巴金第一个提出建立"文革"博物馆的构想。他说：

> 建立"文革"博物馆，这不是某一个人的事情，我们谁都有责任让子子孙孙，世世代代牢记十年惨痛的教训。"不让历史重演"，不应当只是一句空话，要使大家看得明明白白，记得清清楚楚，最好是建一座"文革"博物馆，用具体的、实在的东西，用惊心动魄的真实情景，说明二十年前在中国这块土地上，究竟发生了什么事情？！让大家看看它的全部过程，想想个人在十年间的所作所为，脱下面具，掏出良心，弄清自己的本来面目，偿还过去的大小欠债。没有私心才不怕受骗上当，敢说真话就不会轻信谎言。只有牢记"文革"的人才能制止历史的重演，阻止"文革"的再来。

在我看来，道德忏悔、从全人类角度看待"文革"、倡导建立"文革"博物馆，这是《随想录》在当代思想史上最为重要的三点贡献。

决定写《随想录》，是巴金道德人格的复苏。他对"文革"、反右运动的反思，他对现实的思考，他对自己的解剖，确切地说，更多的是一种道德意义上的飞跃。《随想录》中，那个痛苦的巴金，主要是在做自己灵魂的剖析，而这把手术刀，便是道德。他所做的忏悔，他所发出的呼吁，大多数与他所感到的良心自责有关。他之所以反复鞭挞自己的灵魂，我想就是因为当他重新审视自己在历次政治运动中的表现时，看到那些举动，同他当年为自己确立的道德人格的标准，有着明显的差距。正义、互助、自我牺牲，他在20年代翻译克鲁泡特金《伦理学》时所信奉的做人的原则，早已消灭得无影无踪，在那些政治运动中，他并没有做到用它们来约束他如何去生活，去做人，而是为了保全自己而被动去写检讨，去讲假话，去批判人，包括他所熟悉的友人。这便是《随想录》中巴金的痛苦。这便是为什么他如此严厉地甚至有些苛刻地解剖自己，那样反复地强调讲真话的原因。没有这种思想历程的人，对道德人格没有如此强调的人，纵然有过与他同样的经历，或者比他更应忏悔，也不会写出他这样的作品来。正是在这些反思中，在这些真诚的文字中，他的人格，才得以形成一个整体。

　　道德过去曾一度被视为虚伪的东西批判过，也有人认为《随想录》只是停留在对"文革"的道德反思的层面而怀疑其价值。但是，巴金却是在真诚地拥抱着道德。他在晚年一再强调的"说真话"，对于他，是道德人格的最基本、也是最重要的准则。自然，真话不意味真理，因为这完全是两个不同层面、不同范畴的问题。真理属于认识论，真话则属于道德观。真话虽然不一定代表真理，而假话却万万不会是真理，而且只有前者才是探索真理的途径。戈培尔说过"谎话重复一千遍就会成为真理"，从历史上看，这已成为对法西斯本身的嘲弄，从道德上讲，这显然也是做人之大忌。当我们稍稍回顾一下反胡风、反右、"文革"时的历史，就不难看出，道德往往是决定知识分子乃至所有人做出各种表现的至关重要的因素。巴金以他的体验，以他的整个人格，向人们昭示着：注重道德的冶炼，真诚地做人，少一些良心自责，与创作出优秀作品同样重要，甚至更为重要。因此，他认为，作家以及每一个人，首先得做一个真诚的人。

尽管巴金在《随想录》中的表述比较直白，缺乏理论色彩，但所提出来的命题分明有深刻的人生体验和历史分量。我们必须看到《随想录》发表的具体历史环境，在乍暖还寒时节，中国思想界仍处在徘徊、迟疑的阶段，起伏不定、忽紧忽松的局势，使许多人无所适从，往往以缄口不语而为上策。但巴金没有沉默。他坚持发出自己的声音。有一点也必须强调指出，《随想录》是在香港《大公报》的"大公园"副刊上发表，与内地相比，那里少了许多禁忌。但即便如此，巴金也不断遇到批评，文章甚至遇到开天窗的厄运。

为什么内地版的《真话集》中多一篇《鹰的歌》？我写它只是要自己记住、要别人知道"大公园"上发表的《随想录七十二》并非我的原文。有人不征求我同意就改动它，涂掉一切和"文革"有关的句子。纪念鲁迅先生逝世四十五周年，我引用了先生的名言："我是一条牛，吃的是草，挤出来的是奶和血。"难道是影射什么？！或者在替谁翻案？！为什么也犯了禁忌？！

太可怕了！十年折磨和屈辱之后，我还不能保卫自己叙说惨痛经历的权利。十年中间为了宣传骗局、推翻谎言，动员了那么多的人，使用了那么大的力量，难道今天只要轻轻地一挥手，就可以将十年"浩劫"一笔勾销？！"浩劫"绝不是文字游戏！将近八十年前，在四川广元县衙门二堂"大老爷"审案的景象还不曾在我眼前消失，耳边仿佛还有人高呼："小民罪该万死，大王万世圣明！"（《"思想复杂"及其他》）

今天再读这些文字，老人的愤慨与勇气难道不应该钦佩吗？

假如忘记《随想录》发表的具体历史环境，在二十多年后的今天简单地贬斥巴金的努力与贡献，把他所提倡的"说真话"讥讽为"小学二三年级水平"，显然是非常不公平的，是对一位老人的苛刻。至于把巴金写于《随想录》之前的作品，如悼念郭沫若的文章，重又孤立地拿出来按照现在的一些观点来予以"讨伐"，更是不可取的粗暴与简单化。

三

巴金不是完人，也不是英雄，但他是一个真诚的人。他的伟大就在于真诚。在 21 世纪的今天，对在历史转折时期曾经为中国思想界、文学界做出巨大贡献的巴金，我们需要更多的理解，需要更多地从历史实际出发，来总结其思想的价值。按照现在的思想水准片面地、脱离具体环境看待二十年前的巴金，进而予以讥讽和挖苦，并不是真正的思想者应该采取的态度。一个人的思想，很难不受到历史环境的局限。特别是思想的表述，常常会受到诸多原因的影响，很难做到无所顾忌和随心所欲。批评巴金，贬斥巴金，这当然不难，但我们每个人要真正摆脱自身环境的制约却很困难。批评者也只是在可能的前提下进行自己思想的表述。所谓"真话"也只能是相对而言，并非全部说出。实际情况难道不是如此吗？在这一点上，他们并没有超越巴金，与二十年前的巴金更没有根本差异。相反，他们站在思想的同一起跑线上。他们正在做巴金努力做过的事情。

其实，巴金当年提出的一些命题，并没有过时。《随想录》中不少文章，如果今天能够在报刊上再度原样刊登，仍然会闪烁思想的光芒，仍然让有的人感到别扭，感到烫手。或许根本不能发表。就像鲁迅的杂文一样，它们在今天也具有生命力。

思想史是一条不停流淌奔腾不息的江水，并非割断历史的天外来客。今天的语境发生了变化，载体发生了变化，社会发生了变化。但我们却不能因为今天所能达到的程度，就忘记了思想解放时期巴金等知识分子的筚路蓝缕。难道今天的思想者们，不是历史的受益者？而且，我相信，如果再年轻几十岁，巴金也会与他们一样进行思考，在变化了的世界里，继续《随想录》的写作，继续他的思考。

躺在病榻上的巴金，很难决定自己的命运，对此他有难言的痛苦。我们不能要求这样一位老人，为那些并非自己愿意、更非自己所能决定的事情承担责任。在这样的时候，我们更该做的事情，是历史地看待他，历史地评价《随想录》的思想价值。

与那些未能挺过来走进新时期的人相比，巴金应该说是幸运的，因为他活到了可以重新独立思考的时候。历尽沧桑的他，终于能够思考历史和人生，能够把一段段业已遥远的流逝而去的岁月重新铺开在记忆中，用他那经历过"文革"的精神磨难而变得成熟的目光来加以审视，来无情反思，从而在他的创作生涯中又矗立一座令世人瞩目的高峰——《随想录》。有时候我会想，如果没有《随想录》，后人该会怎样评说巴金？有一点大概可以设想，那时人们心目中的巴金，决不是现在我印象中的这一个。《家》和《寒夜》等固然重要，可以在文学史上光彩夺目，但是，若没有《随想录》，那该是多么令人遗憾的一个残缺的"巴金"！以我的理解，只是因为有了《随想录》，巴金才完成了他的人生追求，一个丰富而独特的人格才最后以这种方式得以定型，并且与他早年希望成为思想家、社会活动家而做出的那些未能实现的努力，无意有意之间形成一个完美的连接。他影响读者影响社会的，不再仅仅限于文学人物或委婉动人的故事或者强烈的感情共鸣，《随想录》的存在，以它的思想性社会性历史性而早已超出了文学本身的意义。

正是基于以上原因，在我眼中，《随想录》堪称一本伟大的书。这是巴金用全部人生经验来倾心创作的。没有对美好理想的追求，没有对完美人格的追求，没有高度严肃的历史态度，老年巴金就不会动笔。他在《随想录》中痛苦回忆；他在《随想录》中深刻反思；他在《随想录》中重新开始青年时代的追求；他在《随想录》中完成了一个真实人格的塑造。想想看，他是在多么艰难的条件下写出这些篇章的。身患美尼尔氏综合征，手发颤，写下每一个字都十分艰难；外界种种压力，让老人一次次感受到不被理解甚至被歪曲的精神痛苦。然而，他没有放下笔。

一次到上海去看他，那是在 1991 年的 10 月。北方已是深秋，每天早上起床走到窗前，都能看到一夜之间地上又洒满了落叶。上海还没有这种萧瑟，巴金的庭院里，小草依然青青，阳光照在身上，尚觉得有些暖融融的。在见到他之前，我刚刚读过他写给在四川举行的巴金国际学术研讨会的一封信。在信中，他又一次强调说真话。他这样说：

我不是文学家，也不懂艺术，我写作不是我有才华，而是我有感情，对我的祖国和同胞我有无限的爱，我用我的作品来表达我的感情。我提倡讲真话，并非自我吹嘘我在传播真理。正相反，我想说明过去我也讲过假话欺骗读者，欠下还不清的债。我讲的只是我自己相信的，我要是发现错误，可以改正。我不坚持错误，骗人骗己。所以我说："把心交给读者。"读者是最好的评判员，也可以说没有读者就没有我。因为病，以后我很难发表作品了，但是我不甘心沉默。我最后还是要用行动来证明所写的和我所说的到底是真是假，说明我自己究竟是一个怎样的人。一句话，我要用行动来补写我用笔没有写出的一切。

谈话中，我向他提到了这封信，这时他只缓慢地说了这么一句话："人总得说真话。"

简单到极点朴素到极点的一句话，对于巴金，他是用全身心拥抱它。它的所有内涵，已经包容在他的全部思想全部情感之中了。当我们将"说真话"这一看上去非常简单、直白的表述，放在具体历史过程中考察，其实不难看出其中所包含的深刻的思想内容。多少年里，蒙、哄、骗，在许多人那里，成为政治运作的手段和方式。真相被掩盖，思想被阉割，个性被压抑，在这种情形下，说真话的提法看似寻常，但却是对历史错误与现实弊端的一种无情批判。与早年用激烈言辞抨击专制、强权的青年巴金相比，这一表述显然温和许多，但一以贯之的，仍是他的社会责任感和政治热情。

一次，我收到他寄赠的《随想录》，现在我仍能记得当时的心情。看着他的签名，我想象千里之外的他如何颤巍巍地拿着钢笔的样子。那一瞬间，我的思绪飞得很远。这样虚弱的老人，这样发颤的手，却写出了令许多远比他年轻的人为之汗颜的杰作。我很珍爱地一页页翻开它，感到跳跃在字里行间的形象，不是一位老人，而是当年那个对生活对社会对理想充满热情的年轻的李芾甘。是的，他没有老，他对祖国对人民的爱依然那么强烈，他的思想依然年轻依然充满活力和冲击力。这时，我更多的是将他视为一个思想家，而不仅仅是一个文学家。

巴金说过，他为读者而写，为读者而活着。其实，他也是为历史而活着，他用《随想录》继续走着从"五四"运动开始的思想行程。他走得很累，却很执着。有过苦闷，有过失误，也不断被人误解，但他始终把握着人生的走向，把生命的意义写得无比美丽。这就是为什么有很多人以敬重的目光凝望他，把他称为"世纪良知"、"知识分子的良心"的原因。

这不是溢美之词，而是人们的真实感受。中国文化界、思想界应该为拥有巴金而骄傲。

四

重访巴黎归来后倾心于写作《随想录》的巴金，在80年代的中国文坛，赢得了人们的敬重。

我至今难忘一个令人感动、令人铭记的场景。时在1987年11月的北京。

极少出门的冰心坐在轮椅上，那天上午被推进了北京图书馆新馆宽敞明亮的展厅。停下，目光落在入口处赫然醒目的十三个大字上面。这是她写的："巴金文学创作生涯六十年展览"。

"大姐！"一声亲热的叫声。萧乾拄着拐杖迎上前来，倾身紧紧握住冰心的手。

"哦，你也来了！"

"我本来有病，但听说大姐要来，我能不来吗？就是爬也要爬来。"

"那你现在爬给我看看。"

他俩都乐了。冰心比巴金大四岁，萧乾比巴金小六岁，此刻他们一下子全显得那么年轻，那么无拘无束。也许他们都回想起六十年前的日子，那时萧乾在念中学，是冰心的弟弟的同学，在当北新书局的学徒时就曾给冰心送过稿费。也许他们都想到半个世纪来和巴金在一起的日子，他的正直、善良、真诚的人格，他的作品中燃烧着的热情，此刻把他们，把展览厅里的每一个作家、每一个观众，都紧紧联在一起。

萧乾的口袋里早就装好了一份发言稿，这是头一天赶写出来的，发言稿的题目，显然饱含着他的真情实感和历史反思：《真话万岁》。

和巴金同庚、同乡的沙汀，伫立在巴金的成都故居的图片前。他刚刚从四川回到北京。为了在四川家乡见到重游故里的巴金，沙汀特地延迟了回京的时间，陪着巴金在成都寻亲访友。他和萧乾一样，身上也带着一份稿件，不过，那是一位年轻女大学生写给他的信。信上，姑娘向沙汀汇报了读巴金的《家》、《随想录》的体会："读巴金的书总觉得他那么年轻，《随想录》太感动了，那么真诚，总是把心坦然地掏给读者。"

还是冰心会比喻。在座谈会上，她理所当然成为当天参观的几十位作家的"首席发言人"。她比喻巴金是一个"热水瓶"，外面凉，里面热。她说"巴金充满了真诚，心是真诚的，话是真诚的。他不说假话，对祖国、对人民从不说假话"。

这已经是十几年前的场景，但却在我心中还是显得那样清晰可见。冰心远走了，沙汀远走了，萧乾也远走了，但他们发自肺腑的对巴金的赞誉，仿佛还在我耳边回响。

　　写作《随想录》时期的巴金，对中国思想界、文化界的重要性，不仅在于他提供了他的思考，还在于他以自己的行为影响着他的朋友们，如冰心、萧乾、柯灵、黄裳等，他们如巴金一样，在历史反思上也发出自己的声音。

　　1987年，冰心在我的一张《巴金文学创作生涯六十年展览》请柬上题写了这样一句话："说真话，干实事，做一个真诚的人。"巴金在这上面题的一段话是："我不是一个艺术家。我写，只是因为我的感情之火在心里燃烧，不写我就无法得到安宁。"这两句话，实际上可以一起用来概括晚年巴金、冰心等一批老知识分子的特点。

　　和巴金一样，在50和60年代，冰心曾失去了自我，也曾主动或被动地写表态的、批判的文章。而在晚年，走进历史反思的她，明显增加了干预生活的意识。80年代，她不遗余力地为知识分子待遇、为改变教育现状而呼吁，引起强烈的社会反响。"我的文章人家说烫手。"她不止一次这样对我说。

　　的确，晚年冰心在精神上与巴金是相知相通的。每次去看冰心，她都会提到巴金。有一次，她拿出一个蓝色的盒子让我看，说它专门用来放巴金的信。她和巴金的这种诚挚友谊，不只是因为他们有着几十年的交往，更因为晚年他们对历史有着相同的反思。在如何真诚地做人方面，他们也有着同样的追求。我想，他们在精神上从来没有孤独过。他们相互影响，相互激励，显然感到有一个重要责任，这就是如何总结历史教训，不让"文革"悲剧重演。1986年我请冰心为我编的《孩子心中的

"文革"》一书写序，她便在序里一开始就这样写道：

> 李辉同志送来十几篇《孩子心中的"文革"》要我作序。刚好前几天有位上海朋友给我寄来《新民晚报》上发表的巴金的《二十年前》，讲的也是"文革"十年中的个人经历。一位八十多岁的老人和一百个孩子笔下的"难忘一事"都记载着文化大革命中万民涂炭的惨状。……孩子是中国的希望和未来，只要他们把自己的"难忘一事"永远铭刻在心，法国思想家孟德斯鸠说的"既无法律，又无规则，由单独一人按照一己的意志与反复无常的心情领导一切"的史无前例的怪事才不会重演！

晚年冰心便是以这样的历史反思态度与巴金相呼应。

自30年代初在沈从文家中与巴金相识之后，萧乾一直将巴金看作挚友、益友、畏友。他曾多次向我讲述巴金的故事，谈到巴金在文学写作、处理婚姻等诸多方面上对他的帮助、批评。80年代，一次，萧乾在信中对我说："巴金写信要我深沉些。"

巴金正是这样在写作《随想录》期间不断地影响着萧乾，使一个过去十分胆小、软弱的人，也越来越敢于直言，敢于发出自己的声音。萧乾根据自己的体验，把巴金的"说真话"修订为："尽量说真话，坚决不说假话。"从字面表达上看，萧乾似乎比巴金又退后了一步。但是，我理解其中的精神却是相通的。在现实生活中，对于许多人来说，说真话不易，不说假话同样不易，这仍需要付出极大的努力。

1993年，在完成了《巴金全集》的编选工作之后，年近九十的巴金在《收获》第六期上发表了《最后的话》，第一次提出"封笔"：

我讲话吃力，写字困难；笔在我手里如千斤；无穷无尽的感情也只好咽在肚里。不需要千言万语，让我们紧紧地握一次手无言地告别吧。

最后一段话是对敬爱的读者讲的，对他们我只要说："我爱你们。"是的，我永远忘不了他们。

萧乾读了《最后的话》。"最后"两个字，让他感到格外刺眼。他给巴金去信，认为巴金不能"封笔"。他写道：

不知你看了我在赠你的那本《关于死的反思》前所写的那几句话否。我决定要学健吾。他是死在书桌上的——不知他手里拿没拿着笔。我认为这是咱们文字工作者比旁的行当（包括自然科学）优越之处：我们确实可以写到最后一息。自然也有人愿躺在几部有了定评的成名之作上颐养天年的。但你不是那样，否则《家》《春》《秋》之后你本就可搁笔了。然而你能吗？你胸中有那么多爱和恨，那么关心同类的休戚，你是不能搁笔的——《随想录》就是证据。当然，我不劝你在生理上不适的时候，硬了头皮去动笔。我只是说，你不能把你那支笔这么"封"起。

巴金当即回信谈了自己的想法：

我的想法和你的不同，我不愿死在书桌上，我倒愿意把想做的事做完扔开笔，闭上眼睛。我写文章为了完成自己的任务，我说封笔，也可以再拿起笔。我绝不束缚自己。为了写作，我挨了一生的骂，同样我也骂过别人。但我并非为了骂人和挨骂才拿起笔。我想写《再思录》，也只是为了讲真话。我是这样想：讲真话不一定用笔。我仍在追求，仍在探索，我的目标仍然是言行一致，才可以说是把心交给了读者。如果拿着笔挖空心思打扮自己，我就无法掏出心来。我不愿向读者告别，可是我不能否定（抹煞）这个事实。有意识地向读者告别也许有点悲观，但是我讲出自己那些心里话，对读者多少会有一点帮助（他们更容易理解我）。

我最初写小说是为了理解人，结束全集写《最后的话》则是要求人们理解我。

当年围绕《最后的话》与巴金通信时，萧乾曾先后寄给我这些信的复印件，因此，此时的叙述才有了难得的第一手资料。

在发表了《最后的话》之后，许多关心巴金的人，都为他放弃手中的笔而遗憾。不过，我相信，只要有可能他还会用他的文字来表达思想，来证明自己的存在。

1994年3月，我到上海看望巴金，欣喜地看到和两年多之前相比，九十岁的他反倒更加有精神。气色不错，眼睛有神，思路和记忆都非常清晰，说话气力也很足。短短几天里，我多次与他闲聊，有时甚至长达一个多小时，他仍不显疲倦。小林说爸爸的精神状态好，与天气很有关系。那几天上海正好是雨后放晴，初春的太阳，隔着玻璃窗洒过走廊，让九旬老人感受到春天的气息和欢快。他的精神，因而又一次显现出春天的景象。

这一年的4月中旬，来自海内外的巴金研究专家，将在北京召开"巴金与二十世纪研讨会"，以祝贺他的九十华诞。这样，正在筹备的这次会议，就成了我们谈话中的一个话题。我几次都说到，希望他能给会议题词，但一直到离开上海的那个下午，他也没有接受这个建议。

他对我说："我不赞成题词，有时又没有办法。这次会我就不说什么了。大家随便讨论，有不同意见最好。对我客观点，不要说好话。"他没有题词，我感到遗憾，但理解他的想法，便答应把他的意见转达给与会代表。

我对他说冰心早已为会议写了会标，曹禺、萧乾也为会议题了词。曹禺的题词是："你是光，你是热，你是二十世纪的良心。"萧乾的题词是："巴金的伟大在于敢否定自己。"听我念完题词，巴金说："我是这些年才慢慢否定自己，特别是经过'文革'之后。以前十七年那些年的风气，写一些文章都是不得已的。'文革'后慢慢明白。我现在就是把自己说的话兑现，讲真话。自己把自己这样限制，要求讲奉献，只要是真正的奉献。苦恼的是怎样实现自己的话。我现在的想法都在《最后的话》里面。"

他又一次提到托尔斯泰。"托尔斯泰离家出走，追求兑现讲真话这一点。他把信放在抽屉里，开始还没有勇气是否离开家庭。有人说托尔斯泰你说的怎么不实现。但他这样做了。他最后带着女儿出走，不久就死了。开始实施就结束了。我也感觉到这一点。文学或者别的什么也好，我也没有什么。我想只是说真话。"

巴金依然有他的忧郁。他似乎用无奈的目光和手势对我说："我最痛苦的是不能工作。"然而，他没有让这一遗憾占据全部情感。"什么都想得开了。名利对于我无所谓了。只是想为自己留下一个真实的人，不欺骗自己。"

从上海回来，我带回了柯灵老人为会议的题词。看得出柯灵为题词想得十分认真，也写得很讲究。他用毛笔在宣纸上写了这样一段话："铁肩担道义，呕心作文章，献给祖国，献给人民，献给时代，献给理想。"他的这些话，连同曹禺、萧乾的题词，凝聚着真诚的友谊，也是作为同时代人对巴金的理解与赞美。

萧乾预见得对："你是不能搁笔的。"发表了《最后的话》之后，巴金并没有完全放下笔，他还在努力思考，还在吃力地写作。1995年，在《随想录》出版八年之后，巴金又出版了随笔集《再思录》。在序中他的说法便有了改变："我再说一次，这并不是最后的话。我相信，我还有机会拿起笔。"

思考、写作，巴金生命的根本所在。当年他就是这样从成都走到巴黎，然后，又从巴黎走到今天……

写于 2003 年，北京

胡风：风雨中的雕像

一

第一次见到胡风，是在十四年前的 5 月。

1982 年春天，我从复旦大学毕业来到了北京，对于我来讲，这意味着人生一个新阶段开始了。周围一切陌生将逐渐变得熟悉，过去无法理解的，也将逐渐被理解。我有一种预感，这个在 20 世纪曾经出演过数不清的政治、文化、人生戏剧的地方，会给我提供不少机会去追寻历史，去感受历史。

况且，这里还有许多我过去仅仅从教科书和作品中知道名字的文化老人。

与文化老人面对，与各种不同性格不同命运遭际的文人面对，实际上也就是面对着历史的一尊尊风雨中的雕像。

胡风便是我初到北京后最早见到的一位文化老人。

在即将毕业离开复旦时，恩师贾植芳先生担心我初到北京，生活和工作都会遇到不方便，便在我离开上海时，特地为我写了一摞信，介绍我去和他的亲戚、朋友联系，以便他们能够给予帮助。

这些人中，就有胡风。

对于一个毕业于中文系的学生来说，胡风当然不是一个陌生的名字。在上海四年，从贾先生夫妇和他们的一些朋友身上，我已经渐渐感受到，这些所谓的"胡风分子"，在当年铺天盖地、猛烈无情的批判中，被勾画得狰狞可怕，被视为洪水猛兽，可是，一旦走近他们，熟悉他们，却无论如何也产生不出丝毫类似的感觉。他们不过是一些普普通通的人，单纯、天真、率直，乃至偏颇得可爱。

现在想来自己也觉得奇怪，那时"文革"刚刚结束不久，对胡风集团冤案的平反还没有明朗，我怎么就会毫不顾虑地成了仍在中文系资料室做一般管理工作的贾先生家中的常客，并从他那里，开始了我学业上最初的起步？更为重要的是，从他和他的朋友身上，我对历史的认识和感受，从此便从教科书本走进了生活，从抽象走进了具体。教科书中雷同、单调乃至武断的历史叙述和结论，渐渐地在我眼中失去了价值。我更愿意相信自己的眼睛，相信自己的感受。

历史原本由人的活动构成。我相信，了解人，体味人的性格，对历史的把握才会准确，认识才会深切许多，丰富许多。这样，才不至于在空洞或者虚妄的概念中迷离转向，失去应有的理性判断。

于是，在十四年前的那个春天，我便是带着这样一种尚未完全清晰和明确的想法，走向胡风———一个当时在不少人眼中仍然显得神秘的人物。

二

不过，坦率地说，当我第一次去见胡风时，并没有带着历史的好奇和沉重感。我是以很平常的心情去看这位不平常的老人的。

一年前，胡风还处在严重的精神分裂状态。在时任卫生部副部长黄树则的安排下，他被送到上海治疗，病情大为好转。当时，因为他正处于恢复之中，我未能前去拜望。不过，一次在贾先生家见到了陪同胡风来上海治疗的他的夫人梅志和女儿晓风。那天，她们和贾先生贾师母谈得很多。远远近近，悲悲喜喜，环绕着他们。我在一旁静听，我在一旁凝望。岁月流逝和生活磨难，似乎没有在年近古稀的梅志身上留下太多痕迹，她显得平静，清秀的脸庞充满微笑。她给人一种亲切、热情、优雅的印象。

那次，从她那里，我知道了胡风病中的一些听来令人心酸的情形。有了这样一次和梅志的接触，加上贾先生的关系，我的初次拜访，也就少了一些生疏和拘谨。

出现在我面前的是一位大病初愈的老人。这一年他正好八十岁。他显得十分疲惫，身子直靠在沙发上，胳膊无力地平放在扶手上，大部分时间在闭目养神。"他呀，一工作起来就不休息，从早干到晚……你瞧，这两天他就太累了。"晓风一见到我就这样数落着父亲。

疲倦的胡风，没有过多讲话，只是简单问了几句有关贾先生的情况。我注意到，他的目光中有几丝疑惑，没有我在他过去的照片中所见到的那种咄咄逼人的孤傲锐气。朦胧中我感觉到，他对初次见面的人，肯定抱有戒心。挫折与磨难，让他不愿意轻易相信人，也无意表现出热情。

或者说，大病期间所发生的恐惧症，多多少少依然困扰着他。仅仅两年前，他还不得不住在精神病院里，受着臆想的折磨。家人的记忆里，他时常在发病的时刻，从病房跑到走廊上，像一个被捕猎的动物，来来回回急促地走，脸上充满着恐怖的表情，拼命想逃出医院。十多年后，儿子晓谷回忆到当年的情景。有一次他曾对晓谷说："×××叛变了，正带着兵往这边打过来。他们要抓我。我是逃不掉的。你赶快走，还来得及逃出去。"晓谷安慰他，给他解释没有这回事，他怎么也听不进去，并对孩子不听他的话显得非常着急，一再要晓谷走。到后来，只好绝望地说："完了，来不及了。你也走不掉了。"这样的情形，有时一个晚上要发作好几次，一直到他精疲力竭才能入睡。

现在想来，初见胡风留给我最深印象的是他的嘴。我觉得，他的嘴抿得紧紧的，显得很有力，也富有表情。他安静地坐在那里，即便闭目养神，但紧抿的嘴，仍然透出一股傲然。

这个春天的胡风，身体和心情都开始好转。在刚结束的中国文联四届二次会议上，他被增补为中国文联委员。我和他谈到了这件事。他对我说，他长期与社会隔绝，这几年身体又不好，对文艺界的情况不了解，只希望文艺界真正能达到这次所要求的团结，使创作繁荣起来。

他最为关心的是正在为人民文学出版社编辑的三卷本《胡风评论选》。这是与读者告别将近三十年后，他第一次集中出版自己的全部理论著作。梅志告诉我，过去的八种单行本全部收进，没有作大的修改。当梅志谈到这里，胡风突然插话："不知道什么时候能够出版？"

他是在停歇了好久之后才突然讲出这句话的。他的急切，他的忧虑，他的疑惑，都在这样一句简短的问话中流露出来。我清晰地记得，当时他的眼睛突然发亮了。直到十几年后的今天，我仿佛依然能够感受到那种目光对我的刺激。也是因为这样一种转瞬即逝的、令人难忘的目光，我才更深地理解胡风。

对于胡风，难道还有什么别的东西比他所拥抱的文艺思想更重要？它们就是他的生命。它们日日夜夜萦绕于心。无论顺境还是逆境，无论受人拥戴还是被冷落，都无法让他抛弃自己视为生命的思想。他看重它们，我想大概不在于它们唯一正确，也不在于它们多么伟大，而在于它们融进了自己的全部情感和生命，它们是它生存的基础，甚至也是生存的目的。它们让他着迷，让他陶醉。从他开始形成自己的思想之日起，他就注定不会抛弃它们，冷落它们。即使它们搅得他灵魂无法安宁，即使它们把他绊倒，让他在地狱门槛前打了一个滚，他爬起来后，还是将之紧紧抱在了怀里。

这便是独特的胡风。

文坛上很少有人能够像他如此执着如此顽固如此执迷不悟地充满着自信，很少有人能够像他这样显得天真而单纯，对思想之外的世界懵懂不知，径自按照自己的方式面对整个世界。他的人格，他的悲剧，他在当代史上所具备的意义，都在他对自己的思想的拥抱中完成。

从第一次见到胡风后，我便开始了对他的观察、理解、认识。不能说我有能力准确地把握他，我只能说，随着自己学识和人生体验的逐日增加，我愿意一天天更为深入地走进他的内心，走进他所处的时代和世界。

三

第一次见胡风后，我写了一篇特写，介绍与人们久违的胡风的近况。我没有想到，在北京，发表这样一篇文章，竟然有那么多有形无形的障碍。后来，文章还是在广州的《羊城晚报》上刊登出来，这也许是胡风平反后报刊上发表的第一篇关于他的特写。

那只是一篇千字文，写它时我并没有想得很多。但当我收到《羊城晚报》转来的一封读者来信时，我才意识到它所具有的实际分量。

写信的是一位山东读者，当年因为曾给胡风写过一封信请教诗的写作而蒙受不白之冤。现在，他无意间看到了我的这篇文章，才第一次知道胡风获得了自由，而且可以公开见报了。看来，他并不是很注意新闻的人，对几年前胡风已经得到平反的事情居然茫然不知。根据我的文章，他在信中不无惊奇地说："胡风从前写的文章可以结集出版了，那么他的思想就不是疯狂地反马克思主义了。出版单位敢于出版他写的东西，可见对他就不用全民性的大批判了。多少年来，无论什么运动，无论在运动中，还是运动以后，批判胡风是不间断的，看来，这种批判以后不一定会再发生了。"

我把这封长达数页的信转给了梅志。读这样一封信，想必他们感慨甚多。他们本来有许多困惑。想当年批判胡风其声势何等壮观，全民性参与，轰轰烈烈，席卷全国，胡风几乎成了家喻户晓的名字。可是，如今平反却一直遮遮掩掩，细水长流一般悄然滴着水珠。

无论从个人的角度还是从历史的角度，这封读者来信，我都应该保留下来。它印证着一段变化着的现实，也印证着胡风与中国三十年来的历史风雨时而密切时而若即若离的关系。

胡风是一个历史存在。因他而发生的1955年"胡风反革命集团"冤案，是当代史叙述时谁也无法绕过去的巨大存在。

他已经成为一个参照。

在他之前，业已发生过的"武训传批判"、"红楼梦研究批判"等等，仅仅限于思想文化界，虽然严厉却还没有达到剑拔弩张的程度，远不像他所面临的是全民性随心所欲的批判。从思想到肉体，从人格到外貌。这是一个开端，这是一个转折。这时，人们才发现，原来思想文化领域的批判，无须温良恭俭让，无须婆婆妈妈没完没了的讨论、争辩。无须考虑批判对象的人格、精神的尊严，乃至历史行为的真实性，完全可以用一种全民参与的方式，用思想文化之外的手段予以解决。果断，干脆，痛快。

在他之后，即将陆续发生的"反右"和"文革"，则是将他已经经历过的故事，扩展到更大的天地里，他所面对过的种种困惑，会有更多领域里由更多的人来感受。许许多多让参与者兴奋不已的方式，譬如检举揭发，譬如全民声讨，譬如抄家，以信件日记定罪，等等，早已在批判胡风时预演过，如今，人们见多不怪，只不过更加轻车熟路得心应手而已。

胡风，当代历史之链上无法摘去的一环。

四

"文革"中的胡风，处在一个极为特殊的位置。

他早已被打入另册，也就没有资格成为"走资派"或者"黑帮分子"；他早已没有了家，也就无从遭受抄家的蹂躏；他早已是"死老虎"，也就没有必要被各种力量视为值得攻击的对象；他早已沦为阶下囚，也就没有可能被押上批斗会场尝一下"坐飞机"的味道……

"文革"中许多令人发指令人难以承受的东西，他其实早已在二十年前一一经历过。二十年前一场风暴的主角，如今退到了时代后台，远离政治中心，在四川监狱里感受着这场史无前例的革命。

可是，似乎还没有其他人能够像他那样，以一种非常特殊的方式，折射出只有"文革"才会具有的历史嘲弄意味。也似乎有他这样一个映衬，一些新的悲剧，才多了许多历史的无情。

他不是主角，他却无处不在。他幽禁后台，但前台上又分明一直闪动着他的影子。假如人们有心翻阅一下从1966年到1977年的报刊，便不难发现，从周扬到姚文元，彼此位置不断变换，唯一不变的只有陪绑者胡风。

1967年，姚文元在那篇著名的《评反革命两面派周扬》中将周扬与胡风相提并论。本来是势不两立的两个人，却被姚文元划归到一起："周扬的思想同胡风的思想本质上是一样的"；"胡风的反动文艺思想，周扬都有，只是伪装得更巧妙些"；"完全暴露了周扬一伙同胡风政治方向上是一致的"……诸如此类的批判，将20年前命运截然不同的周扬胡风，一并推上了审判席。

不仅仅周扬一人，当时许多被批判的"走资派"，不管其是否与文艺有关，也不管他们是否了解胡风，也同样被划归胡风一类。

我收藏有一份"文革"时期批判福建省委书记叶飞的专号。对这样一个与文艺界并无关联的政治家的批判，胡风也成为一个陪衬。"叶飞鼓吹'形象'地与贫农'忘本'的'内心斗争'，不过是反革命分子胡风所谓写农民几千年来'精神奴役创伤'谬论的翻版而已，直接跟反革命修正主义分子周扬、邵荃麟之流的黑话遥相呼应……""叶飞还荒谬地提出：'凡是客观存在的事实，没有什么不可以写的，都可以写，应该写。''无论哪个角落，都充满了最有生命的东西。'等等。这是明目张胆地贩卖陆定一、周扬之流所喋喋不休的极其反动的反'题材决定'论和胡风的'到处有生活'论。"

仅仅十年之后，又一个历史场景的转换，姚文元以及"四人帮"则成了胡风的同类。在当时的批判声讨声中，姚文元被回应了一篇《评反革命两面派姚文元》，胡风无一例外地与姚文元等紧紧绑在一起。他不仅被批判为"包庇胡风反革命分子"，也成了周扬的"同党"。胡风、周扬、姚文元，原本并非一体的三个不同历史时期的人物，则奇妙地被划归到一起。

不过，在我看来，这些文字的批判，远没有监狱这样一个地方更能强烈地呈现历史无情的变幻，更能反映出在政治漩涡中人的命运的不可捉摸，不可预测。

胡风是在 1965 年年底离开秦城监狱的，仅仅一年之后，那些当年与他的命运密切相关的人，也一个个遭遇到胡风当年同样的结局。

周扬关了进去。我不知道，他所关押八年的囚室，是否就是胡风度过十年时光的那一间；我也不知道，当他囚禁在里面的时候，是否会想到胡风。不过，我相信，他的思想没有停止流动。后来证明，正是这意想不到的遭际，促使他开始进行历史的反思。

罗瑞卿关了进去。当年是担任公安部长的他，亲自签署了"胡风分子"的逮捕令，现在他未能逃脱厄运。我没有读到过他本人的回忆录，不清楚他在里面如何度过艰难的日子，也不清楚他是否会想起当年有过胡风这样一个人。不过，从他女儿罗点点后来发表的回忆文章里，我强烈感受到历史对他和儿女们的冲击。

"这两个悲剧的惊人相似之处，确实带有某种嘲弄意味。谁也不会想到，当年梅志同志奔走的那条通往秦城监狱的路，十一年后，在那条路上奔走的是我们——当年公安部长的儿女们，迎着同样刺骨的寒风，心头重压着同样的生死离别的痛苦。"罗点点的这段话，凝练而深沉，我读过不止一次，每次读到它，我都有这样一个感觉，她仿佛在铺开一幅浓墨重彩的画卷，或者，她是一个历史感极强的电影导演，简洁的蒙太奇语言蕴含着震撼人心的力量。

……

"文革"，真是一个巨大漩涡，将胡风、将一切人都揉为一体，成为高山一般沉重的存在，耸立在中国当代历史上。

又是一个十年之后，姚文元也被关了进去。

五

这几天，刚刚拿到晓风为胡风编选的一部书稿《墙内集》，书中收录着胡风"文革"前后在狱中所写的信、交代等等。翻阅这些书稿，我感觉好像在与胡风面对。他那发亮有神的目光，傲然紧抿的嘴，又一一浮现在我眼前。

说是书稿，实在是一种过于轻飘的表述。这些信件，这些交代，实际上是胡风在特殊年代特殊环境中人格的本色呈现。细细读来，我想象着，身处逆境的他，如何在历史变幻的关键时候，凭做人的原则，凭一如既往的倔强，牢牢把握着自己的人生走向。

除了陪绑，"文革"并非与胡风没有关联，监狱当然更不是他的世外桃源。他没有被批斗，但无休止的外调，作为"反革命分子"的压力，一日也没有减轻过。更为重要的，他面临着人格的考验。

就他的遭遇而言，将更多人卷入逆境的"文革"，应该说他不会有切肤之痛。相反，那些昔日导致自己遭受厄运的人，和自己当年一样受到批判受到磨难，对于他来说，完全有理由产生某种幸灾乐祸的满足。这样，当一拨又一拨外调人员前来从他这里搜寻周扬等人的"黑材料"时，他原本可以毫不迟疑地予以揭发、批判。即使他这样做，人们仍然会理解他，谅解他。

可是，如果这样做，那就不是胡风。

胡风就是胡风。

也许他有太多受人非议的性格特点，譬如偏激，譬如不宽容，但他做人的根本原则是正直、真诚。他从来不愿意掩饰自己，他把虚伪视为人格的天敌。他的性格使他招致厄运，但他的性格也使他做一个真正的人。这样的人，即使遇到"文革"这样前所未有的历史大变动，也不会违背自己人格理想，去做落井下石或者随意栽赃的事情，这原本是那个时代非常容易做出的事。

他没有诬陷周扬，没有满足外调者试图获取意外材料的愿望。后来，"文革"结束后答复关于乔冠华的外调时，他仍然一如既往，只是如实地回忆自己与乔冠华的交往，如实地谈对乔冠华的印象和看法。读这样一些文字，我非常感动，比读胡风的一些诗歌还要感动。这些交代，用一个文人真实的人格书写，这是他人生最好的诗。

因为在 20 世纪 80 年代我曾经和黄树则有过接触，便很注意胡风关于黄树则的交代。

胡风抗战期间编辑《七月》杂志时，发表过一两篇黄树则的小说，并有过短暂的交往。但后来黄树则主要精力仍然放在本职工作上，成为著名的医务工作者。"文革"中，担任卫生部领导职务的黄树则，毫不例外地也受到冲击，而他和胡风的这段几十年前的往来，也就成了一桩罪行。

在1967年中国最为混乱的日子里，外调者找到了狱中的胡风，命令他交代所了解的黄树则的情况。从今天保留下来的十几个问题的回答看，胡风对这位当年的作者充满善意。他肯定清楚自己的每句话可能具有的分量，他也清楚，在这样一种特殊情形下，真实地讲述一切，才对得起自己，对得起曾经信赖过自己的那个年轻作者，当然，这也就是对得起历史。他自然知道自己没有任何能力保护谁，但在有限的范围内，唯一能够做到的就是实事求是肯定黄树则的价值，实事求是地将黄树则与已经成为罪人的他的关系叙述清楚，而不是违心地按照外调者的要求，往他人身上泼污水。在那样一个年代，这原本是不少人都无法避免的一种行为。

于是，读这样一篇交代，我仿佛在读友人之间充满感情的回忆，仿佛在读一位评论家对一位作家的论述。

"他态度沉着，言语朴实。"胡风如实写出第一次见面时，黄树则留给他的良好印象。胡风还写着：

他进延安后还寄来过稿子（应该还有信），那当是我到重庆以后了。其中有一篇记事散文写几个农民革命者的伤病员，一直到现在我还留有模糊的记忆。和他的小说内容相反，这写的是他所赞扬的革命的农民首领，而且是真人真事，但风格极朴素，几乎没有用什么表示"赞美"的形容词，每个人只写了寥寥几笔，使我读起来，觉得这些人都是极可信赖的至亲好友。对这一种风格，我曾用炭画比方它：它没有色彩，也没有吸引力目力的光，但却使读者默默地感受到人物们的最本质的精神内容。在生活实践中发展下去，这种风格是能够写出我们的和土地一样朴实的某一典型的农民革命英雄人物来的。

读这样的文字，难以置信这是一份"文革"中一个"罪犯"奉命而作的交代。胡风坐在狭窄的空间，思绪却如以往一样，充满诗意地飞翔在文学天地里。他仿佛找到了一种特殊方式，继续履行着一个评论家的职责。窗外发生的一切，似乎干扰不了他，他依然用独到眼光，按照自己的文艺观，来向人们描述作为作家的黄树则曾经拥有过的风采。

从交代中可以看出，外调者非常想了解的，还是20世纪50年代胡风上书时黄树则是否与之有关的敏感问题。对此，胡风完全清楚其中自己每一句叙述的利害程度。于是，他用非常明确、肯定的语气，证明黄树则与自己的"罪行"毫无关联：

领导上问他看过我写给中央的《报告》没有。49年以后再没有见过面，他当然绝没有可能看到过我的报告。而且，即使那时我们还见面，以我对他的处境的考虑说，不但不会把《报告》给他看，还决不会和他谈到这件事以及我对文艺领导的看法的。

这种交代，虽然不会改变黄树则"文革"中受迫害的命运，但无疑会减轻一些他的压力。重要的是，它又一次提供机会，考验人性的善恶美丑，从而让胡风体现出处逆境而不移性情的精神价值。

六

20 世纪 80 年代，黄树则住在中国美术馆旁边的一个小区里，我不时前去看望他，与他谈起一些往事。

我们当然谈到"文革"，谈到胡风。他说当时他很快就知道了胡风的交代，他非常感激胡风对他的保护。作为一个经历过"文革"风雨的高级干部，他对发生的历史悲剧，有着自己深刻的反思。

"做人应该像胡风这样。"一次他说。

关于这个话题，他说了很多。他说，我们总是被要求不断地改变自己，我们也真诚地相信，革命的利益、集体的利益高于一切，并且做好准备随时为之献身而在所不辞。作为一个革命者，这是天经地义的。但是，在不正常的情形下，讲假话、讲违心的话，却被视为正确，而实事求是反倒被视为落后甚至反动。特别是在人们被号召互相检举揭发，互相批判，将人与人之间最为宝贵的信任感和真诚感打得粉碎。

他当年讲的这番话，至今仍让我感到沉甸甸的。

做人——多么简单却又多么重要，多么具体却又多么恢宏！它无处不在，它贯穿每个人的一生。利益可以暂且放弃，荣耀可以弃之一旁，压力可以承受，但正正派派做人，老老实实做，则是每个人应该遵循的原则，如山川河流一般亘古不变。有时我在想，生活在现实社会，我们强调了很多很多，可是"做人"这个最基本的东西，似乎渐渐被人淡忘，被人忽略，被放在了一个毫不起眼的位置。

然而，时间可以流逝，世事可以变迁，但做人的原则、标准，不应该改变。

人不是风标，一阵微风，便会改变方向。做人的原则不是超级市场里的商品，可以随心所欲地选择。

还有什么比真诚更有价值？还有什么比人的信任更能体现人性的美丽？

我们常常感叹道德的丧失。可是，最令人痛心的而又难以弥补的不就是对做人准则的破坏吗？当大声疾呼道德重建时，将做人——做一个真正的人——放在首位绝不仅仅是一种历史的反思，更应是对现实人格的重构。不因一己利益的得失，不因仕途或者某种特别需要而扭曲自己，像一个真正的人一样生活，这才是最为重要的。做人尚且残缺，遑论他哉？

在胡风逝世之后，我曾经又去看望过黄树则。那天谈得非常投机。他以书法著名，谈话间，特地为我写了一个条幅。他抄录的是宋代诗人杨万里的诗句：最爱东山晴后雪，软红光里涌银山。

他告诉我，他很喜欢雪。纯净洁白的雪，总是带给他温馨与宁静。

七

胡风念念不忘的是鲁迅。

在 1965 年 9 月，他从秦城监狱里给梅志写了一封长信，信中又一次酣畅地抒发出对鲁迅的深厚情感。他借一长串排比句，仿佛将心中所有的热情、苦闷、压抑、感伤一并宣泄出来。

读鲁迅，是为了从他体验反映在他身上的人民深重的苦难和神圣的悲愤；读鲁迅，是为了从他体验置身于茫茫旷野、四顾无人的大寂寞，压在万钧闸门下面的全身震裂的大痛苦，在烈火中让皮肤烧焦、心肺煮沸、决死对敌奋战的大沉醉；读鲁迅，是为了耻于做他所慨叹的"后天的低能儿"，耻于做他所斥责的"无真情亦无真相"的人，耻于做用"欺骗的心"、"欺骗的血"出卖廉耻、出卖人血的人，耻于做"搽了许多雪花膏，吃了许多肉，但一点什么也不留给后人"的人；读鲁迅，是为了学习他的与其和"空头文学家"同流合污，不如穿红背心去扫街的那一份劳动者的谦逊，是为了学习他的为了原则敢于采用表面上和原则正相反的反击法（例如说和某某斗争是为了"报私仇"），置身败名裂于不顾的那一腔战斗者的慷慨；读鲁迅，是为了学习他对敌人要做一个二六时中执着的怨鬼，纠缠如毒蛇的毒蛇，对人民、对友人、对爱人要做一个"吃的是草，挤的是奶和血"的"牛"和"别有烦冤天莫问，仅余慈爱佛相亲"的"佛子"；读鲁迅，是为了学习他耻于占用任何堂皇的招牌，但却全心全意地、始终如一的、大小不改地，用反语，用"伪装"以至敢于站在"假想敌"的地位，在人人"孤军作战"的形势下，也做一个没有任何杂质的真正的集体主义者；——毛主席所说"骨头最硬"等等，等等。

　　鲁迅在胡风心目中是一个神圣的存在。但是，这种存在并非虚无缥缈，并非高度抽象化了的偶像。他在感觉着鲁迅的呼吸，感觉着鲁迅曾经注视过自己的亲切目光。更为重要的是，鲁迅对于他，是人生最高境界的化身，是一个伟大人格的昭示。

　　胡风当然非常清楚，无人能够达到鲁迅那种境界，但是，精神的感染，却时时存在，永远不会淡漠。我们不难发现，与鲁迅关系密切，受到鲁迅关心和爱护的一些人，在后来的日子里，总是无形之中将鲁迅作为自己人生的向导，在不同程度上折射出鲁迅的不同侧面。萧军嫉恶如仇，刚直不阿；冯雪峰忠厚朴实，正直善良；胡风独立、执着……更重要的是，即便在极为复杂和艰难的情形下，他们也从来没有失去做人的原则，没有让种种恶习蚕食灵魂。风雨中，挺立起来的，还是大写的人。在这一点上说，他们可以告慰鲁迅。

给梅志写上面这封信的时候，胡风没有想到，仅仅不到一年时间，他心目中那个伟大而亲切、神圣而朴实的鲁迅，被一股强力，纳入到极为奇特的境地。

一个失去本来模样连鲁迅自己也未必能够辨认的鲁迅。一个如同道具一般在纷乱舞台上搬来挪去的鲁迅。一个被抽去灵魂被阉割生命仅仅是木偶一般的鲁迅。

伟大的鲁迅，尴尬地耸立于人们面前。

他被套上一个个耀眼的光环。他似乎得到了应该得到的所有赞美。可是，他的精神实质，他的思想最为深刻最富生命力的内容，却变得支离破碎，甚至化为一阵云烟飘散。

他的生命本是一个巨大丰富恢宏的存在，却偏偏根据需要被任意简化乃至歪曲。鲁迅不再是鲁迅，研究鲁迅也仅仅限于材料的收集，有时自然无法避免违背历史真实的取舍。在这种状况下，学习鲁迅，无疑已经成为一句空话。可以有成千上万人读鲁迅，研究鲁迅，可是，鲁迅精神哪里去了？它找不到可以寄寓的躯体。

他顿时成为被奉命为全知全能的上帝，他的所有思想所有言论，仿佛早就为这样一个史无前例的革命作好了准备。不同派别，不同利益集团，不同目的的人，似乎一下子都是鲁迅的知音，可以根据各自的需要，从他那里随手拈来能够作为护身法宝的东西。于是，《鲁迅全集》成为一个军火库，储藏着每一时刻急需的物资。批判周扬也好，批判"刘邓路线"也好，批林批孔也好，都可以大摇大摆地走进这座仓库，毫不费力气地搬起一批枪炮弹药，然后投入此起彼伏没完没了自以为伟大神圣的战斗。

他似乎达到辉煌的顶峰。然而，与他同时代并且有关的所有人，几乎都不同程度地陷入了困境。胡风、冯雪峰、萧军等人姑且不论，因为他们早已被打入另册。他晚年的知己瞿秋白，因一篇《多余的话》导致厄运，在遇难三十年后重又被押上审判台，陵墓被毁，灵魂被蹂躏。他曾经关心过的方志敏，不再被视为英雄，清贫人生战斗人生，同样被泼上污水。毫不奇怪，那些与他相左的左翼阵营的同志，如周扬、夏衍、田汉、阳翰笙"四条汉子"等人，无一例外地或者走进监狱，或者被批斗被流放，而他当年对他们的批评，理所当然成为他们的历史罪证之一。

作为一面旗帜，鲁迅仍然被高高地举起。可是，他所代表的 20 世纪 30 年代左翼队伍，却偏偏全军覆没。历史被阉割，伟人被架空，一面旗帜插在一片荒漠上。荒漠里没有点染生机的草木，没有流淌激情的河流，没有对手，也没有知音。在这样一种情形下，鲁迅焉能不成为一个真正寂寞的孤独者？

谁能想象鲁迅面对此情此景的心情？

无法想象。

八

1955 年的突然变故，对于胡风实际上意味着思想的停滞。在一生的最后三十年，除了晚年平反后为数寥寥的几年之外，他的大部分时间都在监狱和医院里度过。换一句话说，他的躯体被禁锢，而他的全部精力全部思想，也无形之中被突兀而至的巨大惯性带到一个静止的、狭小的空间。

他的性格，决定了他仍将不懈地执着于往日的追求，他不因外在的变故而减少艺术和思想的热情。同时，他当然也不会淡忘本来就纠缠于心的那些纷繁人事。过去，他反复辩解反复论证，试图得到人们的理解和支持。现在，在狱中，他仍然抱着同样的愿望，而且因这突然的变故显得更加强烈。

不变的是胡风。

从被捕入狱的那天起，一直到"文革"结束，胡风从未停止过对自己思想的解释和对文坛纠纷的描述。他是可贵的，他没有轻易地放弃自己的文艺观，更不能承认自己是反革命。1965 年在度过十年铁窗生涯后，他和儿子有过一番对话。

"你是不是连文艺理论都不承认有错误？"晓谷问。

"至少到现在还看不出错来。"胡风说。

胡风还对晓谷这样说："要我承认是反革命，这还不容易。但我不能这么做。×××在延安整风时承认自己是国民党特务，受到表扬，到处作坦白交代的典型报告，说得有声有色。到后来证明完全没有这回事。我不能这样做。"

当然不能。三十年间，像蛇一样缠绕于心的就是希望还原一个真正的胡风。这一点上，狱中的他，和 1954 年急切对寄出

"三十万言"时候的他没有太大区别。他不能接受那些对手们施加于身上的罪名，不能容忍将自己划归为反毛泽东思想、反革命的异类。多少年的左翼工作，与鲁迅的亲密关系，都让他足以有资格认为，与批判他的周扬一些人相比，在对领袖和革命的忠诚方面他同样毫不逊色。他的文艺思想中关于作家的"主观战斗精神"和"处处有生活"，是符合文艺规律的，并非是对毛泽东《在延安文艺座谈会上的讲话》的挑战。

委屈、冤枉、痛切，诸如此类的情绪，始终在折磨胡风。于是，循环反复的申辩，没日没夜的苦思冥想，消耗着他的大部分生命。他的眼睛始终关注在一个既定点上。他陷于其中而不能自拔。他无法轻松。他的性格使他注定做不到聂绀弩的那种坦然、豁达，乃至玩世不恭。他实在太严肃、太郑重、太无法调和，他也就只能让自己如此沉重地在时间里走过。

他也不像有些"胡风分子"。

绿原同样关进了秦城监狱，但他很快调整了自己的状态。这位精通英语的主持人，开始在狱中自学德语，甚至仅仅根据一本词典来自编一册德文文法。当他走出监狱，当他平反之后，一个功力深厚成就卓著的德文翻译家由此而出现在人民面前。

贾植芳在上海提篮桥监狱度过十年时间，"文革"中又遭受种种磨难，但他的达观一天也没失去过。做人的原则没有改变，对胡风的敬重和信赖没有改变，并坚信历史会证明自己的清白。但这并不影响他微笑着面对一切艰难。无论在何种场合和环境下，他都能保持平静。他的快乐笑声，永远感染着人们。这样，当平反之后，他便得以有可能精力充沛地继续对历史对文学的思考和研究，用学识和人格影响又一代新的学生。

和他相似的是路翎。这位被认为最有才华的"胡风分子"，陷入了与胡风一样的状态。他不能明白突然降临的一切，不能接受施加于身的罪名。他焦虑不安，他不得不写那些没完没了的交代，让流行的语言侵蚀他的艺术思维。潇洒的、才华横溢的路翎，变得沉默，让内心的痛苦折磨自己。他和胡风一样，一度精神失常，创作《财主底儿女们》和《洼地上的"战役"》的那个路翎消失了。"文革"后，朋友们震惊地看到，路翎已经不会兴奋，不会微笑，眼睛呆滞无神，而过去，它曾被朋友们认为是最有魅力的一双眼睛。

我没有去了解胡风与路翎重逢的情景。不难想象，那一定是令人揪心的瞬间。他们面对着，却不能流畅地交谈。他们握着对方的手，却很难感觉到各自思想的流动。

我甚至有些冷酷无情地这样想过，假如胡风不是那样过于沉溺于自我辩白和申辩，假如他不是仅仅着眼于一个既定的内容局限自己的思维，寂寞岁月中的他，完全可以采取另外一种方式走到恢复名誉的那一天。

他可以如同一个思想家一样，在抽象世界里找到寄寓生命的所在。他可以摆脱文坛人事纠纷的困扰，平静地思索，深入地研究业已形成的文艺观，使之更加系统化、理论化，达到一个新的高度。如果可能的话，他还可以真正进入到历史思考的领域，从鲁迅那里获取思想的力量，把鲁迅关注过的种种人生的、文化的、历史的问题，根据自己命运感触，根据自己独特的经历，进行新的透析。这样的胡风，将是一个发展中的胡风，一个走出昔日阴影的胡风。

可惜，这只能是一种假设。

这是一个遗憾。

胡风把遗憾留给了自己。

九

我很喜欢读绿原在 80 年代翻译的德语诗人里尔克的诗。里尔克的诗精粹凝练，他用自己的创作证明，诗中的理性，有时往往比浓烈的情感更具感染力，更能刺激人的思维。

谈到里尔克，人们一般常常以《豹》作为他的代表作。但下面这首《孤独者》，更让我感受到一种与宇宙一样广袤无际的悲哀。它容易让我想到胡风。

不，我的心将变成一座高塔，
我自己将在它的边缘上：
那里别无它物，只有痛苦
与无言，只有大千世界。

只有一件在巨大中显得孤单的东西，
它时而变暗，时而又亮起来，
只有一张最后的渴望的脸，
被摈弃为永远无可安慰者，

只有一张最远的石头脸，
甘于承受其内部的重量，
而悄然使之毁灭的广漠空间
却强迫它日益趋于神圣。

在我看来，诗里的那张"最远的石头脸"，就仿佛我所面对过的那个苍老的胡风。他以自己微弱的身躯，在那么长的时间里，承受着精神的折磨，最终也没有改变自己，像一个真正的人挺立在风雨之中。

但是，到底有多少人理解他，甚至因他而株连的一些友人，是否就真正理解了他呢？他的文艺观和性格，曾使他对不少人作过严厉甚至苛刻的批评和指责，由此而招致的非议，在多大程度上影响着人们对他的认同？他的思想中最有价值的东西，他的人生交响中最具华彩的乐章，人们到底认识多少，理解多少？今天或者明天的年轻人，还会理解他吗？

每当想到这些，我不由得感到某种悲凉渗进心底。

不容回避的是，诸多宗派纠纷人事纠纷，常常影响到真正有价值的思想和艺术的发展。许多时间里，文坛中人似乎已经习惯于无休止地围绕某一特定对象而展开的斗争。

总得有一个既定的对象。这个对象是胡风时，所有对胡风不满的人汇聚在一起；这个对象是丁玲时，所有对丁玲不满的人汇聚在一起；这个对象是周扬时，同样，所有对周扬不满的人汇聚在一起……

既定对象是催化剂，具有意想不到的功能，将汇聚一起的人们原有的种种矛盾和隔阂一一化解，或者说，暂且放置一旁。哪怕曾经对立，哪怕曾经采取各种方式试图将对方拖入困境。但既然情形发生变化，有了共同的既定对象，曾有的一切便顿时显得不那么重要，大家不妨结为一个或紧密或松散的阵营，面对同一个目标。

或许有不容调和的重大原则因素，但在不少人那里，庄重严肃的原则，仅仅作为冠冕堂皇的外在形式，各自难以言说的一己恩怨则掩隐于背后。这种时候，就仿佛一个巨大的漩涡，将不同人身不由己地卷入。旋转中，人们毫不吝啬地消耗精力，毫不迟疑地对着一个既定对象发泄不满。正是在这样的时候，有的人获得亢奋的快感，有的人在文坛存在的价值才得以体现。

然而，对象身上真正有价值的东西被忽视，被曲解。参与者的创造性，被导向一个畸形的领域。

交锋的不是思想，更不是文学和艺术。如果是思想，是文学和艺术，那么，冲突和矛盾，便会成为巨大动力，促使各自思想的深化和发展，促使各自艺术的提高和创新。此种状况下，双方都会无须借助思想和文艺之外的力量来解决矛盾，而是乐意伸出手将权力的影子挥走。真正思想意义艺术意义上的派别之争，会带给人们挑战和竞争快感。

可惜，并不久远的历史，没有提供这样的景象。

尘埃落定，留下来的，还有什么呢？

这是我"沧桑看云"时不断浮现于眼前的景象。不能不面对它们，不能不措述它们，同时，又不能不为之愧惜为之感叹。人们是否还需要思想之外、文学之外的东西来获得刺激和亢奋，新的对象是否又会被选定，然后以此为焦点不同人重又汇聚一起，在这样一种状态下消耗生命？

但愿往日景象不再。

十

最后一次见到胡风，是在1985年他去世前十天的时候。

去医院之前，我顺道先去看望路翎。他刚刚去医院看过胡风，告诉我他发现胡风的身体状况很不好。听说我马上要去，他特地拿出一个沙丁鱼罐头，一定要我带去，还特地叮嘱我，千万别对胡风说这是他让送的，要说是我在街上买的。我有些纳闷。原来，这正是他刚刚探望胡风时，胡风硬要他带回来的。他知道胡风最爱吃沙丁鱼，他愿意这个罐头重新回到他所崇敬和感激的胡风身边。

我很感动。从其他胡风的朋友身上，我也见到过他们对胡风同样的情谊。我为他们之间这种深厚情谊而感动。

在朋友心目中，胡风的重要位置永远是他人无法取代的，那些朋友，尽管因他而受难，尽管因他而消磨青春，可是，一旦获得自由，一旦可以重新沐浴阳光，他们对他敬重依旧，情谊依旧。他们不在乎别人如何议论，也不在乎仍将遇到什么。既然历史已经将他们的命运紧紧联系在一起，既然胡风仍然健在，那么，就不会有什么东西能够将他们分开。哪怕他们彼此之间，各自有着不同的性情、意趣和志向，但他们在对待胡风的态度上是一致的。仅此足矣。

这便是胡风与众不同的魅力所在。他的吸引力，不是能够带来飞黄腾达的权力，也不是可以赐予人的恩惠。作为一个诗人一个文艺理论家，他拥有激情和人格。而正是这样一些最为珍贵的东西，像一个巨大的磁铁一般，使许多敬重他爱戴他的文学青年被吸引，并乐意在他的影响下培养下成为一位诗人一位作家。

当我最后一次坐在胡风面前时，我想到了这些。

八十三岁的胡风，4月份突然被发现患了癌症，而且已经到了晚期，医生估计，很难活过这一年的10月。

和不久前相比，他似乎完全变了一个人。身材魁梧的他一下子变得瘦削，脸色发青，精神显得十分委顿，几乎说不出什么话来。他的生命之火即将熄灭。

在这之前的两三年里，可以说是胡风晚年精力最为旺盛的时期。在这段时间里，他为《评论集》写下数万字的长篇后记，系统阐述自己的文艺观，并对一些理论分歧再将进行梳理。他又在亲人的帮助下开始撰写回忆录。大家吃惊地发现，他的思维活跃如年轻时候，每天工作近十个小时，也不肯停下休息。几十万字的写作数量，对于像他这样一个备受病魔折磨的老人来说，实在是一个惊人的数字。

难道他预感到生命即将结束？难道命运早已安排好，要他在生命即将终结时，再次享受一下创作的快乐？

一年之前的 1984 年的 6 月，胡风在梅志的陪同下参加了区级人民代表的选举。这是他自 1954 年以来第一次行使公民权，对此他比任何人都要看重。那一次，他曾当选为全国人民代表，参与了中华人民共和国第一部宪法的制定，但宪法未能使自己免遭磨难。也许他预感到，这将是他一生中最后一次机会，他显得格外兴奋和郑重。

他走到选举站，将自己的一票投给了两位教师。回到家里，他写下《喜投神圣的一票》：

六月十八日，力疾赴中国艺术研究院投票选区人民代表。我选了候选人中的一位幼儿园老师和一位音乐教授。我第一次知道她们的名字，但我信任候选制和她们的职务。

在旧中国，我没有行使公民权选举过代表，我连是否有这种权都不知道。开国后，我才凭公民权选举过人民代表，也被选过。现在是和社会隔绝了二十多年后，第一次亲自投这神圣的一票。占一绝志感。

学园艺苑喜逢春，敢捧师心合众心。立本开源兴四化，情投国是理求真。

当时，梅志将胡风的这首诗寄给我，很快发表在《北京晚报》上。见报当天，梅志就给我来信，其兴奋之情跃然纸上："今天见到胡先生的《喜投神圣的一票》刊出，很是高兴，这一票真是来得不易！"

此刻，坐在白色世界里，看着眼前精神委顿的胡风，我感慨良多。沉默中我凝望着，仿佛看到一段漫长的历史在他身上流过。他经历的实在太多，他带给人们的话题也实在太多。在20世纪的中国文坛上，还有谁能比他更能引发出关于人生悲剧和文化命运的思考？

我想了想，似乎没有。

就是在那一时刻，我酝酿已久的想法最后确定下来：写一本书，记录胡风和他所遭遇的一切。三年后，我完成了《文坛悲歌——胡风集团冤案始末》。可惜，此时他早已离开人间，没有可能读到它，我无法知道他是否赞同我对他和他所经历的历史的描述。

又是一些日子走过。虽然完成了《文坛悲歌》，但我从没有觉得对胡风的认识和思考可以结束。历史不会穷尽，对历史人物的认识和思考同样不会穷尽。

既然历史选定了他，一阵风暴将他吹起，他也就成了悠悠岁月里一座再也不会消失的雕像。那么，凝望之中，人们的历史沉思再也不会终结。

完稿于 1996 年 9 月 3 日

冯雪峰：凝望雪峰

一

在生命的最后一个冬天，1975年，七十三岁的冯雪峰躺在病床上忍受着癌细胞的折磨，忍受着多年"右派"生涯的冷落和"文革"的嘲弄，等待死亡的来临。

友人们还期望他能做些事情，他也有许多事情想做，但他已经无从做起。在这种处境，日益憔悴日益衰老的他，唯一能做的只是病床上的回忆。那一刻，我猜想，他所经历的种种往事，想必会如同他在诗中所写，披着五光十色飞进他的思绪。

> 一切的深思，一切的无知，
> 一切的呜咽，一切的饥饿，
> 一切的隐闭和一切的赤裸，
> 都从一个梦里，飞进
> 一个有优美的韵律和
> 耀着眩目的彩色的旋风里。

三十多年前在上饶集中营写这首《雪的歌》时，他不可能为自己的生命过程，设想到"文革"中这样一个凄凉的结局。

理想的拥抱，人生的坎坷，性格的悲剧；所有值得留恋的辉煌，所有无可弥补的悔恨，所有难以接受的冤屈……一旦回想所经历的这一切，这位步履蹒跚走过大半个世纪的老人，就无法保持平静。

一个未曾想到的人，在10月的一天来到他的病房，让不平静的他顿时陷入历史酿就的大喜大悲之中。

二

来访者是周扬。

凡是熟悉现代文化史的人，不难想象这是一个多么具有情感震撼力的历史场面。自30年代初鲁迅时期起，冯雪峰、周扬，这两位文人，或者说政治家，虽然同属左翼阵营，却一直处在情感隔膜、思想对立状态。人们经常所讲的左翼文艺的宗派主义纠纷，其实最早便是因他们与鲁迅的关系亲疏不同而开始。后来周扬与胡风、周扬与丁玲的矛盾，不过是周扬与冯雪峰矛盾的延续。冯雪峰1957年成为"右派"而陷入逆境，自然不能简单归咎于某些个人因素，但历史纠葛在特殊时期可以发挥意想不到的作用，则是不言而喻的。

如果没有"文革"中共同的磨难，他们之间的恩怨，完全可能以业已定型的方式结束。

没有任何第一手史料，能够让我们知晓周扬在秦城监狱的那些囚徒日子里，是如何开始他的历史反思。哪一天？哪一个契机？哪一次深切的触动？如果描写这样一个人物的人生，关于这一瞬间的追寻，甚至关于这一瞬间的想象，从文学角度来说，都是非常重要的。不管怎样说，当周扬在1975年走出秦城监狱时，几乎与世隔绝十年的他，一定是以迷茫的目光打量周围。有太多的陌生太多的不解，同时，种种人与事的沧桑，也让他可以用不同于以往的目光回望自己，回望朋友，当然也包括冯雪峰这样的"对手"。

从友人和孩子那里，他得知在"文革"中，冯雪峰没有趁自己被打击迫害之际落井下石——在当时的情形下这原本是非常容易的事，即便在一次次的高压下被迫写历史交代时，冯雪峰也没有把错误和责任推到周扬身上。在周扬看来，冯雪峰"没有存心诬陷我"，"我觉得他还是比较公道的"。周扬为之感动。后来他回忆说，他听说冯雪峰患了重病，便写信给正在主持中央工作的邓小平，请审阅后转呈毛泽东。在信中他反映冯雪峰的情况和渴望回到共产党内的要求，并表示自己的同情。这封重要的信我们无从见到，但我相信周扬当时的心情是真诚的。经过人生的大起大落，经过差不多十年的磨砺，面对一个正直性格的君子之风．周扬不必再如同以往那样受个人龃龉情绪的影响。此时，他也步入晚年，昔日的锐气完全可能被时光渐渐磨蚀。后来的历史表明，周扬正是以与以往大大不同的姿态，走进我们的视野。

周扬的来到，对冯雪峰显然意味着一段漫长历史纠葛的终结，因为他在这个世界上逗留的时间只剩下最后两三个月。这次难得的握手，会以特殊的意义，定格在历史画面中。

冯雪峰无法掩饰自己对这件事的感动。他这个人，承受了太多的冷落与冤屈，显得比任何人都更渴望理解，渴望沟通。所有的愤懑和埋怨，所有的隔阂，仿佛一下子都在这一握之中被捏碎，被劫后重逢的热情拥抱所化解。这次见面之后，他拿起笔，用所擅长的寓言体裁写下他的文学绝唱——《锦鸡与麻雀》：

有一只锦鸡到另一只锦鸡那儿作客。当他们分别的时候，两只锦鸡都从自己身上拔下一根最美丽的羽毛赠给对方，以作纪念。这情景当时给一群麻雀看见了，他们加以讥笑说："这不是完完全全的相互标榜么？"

"不，麻雀们，我不禁要说，你们全错了。他们无论如何总是锦鸡，总是漂亮的鸟类，他们的羽毛确实是绚烂的，而你们是什么呢，灰溜溜的麻雀？"

所有的以往，当然不会在相逢一握之后便都烟消云散。他们书写的历史，其中种种大大小小的纠葛，一次次的风起风落，总是会让人们不断地评说。他们从历史走过的不同姿态，更是会不断吸引住人们的目光，因为他们的恩怨尽管带有浓厚的个人色彩，却又远比他人具有更深层更丰富的历史内容。当人们一次次用新的、不同的目光审视他们时，便如同解读 20 世纪重要的一页。

三

和当事人显然不同，我特别愿意以平静的心情看待冯雪峰与周扬的劫后重逢。不错，重逢很重要，和解也很重要，尤其对于个人关系史和个人命运行程来说，在感情和生活场景的描述上，它会是颇具戏剧色彩的一笔。但除此之外还能给予我们什么呢？它并不能帮助我们理解以往他们之间发生的一切，不能帮助我们体味他们当年的许多心情，不能替代悲剧命运中不同性格的呈现。那么，当我们不得不追寻那些历史陈迹时，就只能暂且当作它没有发生过。

说实话，只要一涉笔左翼文艺界长达半个多世纪的宗派纠葛恩恩怨怨，我就如同坠入一张无形的大网之中。我的手脚，我的思绪，在网眼里伸来伸去，飞来飞去。一会儿仿佛轻松自如，摆脱了羁绊，可一转眼，却又被网绳挂住、缠住，让你吃力地扭动身躯，无奈地喘息。

我也好像被黑布蒙着眼睛，引上了一条弯弯曲曲的山径。只感到在不停地走，不停地转弯，却总也不知道身在何处，路到底通往何方。我不能静下心来，看一看路边各式各样的景致，甚至连停下来轻松一下的机会都没有。似乎有目的，又漫无目的；似乎颇有收获，又无从表达。我便如此这般走在这样的路上。

何其艰难！

太多的众说纷纭，太多的各执一词，太多的概念混战，太多的人生悲剧……翻阅堆积如山的回忆和史料，面对一个个亲历者饱经沧桑的身影，我常常有憋得喘不过气来的感觉。真有这种时候，我推开满桌的书籍资料，站起来长叹一口气，或者恨不得索性对着墙壁喊上一句：历史真难说清！

有时我不敢完全按照自己的思路走下去。譬如，我设想，如果抽出半个世纪左翼文人间的争斗，抽出一次次政治运动中不同人物的、循环反复的悲剧，那么历史的画面中还剩下什么呢？文学创造的殿堂里还剩下什么？许多人的智慧、才华，乃至精力，究竟抛向何处，这种抛掷意义何在？一个个悲剧的发生，有什么必然，有什么代价？

直到有一天，我终于明白，我必须跳出无形的网，必须解开罩住眼睛的黑布走出山径。不必拘泥于一人一事，不必让思路陷入盘根错节的是是非非恩恩怨怨的细节辨析之中。应该更加冷静，更加超脱，多一些理性的目光，在不同人的历史遭际中感受他们，理解他们，由认识性格而走进历史深处。

当北京的冯雪峰于"文革"初拒绝落井下石、做出令周扬感动的选择时，远在四川狱中的胡风，也不约而同地做着同样的选择。一次次外调、审问，人们当然指望他这个周扬的"死敌"和蒙受巨大冤屈的人，能够根据报纸上连篇累牍的大批判文章的调子来揭发周扬，批判周扬。胡风比任何人都有理由这样做。但是，他没有。他只是根据记忆，如实叙述当年的经历。仅此而已。

历史没有提供一个机会让冯雪峰和朋友胡风重逢，因此，他们也就无从了解面对时代大劫时，彼此做出的选择。我想，即便知道，他们也不会吃惊各自的表现，也不会以此而有任何自豪感。对于他们来说，这样做是十分自然的事情。人可以有这样那样的毛病和缺陷，人的处境也会随时变化，但做人的基本准则是不可更换的。圆滑、势利、取巧，他们的性格中不大可能为它们留下位置。于是，即便不幸在身，即便政治漩涡拼命旋转，他们也没有随波逐流，而在人性阴暗面最容易暴露的时刻，自然而然显露出他们人格的亮色来。

我发现，和鲁迅关系密切的冯雪峰、胡风、萧军等人，在性情上有不少相似之处。耿直爽快而无遮拦，急躁执拗而冷静，朴实无华而拙于心计。许多时候，他们似乎并不考虑环境和对象的不同，也不顾忌性情的挥洒所可能带来的对自己不利的后果。不可更移的个性，注定让他们以自己的方式成为文化史上几个特殊的人物，并且在特殊的环境中饮下苦酒。

和胡风、萧军相比，冯雪峰的性格挥洒，同样令人感叹不已。

楼适夷先生是左联时期和冯雪峰同吃同住的老朋友。他便说过他们都是流浪汉，因此学会了流浪汉的坏脾气，爱吵嘴，爱发牢骚，得罪的人不少。冯雪峰在 70 年代对一个鲁迅研究者回忆过这样一件事情：1930 年 4 月在上海，有一次他和鲁迅一起参加过一个左翼文艺界的聚会，参加者大约三十人。在复旦大学担任教授的剧作家洪深先生，带来一个（或者两个）穿着摩登的女学生，在大家聚谈中，他们忽然演起戏来，洪深向他的女学生跪下来。对于艺术家来说，这样的即兴表演是非常自然的事。可是冯雪峰看不顺眼，竟然当场发火，骂他们“肉麻当有趣”，弄得洪深下不了台。后来冯雪峰认为自己做得太过分，但他的率直和急躁对他人情绪上造成的伤害，却是无法挽回了。

他的儿子回忆过生活中的父亲：50 年代，有一天，他和父亲送一位客人到门外。客人没有自己伸手拉开车门，而是站在那里一直等着司机出来开门后才钻进车。父亲被激怒了。他气得跺脚，暴跳如雷，破口大骂。事情还不算完，等客人坐车远去之后，父亲还使劲摔自己的家门。

最形象生动的概括，莫过于唐弢先生的描述和评说：“严格而不免执拗，朴素而失之偏急。我和他曾经发生过几次争论。这种时候，雪峰嗓门转高，语气转急，本来带点家乡义乌腔的普通话更加结结巴巴，表面力持镇静，却无法掩盖住内心的激动。你说他刚正不阿也罢，说他桀骜不驯也罢，总之，他沉下脸，摆出准备搏斗的公鸡一样的姿态，令人望而生畏。不过他的诚实仍然使你相信：这个人决不会弄虚作假，暗箭伤人；甚至于只要相见以诚，满天乌云，随见消逝，反过来还会设身处地的接受别人的意见。"

这便是生活中的冯雪峰。

四

因性情而致，1937年冯雪峰做出了一个根本改变自己政治命运的选择。

"七七"事变后，国共两党在庐山谈判，讨论第二次国共合作的进一步措施。中共代表团由周恩来、博古、林伯渠等组成。身居中共上海领导层的冯雪峰，不能接受中共代表团的一些意见，并和代表发生争吵。对于取消苏维埃政权、改编红军等等，这位走过万里长征的人感情上无法接受。胡愈之先生回忆说，冯雪峰一个晚上突然跑到他家，生气地说："他们要投降，我不投降。我再也不干了。我要回家乡去。"（有的文章说是冯雪峰和博古争吵，但从胡愈之的回忆看，恐怕并非博古一人。）

冯雪峰果然一气之下，丢下工作，离开上海。他居然会做出这样的选择，实在不可思议。

在史料中可以看到，中共中央领导人之一的张闻天，曾电召他回延安，可他仍然没有听命，执意离去。10月25日当时上海中共负责人潘汉年、刘晓致电毛泽东、张闻天，报告冯雪峰的情况："李允生（即冯雪峰——引者注）已不告而行，（行）前给我留一信，大意：一、身体不好，要求到乡下去休息二、三月，要我转向你们申请。二、将来患难来时仍挺身而出。三、请党对他这类分子不当作干部看，所以他离开工作没有关系。四、对组织有些意见，不愿再说，以保存他自己的清白和整个

大局。"（载《新文学史料》1992年第四期）

一个冯雪峰研究者写过，有材料说，周恩来1943年曾谈到冯雪峰与博古的争吵，说冯雪峰坚持的观点是正确的，符合中共中央对白区工作的政策方针，但因此闹意气回到老家义乌去写小说是不应该的。

关于冯雪峰争论的是非曲直，自有党史专家研究，无须我多花笔墨。我着眼的是一个特殊的文人性格。

尽管他是仅有的经历过长征的作家，尽管他在上海一度担负着一个政治家的重要职责，尽管他毕生都未曾放弃过革命理想，文人气却丝毫没有因为战争和政治斗争的残酷、激烈而减少。一旦他对某件事情不理解，或者不满，他不会如同真正具有政治家气质的人那样，将个人色彩淡化到最低限度，让个人性格、个人情绪，完全消融于政治需要之中。在这件事情上，他甚至与一般意义上的党员也有所区别。他看重的是自己的情绪，是个人的选择，而非组织原则。按照一个政党的要求来说，他的选择实在无法接受无法理解，可是，他偏偏以这样的方式做出选择。

显然，他的选择不可避免将改变中共领袖曾经对他有过的良好印象，他在左翼文化领导层曾经举足轻重的地位，也由此必将有所改变，而由他人所替代。这些，在未来的日子里，又将根本改变他的命运。

面对这样一个性格的文人，我感慨无语。

五

在家乡蛰居埋头创作描写长征的长篇小说的日子里，被捕之后囚禁在上饶集中营的日子里，冯雪峰如何反省自己1937年的冲动，我们无从了解。不过，他的儿子的一次回忆，透露出父亲心中一直存留着自己性格的阴影。他为之忧虑不安，他不希望儿子因袭这种性格。

那是在50年代初，儿子入党前填写表格，冯雪峰特地谈了自己的性格脾气。他建议儿子在"家庭出身"一栏里，不要填"革命干部"，而是填"职员"。他说自己尽管参加过长征，做过多年地下工作。但作为知识分子作家，其特性却是属于自由职业者的范围。他的暴躁、偏激、骄傲，以及自由主义的习性和作风，正是早年在近于流浪者的窘迫生活环境里形成的。他承认，自己这种性格，常常给他带来极大不安。他让儿子填"职员"，不是要儿子忘记"父亲是个党的干部"，而是要儿子记着这个缺陷，避免继承过来。

这当然是一次推心置腹的谈话，它已超出了父子关系的含义。不妨想象一下冯雪峰当时诚恳的、沉思的神情，想象一下他如何用一种忧郁的目光，审视自己走过的人生轨迹。

可以理解冯雪峰对自己性格的自省与自责。不过，不必如此沉重，不必如此苛求。他对自己性格的概括，其实也展现出极为可贵的一面。在我看来，对于他，"知识分子的作家"这一身份，与他个性的结合，并非绝对意义上的缺憾。相反，它为他提供了另外一片天地，使他的人生更为丰富。一个咏唱青春的"湖畔诗人"，一个与鲁迅相知的人，一个文学理论上独树一帜的人，他还应该因性格的赐予而满足。

与暴躁相伴随的是激情，是愤世嫉俗；与偏激相伴随的是独辟蹊径，是固执己见；与骄傲相伴随的是自信，是洁身自好。似乎种种矛盾的元素，在这个人身上，被正直坦诚的基调交织在一起。的确，他有时迂得让人难以接受难以理解，但又因此而显示他的可爱来。

自由主义的习性，也许对于政治而言常常显出其幼稚与不相容性，但对一位文人来说，它似乎又是不可缺少的添加剂，或者润滑油。有时，它甚至能够成为一对翅膀，让文人的才情与思维，以独特的姿态飞翔。

除了懊悔，冯雪峰当然有理由为拥有这样的性格而荣幸。

拥有这样的性格，他才会在一些左翼文学家纷纷批评鲁迅贬低鲁迅的时候，独抒己见，于1928年发表《革命与知识阶级》一文，以尊重、钦佩、体察的心情，描述一个谁也无法抹煞无法贬低的巨大存在。这一年，他二十五岁。

拥有这样的性格，他才会在胡风被打成"反革命分子"之后，一直难以接受这冷冰冰的现实。他内心知道，胡风的理论与自己有着许多联系，更知道他们作为鲁迅晚年密切的友人，早已历史地被绑在一起，但是，他迟迟没有像他人所期望的那样，写出深刻批判胡风的文章。他仍然在执拗地把握着自己的人生走向。

拥有这样的性格，他才有可能在有限的思想区域内，保持独立思考的个性，不甘平庸，不甘麻木。

在反右运动中，一位曾与冯雪峰交往密切的人，把冯雪峰和他私下的谈话内容，披露在一篇批判文章中。读这些谈话，我觉得，在那种无顾忌无约束的交谈环境中，冯雪峰仿佛才找到精神与思想的自我感觉。他无须遮掩，无须把精神戴上面罩，而是用性格用没有枯竭的思想在谈话。

他这样谈到文艺作品的标准问题："政治标准第一，当然是对的。不过应该是说，对于一件艺术品来说，政治标准才是第一的。现在却弄成先不管它是不是艺术品，即使不是，只要政治性强，也就是好的。正好像我们说干部标准，德是第一，这是对一个活的人来说的，不能摆一个木头人在那里，就说他德怎样好怎样好。"

冯雪峰关注着苏联文艺界因反对斯大林而带来的明显变化。他对友人说："苏联文艺界这些年老是转来转去，一会儿抓住这个理论，一会儿抓住那个理论，一会儿反对无冲突论，一会儿又跟着尼古拉耶娃大谈艺术特征。其实都不是关键，所以始终解决不了问题。只有这一回，根本关键才抓住了。关键在于社会主义民主。作家其实都知道应该怎么写的，不用人去教。没有社会主义民主，他怎么也不可能写得好。有了社会主义民主，都会写出好东西来。……"

无论如何得感谢把这些谈话披露出来的人。他让我们看到了一个真实的冯雪峰，看到了曾被人叫做"鲁迅弟子"的这个人，身上仍然飘拂着些许鲁迅遗风。

六

能够和鲁迅相知相交，无疑是冯雪峰一生中最为重要的内容。荣也好，辱也好，兴也好，衰也好，他的命运走向，几乎都因此而发生。

当柔石最初在鲁迅面前提到《革命与知识阶级》的作者"画室"时，鲁迅对这位出来为自己辩护的年轻人，虽然有好感，但也并没有表示出特别的热心。在他看来，冯雪峰尽管批评创造社对自己的贬低，但同样把自己称作"同路人"，是"冷酷的感伤主义者"。所以他甚至对柔石这样说过：他们是一起的。不过，鲁迅还是十分感谢这位持论与众不同的青年。

这该是几乎所有作家的共性。对能够真正体察自己创作心境、真正理解自己的人，一个作家，不管他如何孤傲或者自信，总是会怀有好感，进而产生信任。

鲁迅当然也不会例外。便是在这样的情形下，由柔石引见，冯雪峰出现在鲁迅面前。从此，冯雪峰的人生和他在现代史上的地位将发生根本改变。而鲁迅，其生活、其与中国共产党的关系，也将因为这样一个并不那么起眼的青年的走入而发生变化。

冯雪峰与鲁迅的接近，显然不限于纯粹意义上的文学，不限于一个景仰者或者一个评论家与作家的接触。许多人的回忆录都明白指出，他是奉党的指示而建立与鲁迅的联系的。这一点当时鲁迅是否感觉到、意识到，我们无从知道，但鲁迅的确是因冯雪峰的出现，而密切了和中共领导的左翼文艺界的关系，并抛弃前嫌，与创造社、太阳社等成员一起，成立了"左联"。

许广平有过回忆，冯雪峰成为他们家中的一个特殊的客人。每天夜里十一点多与他们相邻的冯雪峰便来到家里。左联杂志的封面、内容，要和鲁迅商量，要鲁迅帮忙，甚至还出题目要鲁迅做。鲁迅有时接受，有时则拒绝。她常常听到冯雪峰与鲁迅这样有趣的对话：

"你可以这样这样的做。"

"不行，这样我办不到。"

"先生，你可以做那样。"

"似乎也不大好。"

"先生，你就试试看吧。"

"姑且试试也可以。"

谈话便以这样的方式进行。等冯雪峰离开时，常常已是夜里二三点。他走后，鲁迅再打起精神，做预约好的工作，直到东方发亮还不能休息。在许广平看来，这工作已经超出了先生个人能力以上，但鲁迅对劝告他的人回答说："有什么法子呢？人手又少，无可推诿。至于他，人很质直，是浙东人的老脾气，没有法子。他对我的态度，站在政治立场上，他是对的。"

这便是冯雪峰的独特。除了政治因素之外，影响鲁迅的，还有雪峰性格的力量。纷繁历史烟云中，我们经常可以看到，一些也许并不起眼的个人因素，却决定着重大事件的发生与发展。当时上海文化界许多人，便注意到冯雪峰对鲁迅的影响。陈望道先生曾经这样说过："弟子而以某种思想学说影响他的老师的，古今中外，颇不乏人。雪峰对于鲁迅便是一个现成的例子。"

无法设想，如果没有冯雪峰与鲁迅的相知相交，如果没有一个执拗性格的影响，鲁迅是否还会以自己的方式，参与左翼文艺界的工作。而没有这面旗帜，又该如何想象当年的历史？

我心中一直有困惑，或者说不解之谜。在关于周扬的文章中，我曾提到过。我不明白为什么一方面鲁迅得到前所未有的高度评价，一方面受到器重的却是与鲁迅格格不入的周扬，而非鲁迅的挚友冯雪峰。

从个人交往的角度，冯雪峰与毛泽东的接触远远早于周扬，而且长征前在中央苏区，冯雪峰与毛泽东有过一段极为密切和深入的往来。正是在那次往来中，远在上海的鲁迅，成为他们中间的一个重要话题。此时毛泽东正受到王明势力的冷落、打击，而冯雪峰讲述的鲁迅，恰恰在上海对王明等人的做法一直表示不满和抵制。以冯雪峰为媒介，毛泽东和鲁迅在感情上有了沟通和共鸣。

不可低估这一共鸣在毛泽东内心的影响。一个人，即使伟大政治家也不例外，当他身处逆境时，当他被误解、被冷落的时候，来自他人的理解与共鸣，最能给他以温馨。他会从一些细节中，一些言谈话语中，寻找到精神的知己，并以此来充实自己，来加强自信。

我曾与一位和毛泽东有过一定交往的先生，谈到毛泽东和鲁迅。他认为毛泽东是深深感谢鲁迅的。在遵义会议之后，在长征结束之时，刚刚确立中共领袖地位的毛泽东，获得了来自上海一个文化伟人的支持，这对于他显然有着特殊意义。毋庸置疑，他非常看重这一充分的理解与支持。没有这样一种感情的联系，没有近乎于"患难之交"的历史渊源，后来毛泽东就不会以那种充满敬意和感激的心情，对鲁迅做出文学的、思想的、历史的高度评价。

我赞同这一看法。不然，就不能解释，长征之后毛泽东为什么很快在1936年春天，委派冯雪峰前去上海与鲁迅建立联系，并明确支持正卷入左翼文坛纠纷的鲁迅。同样，鲁迅的支持，至少在文化领域有着举足轻重的影响。这时，尚没有"一面旗帜"的说法，但实际上冯雪峰的使命之一，正是要高举起鲁迅这面具有巨大号召力的旗帜。

冯雪峰初到上海的工作，得到了中共中央的赞许。1936年7月5日至6日，毛泽东、张闻天、周恩来等中共领导人在安塞召开会议，听取中共驻东北军代表刘鼎的汇报。在刘鼎即赴南京、上海之际，让他带走了一封致冯雪峰的长信。信由张闻天亲笔，周恩来修改，主要布置有关统战方面的任务，同时也谈到鲁迅，谈到了冯雪峰到上海之后开展的文化活动。信中说：

"关门主义在目前确是一种罪恶，常常演着同内奸同样的作用。但这些人同内奸是不同的，解决的方法也完全不同。解释还是第一。你对周君所用的方法是对的。

"你的老师（即鲁迅——引者注）与沈兄（即茅盾——引者注）好吗？念甚。你老师送的东西虽是因为交通的关系尚未收到，但我们大家都很熟悉。他们为抗日救国的努力，我们都很钦佩。希望你转致我们的敬意。对于你的老师的任何怀疑，我们都是不相信的。请他也不要为一些轻薄的议论，而发气。"（载《新文学史料》1992年四期）

冯雪峰后来地位和作用的变化，乃至命运的变化，不排除他赌气执意回家乡所产生的负面影响。他远离革命中心，他不再可能接近毛泽东，不再有机会表现出自己的理论修养。但是，这也许不是最具决定性的因素。

我看重鲁迅逝世对之产生的影响。

七

其实，在1936年10月鲁迅逝世之后，冯雪峰受信任、受器重的情况便开始有了变化。从已发表的中共领导人的信件电报看，从上海到延安的一些人对他的批评，是一个直接原因。张闻天1937年9月在给博古的电报中就这样说过："上海所有来人没有一个满意他的。"在这种情形下，中央已经准备调换冯雪峰的工作，并电召他回延安。从上海到延安的人中，除了周扬，还有哪些人，他们如何谈论冯雪峰，我们无从完全知道。

但可以推测的是，在冯雪峰赌气回家乡之前，他过去因鲁迅的赫然存在而形成的特殊性、重要性，已经不复存在。

的确，不能回避这一点：生活在不断变化着，政治也在不断演进中，作为一种精神的肯定与高扬，与作为一面旗帜的现实影响，对于现实的作用当然有着显著不同。而任何一个伟大的政治家，之所以伟大，就在于他十分明了这种区别。他更需要的是时时把握住现实的脉搏，他能于千变万化的风云之中，确定历史的走向。

毛泽东是其中的佼佼者。他感激鲁迅，敬重鲁迅，但作为另一个历史伟人，他不会如同一般人那样仰望鲁迅，更不会像一些文人那样仅仅带着崇拜心情。不会。历史造就了另外一个更恢宏的他，在历史演变过程中，他已经超出了思想的、文化的、精神的意义，而成为伟大的政治操作者。这样一个伟人，绝不可能让自己存在于别人影子的映照之下，即便鲁迅也不例外。

他注定要开创伟大的事业，他也注定要在文化上确立自己的思想。与冯雪峰相比，性格、组织能力、对他的思想和理解能力以及阐述能力，周扬显然有着优势。不妨设想一下，即使冯雪峰和周扬都在延安，获得毛泽东青睐的，也可能是周扬而非冯雪峰。因为，只有一个伟大的政治家，才能够排除个人感情的影响，根据政治的需要而做出他人想象不到的选择。

后来50年代的突变，当然是任何人最初无法预料的。随着胡风、冯雪峰、萧军等人一个个在文坛上销声匿迹，鲁迅与文坛的历史直接联系，应该说实际上已经告一段落，或者说基本结束。他的名字依然耀眼，他的旗帜依然高举，但许多情形与当年显然大不相同。如果鲁迅健在，历史又该如何演进，他的这些朋友的命运，乃至曾与他格格不久的那些人的命运，会发生什么样的不同变化，是很难假设的。

回望历史的人，眼前所出现的正是这样一种极为复杂、难以解释的现象。历史既然已经以这样的方式发生，那么，人们当然只能以各自不同的目光观察。

解释肯定有好多种。实际原因也远非我所描述的这样单一。不过，我愿意从这样一个历史背景和人文背景去梳理，去理解。我看重自己的思考。

八

反右斗争中，丁玲与冯雪峰作为一体，被放在了批判、贬斥的处境。熟悉他们的人，对此不会感到丝毫惊奇和意外。以两人之间多年的深厚友情——准确地讲应该是爱情，以他们与周扬在不同时期产生的矛盾，他们都不可能在政治风暴来临之际，独自一人承受风雨的拍打。

现在，他们都已离开了这个世界，苦难对于他们来说，实际上都已成为过去。这时不妨回避彼此的友情所招致的痛苦，以浪漫的情调，追述他们浪漫的情感。用这样的段落来结束一篇长文，也许会让沉重的心情变得轻松一些。对于读者，这也该是一个放松。（我常常有这样的担心，用滞重的笔，描述那么一些显得沉闷显得枯燥的往事，对于读者会不会是一种阅读的折磨？可是，一次次，我又不能不无奈地这样做。）

把"浪漫"与冯雪峰这样的性格联系起来，似乎有些牵强。是的，他几乎从来没有在人们面前表现出通常诗人所具备的浪漫，或者年轻人大喜大悲的感情起落，或者花前月下的卿卿我我。至少在他的友人回忆录中，我没有发现类似的描述。

但是，正是这样一个性格，从1927年开始，就强烈地吸引着丁玲。在以后长达半个多世纪的岁月里，关于与冯雪峰产生感情的原因，丁玲虽然有过政治的、文学的、性格的不同解释，但她从来没有对之讳言。最初她甚至坦率承认，她与胡也频的爱，是不同于与冯雪峰的爱。前者是浪漫的，却又带有孩子一般的游戏，而后者则是刻骨铭心的。1937年在延安与斯诺夫人的谈话中她就这样说过：

"一个朋友的朋友开始来到我们家，他也是一个诗人。他长得很丑，甚至比胡也频还穷。他是一个笨拙的农村型的人，但在我们许多朋友当中，我认为这个人在文学方面特别有才能。我们在一起谈了很多。在我的整个一生中，这是我第一次爱过男人。他很高兴，并感到惊奇地发现一个'摩登女子'会爱上这样一个乡巴佬。"

当年丁玲没有离开胡也频，她责怪冯雪峰缺乏胡也频一样的热情和勇气，不然，她是会随冯雪峰而去的。冯雪峰也做出了别的选择。但是，这一切，从来没有影响过彼此之间的信任和感情沟通。用流行的话来说，他们依旧深深依恋着。

1933年秋天，在丁玲被捕并传言已经遇害之后，冯雪峰将丁玲1931年、1932年写给他的信，以《不算情书》为题发表出来。他实际上便是从这样的形式，来寄寓自己对丁玲的深厚感情。70年代，香港一个文学史家曾评价丁玲的信：

"它可能是中国女性最赤裸的自白了。但没有一点肉麻和卑污的感觉，被她那纯洁的虔诚的情思所牵引，读着她遍历那哀欢交织、凄艳卓绝的精神历程。"

前两年，在写《恩怨沧桑——沈从文与丁玲》一书时，我查阅到当年发表出来的这些信。1936年经丁玲本人编辑，它们曾收入《意外集》中，但1949年之后的各种选本均未收入。作为一个研究者，作为一个当代人，几十年后再读这些信，仍感到产生于丁玲身上的情感是那么真诚，那么热烈。从这里，我们看到了冯雪峰性格的特殊魅力。

九

和丁玲相比，冯雪峰的感情，则是以另外一种方式表现出来。他异常节制，而且出奇的严厉、冷静。丁玲发表了《莎菲女士的日记》引起轰动，冯雪峰读后感动落泪，但在给丁玲的信中，却仍然说："你这个小说，是要不得的！"1936年丁玲在被幽禁三年之后来到上海，与冯雪峰重逢。冯雪峰第一句问："这几年怎么过的？"丁玲想把什么话都跟他谈，然后大哭一场，痛痛快快哭一场。可是，她刚一哭，冯雪峰就马上把脸板起来，严厉地说："你为什么老想着自己呢？世界上不是只你一个人孤独地在那里。还有很多人跟你一样的。"

几年来，他们彼此经历了常人所未经历的事情，第一次重逢却以这样的方式发生，的确是非同寻常。尽管一听到丁玲的消息，冯雪峰就派人帮助她，但一旦相遇，他便用这种独特方式表达他的感情。

浪漫存在于他的心中。与丁玲的友情，在许多时候是他生命的一抹温馨的色彩。

下面是一个浪漫而深切的故事。

在上饶集中营里，冯雪峰思念着远方的丁玲。一天夜里，他梦到了一双女性的眼睛。这是一双"很大很深邃，黑白分明，很智慧，又很慈和的极美丽的眼睛"。醒来，他再也忘不了这双眼睛。他把它写进了《哦，我梦见的是怎样的眼睛》这首诗：

哦，我梦见的是怎样的眼睛！
这样和平，这样智慧！
这准是你的眼睛！这样美丽，
这样慈爱！衬托着那样隐默的微笑；
那样大，那样深邃。那样黑而长的睫毛！
那样美的黑圈！

与冯雪峰关押在一起的画家赖少其，读过这首诗之后，他按照诗的描述，用铅笔画了三四张眼睛的素描。冯雪峰选了比较理想的一张，又在上面题写一首诗《霞光》。这时的赖少其，从未见过丁玲，即使照片也没见过。但十年之后，他在北京第一次遇到丁玲，不由惊住了：他在集中营里面画的那双眼睛不就是丁玲的眼睛吗！此刻，他才明白，在囚禁的日子里，冯雪峰心里一直默默思念着远方的丁玲。

与任何浪漫和诗意的情感故事相比，发生于冯雪峰身上的这件往事毫不逊色。相反，因重要历史背景的衬托，它更显得动人，更深切地展示出他作为一个文人情感世界的丰富。

在后来的日子里，丁玲和他一样，都会遭受打击，成为文坛赫赫有名的"右派"，冯雪峰显然是未曾预想得到的。于是，在漫长的半个世纪时光里，这两位文坛重要人物，便以不同于他人的方式，产生、稳定、延续着各自的感情，一直到生命的终点。

或许是对应冯雪峰当年对"眼睛"的梦幻，丁玲在即将告别人间的时刻，以另外一种怀念，为他们之间的友情，加上了最后一笔浓彩。

丁玲逝世前不到一个月的一天，1986 年 2 月 7 日，大年初一，从病中醒来的她，想到了冯雪峰，因为冯雪峰便是在十年前的大年初一逝世的。听着窗外的鞭炮声，丁玲对秘书感叹地说了一句："雪峰就是这个时候死的。"十天之后，丁玲病危，不再可能对他人回忆往事，这一声感叹，成了她送给冯雪峰的绝唱。

在另外一个世界里，冯雪峰是否感应到绝唱的回响并不重要。在寂寞、冷落、冤屈中告别人间的他，如果知道这个世界不断有人用不同方式在怀念他，在描述他，他的灵魂也许会得到安慰。

完稿于 1995 年 3 月 7 日，北京

赵树理：清明时节

今天是清明节，是生者祭奠死者的日子。

在这样的日子里，我开始写这篇关于赵树理的随感。

赵树理在"文革"中的遭际，在诸多受迫害的作家中，是非常凄惨的一个。关于他的磨难有不少传闻，有些细节今天难以想象。人们常爱提到这样一件事：一次批斗他时，他被架上用三张桌子搭叠起来的台子上，最后被一位批斗者猛掌击下。这次批斗造成的后果有不同说法。有的说是两根肋骨被摔断，肺叶被折骨戳破。也有的说是摔坏了髋骨。到底是肋骨骨折还是髋骨摔坏，似乎已经没有辨析的必要，反正他是在这次批斗之后失去了生活自理能力，并在痛苦折磨下走完生命的最后时光。

他是在 1970 年走到生命终点的。这一年 9 月 17 日，他又一次被押到批斗会场。一天前，他刚刚度过他的六十五岁生日。不过他是在一种寂寞无奈的境地下度过的，没有欢乐，没有温暖，只有阵阵凄凉弥漫于监禁地狭小的空间。他何曾料到，这将是他在这个世界上度过的最后一个生日。

他已经不能行走，甚至爬行也无力做到。他被强行架到了太原当时最大的湖滨会堂。于是，在《赵树理传》（戴光中著，北京十月文艺出版社）里，我读到了几乎令人窒息的描述：他确实站不住，造反派在台上放一张桌子，叫他把双肘撑在桌面上，胸部抵住桌沿，两手捧住脑袋，认真听取批判。然而，每一个批判者，雄赳赳地踏上讲台的第一句话就是"赵树理站起来"，接着是"抬头示众"，"低头认罪"。听到这一声声的吆喝，赵树理条件反射地站起来，困难地弯下腰去。……他渐渐地支持不住了，头上滚下黄豆大的汗珠，两腿索索颤抖，过了半个小时，就一头栽倒在地……

尽管晕倒在地，赵树理仍然没有被送进医院。五天之后，当他再次病危，不得不送进医院时，他的生命之火已经黯淡，几个小时之后就将熄灭。这位曾经被誉为他的时代最有典型意义的作家，这位创作过《小二黑结婚》、《李有才板话》、《登记》等作品的人，留在儿子记忆中的最后一幕，却是这样一个场面："父亲一脸惨白，浑身颤抖着滚在床上。见我过来，他抖索着伸出左手来，铁钳似的抓住我的一只手，死命地摇晃起来，嘴张了几张，翻出白沫，嗓子里呼噜呼噜打响——父亲再也说不出话来。"

一个曾经那么出色地为他的时代而讴歌的人，竟然会被骤起的风暴所吞噬，一个人的生命在那样一个特殊的时刻，竟然如此无情而又无所谓地被抹去，无法令人置信。但是，他的儿女们，当年却只能无奈地接受这一冷冰冰的现实。

在二十多年后这样一个日子里，想必赵树理的儿女们，仍会如同往年一样，到墓地去祭奠父亲。在江南，现在已经是春暖花开细雨蒙蒙的季节，但在北方，在赵树理生于斯长于斯死于斯的山西，春天通常还显得很遥远。如果大风骤起，黄沙便会铺天盖地肆虐而至，把整个天空抹成一片昏暗。在这样的日子里，在昏暗天空的映衬下，祭奠父亲的儿女们，心情自然会尤为沉重。我猜想，每当他们想到父亲告别人间的最后一幕，对历史的感受便会与众不同。那是一片风沙漫卷的天空，没有阳光，没有春意，只有无尽的悲凉。

不难想象，对于他们，祭奠父亲追思父亲的心情不会因为时间的流逝而改变。

二

我不知道，在清明时节，除了亲友之外，还会有多少人在心底祭奠着赵树理这样一些在"文革"中被迫害致死的人？

一切仿佛显得遥远，虽然时间的流逝只不过二十多年；一切又仿佛显得陌生，虽然许多事情曾一度刻骨铭心地印在人们的脑海里。我曾经有意识地问过一些朋友：今年是什么日子。开始他们都觉得我问得突兀。今年就是今年呗。今年无非是去年的继续，今年无非是明年的去年，年年不都是有这样的日子，年年不都是该来的来该走的走，有什么特别的。但是在沉吟片刻之后，他们先后都醒悟到今年的确是一个重要的年份。今年是"文革"爆发三十周年，也是粉碎"四人帮"、"文革"结束二十周年，苦难和悲剧也好，历史转折和新时代开始也好，不管从哪一个角度看，对于今年来说，"三十周年"和"二十周年"的纪念日，是时间为之赋予的沉重的历史分量。这种与历史的联系，注定无法摆脱，不会因为人的意愿而予以改变。

一位前辈在突然想到这一点时，不由得恍然大悟一般拍拍自己的脑袋，连声说：我怎么会忘了呢？

他在自责。

其实也不必自责。人总不能永远沉溺于往事之中，背负着昨日的记忆而生活。记忆不管是痛苦的还是快乐的，都不可能、也不应该取代现实生活在人们心目中的首要位置。人生来就该拥抱现实，应该永远充满活力地以积极的姿态投身于现实生活的创造之中。往事的记忆，只能是现实人生诸多风景的一幅远景，它可以使一日日出现的新风景添上一抹浓烈的色彩，但它却不应该蔓延开去，把别的一切都消融殆尽。

时间看来真的可以改变很多很多东西。"文革"刚刚结束时，人们控诉"文革"的那种激愤、慷慨的语调，早已消失在时间的消磨之中，谈论昔日悲剧的心情和口气，也许随之有所改变。渐渐地，对有些事情人们看得淡然多了。历史上的人们大概一直就是这个样子。过去、现在和将来可能都是，这或许是一个规律。

想到这里，我不免有些坦然了。

然而，当我呼吸着清明节的空气时，当我想到那些在"文革"中蒙冤而死的亡灵时，当我想到今天的人们该如何面对他们付出的历史代价时，我为看到的一些淡漠而吃惊。

更令人担忧的是，曾经有过的历史悲剧，却被无意或有意地淡忘，或者，因为某种个人的、观念的需要而予以矫饰。在某种情形下，沉重化为轻飘，惨状化为淡淡的一笑。甚至还有些应该忏悔者，也没有丝毫的自责，仿佛时间的流逝已经冲刷掉了自己身上当年的污垢，转眼间又可以品尝自己曾经拥有过的历史"荣耀"。

前不久，看到一些报刊竞相转载一则关于"文革"中马连良之死的消息。这位著名京剧表演艺术家，因为出演《海瑞罢官》而遭迫害，过去都传闻他是不堪迫害自杀而死。这则新近发表的文章写道，马连良并非自杀，而是因为心脏病突然发作。

一天深夜，红卫兵突然来敲马连良的家门，敲门声吓坏了一直处在高度紧张状态的马连良，结果心脏病发作，送进医院而得不到应有的治疗，一代宗师便这样因恐慌而告别人间。对历史细节进行考证和辨析当然是十分重要的，可是，让人难以忍受的是叙述这一悲剧时所采用的那种冷漠，尤其是行文一再强调来敲门的红卫兵，其实是来准备借炊具的，并非来揪斗马连良。这样一来，仿佛在红色恐怖日子里无端给人带来恐怖的举动无可厚非，而"胆小、紧张"的马连良倒显得奇怪了。

另外一件事情还是与京剧艺术家有关。几年前，曾读到一篇批评电影《霸王别姬》的文章，作者不满于电影对主人公在"文革"中悲剧结局的描写，认为这完全是导演对历史的一种歪曲，因为像梅兰芳等京剧艺术家都受到了高度重视，艺术生命得到了充分发挥。这一例证当然不错。但是，作者恰恰回避了导演所依据的"文革"现实，回避了周信芳、马连良、盖叫天这样一些艺术家在"文革"中被迫害致死的悲剧结局。

历史难道真的可以因时间的流逝而改变模样？人难道真的可以随心所欲地解说历史？我困惑着。而且我相信，困惑的远不止我一个人。

困惑中，我仿佛看到了赵树理他们质询的目光。因这目光，我分明感到了今天的人们，手中的笔应有的历史分量。

三

第一次知道赵树理的名字，恰好是在他去世的 1970 年。那时我只有十四岁，当然不知道在遥远的山西他正在迈进地狱之门。

我熟悉的一位前辈，夫妇都是师范学院的文科教师，在被迫下放到山区的时候，他们不得不将一大批书送到废品收购站。他们知道我爱看书，便从中挑选了一部分送给我，它们就成了我少年读书时最大的一批财产。这些书中，有赵树理的《灵泉洞》。

许多年前阅读《灵泉洞》时的兴奋，现在依然没有淡忘。记得那时特别迷恋武侠和历史演义，而赵树理的这部小说与《三侠五义》、《隋唐演义》一样吸引了我。在当时，《小二黑结婚》之类的故事，当然远不如《灵泉洞》环环相扣的抗战故事更能吸引我。虽然后来才知道，在赵树理的整个文学创作中，这部小说并不属于佼佼者。但我看重它对我所具有的意义，它毕竟满足了当时一个少年的读书欲望。

随着年岁的增长，才渐渐发现赵树理的创作远远超出了"讲故事"的范畴。

赵树理真正属于农民。他为农民而思，为农民而写，他的文学成就、他的人生价值都因此而形成。从来没见过别人能够像他那样，执着地把农民放在至关重要的地位。甚至为了符合他所选定的读者层的需求，他宁愿改变作品的篇幅、结构。虽然这有时不免显得有些偏颇，但对他来说，这却是真诚的选择。从文学上看，他被公认达到了"大俗大雅"的境界，而他那种与农民保持的血肉联系，因这种联系而表现出来的务实精神，更使他在他的时代注定拥有一种与众不同的命运。

他曾经那样荣耀，以一种全新的对文学的理解和创造，为天平向"普及"倾斜的新时代文学提供了最好的范本。他用他的方式，将正在出现的新型生活形态，生动地展现在人们面前。当赢得一阵阵喝彩时，他的声望达到了很少有人能够企及的高度。在某种程度上，他已经被视为一面旗帜，而不仅仅是一个纯粹个人意义上的作家，虽然文学家常常应该是个人意义上的称谓。

然而荣耀并不紧紧伴随他。那种对农民的透彻了解，那种与农民、与土地和庄稼互为依存的使命感，早已融汇于赵树理的血液之中。他艰难地在变化了的现实面前走一条属于自己的路。他从不愿意游离于时代之外，他也身体力行于"深入生活"，合作化、人民公社、大跃进、以阶级斗争为纲……他试图跟上每一次的旋转，但他的务实精神和固执的性格，使他越来越无法适应迅疾变化着的现实生活。种种令人眼花缭乱的旗帜和口号，都无法根本改变他的清醒和执着。由来已久的生活态度，最终使他无法回避农村现实中不断出现的问题，更无法做到任由虚幻蒙蔽眼睛，将文学简单地称为演绎"以阶级斗争为纲"观念的工具。他没有改变自己。

无法改变。

赵树理总有一种强烈的意识：他是农民的一员。写小说是为农民，一言一行都是为了农民。这样，当他生活于农民之中时，他对革命的忠诚和对领袖的热爱，都不能从根本上取代他这种与农民天然的联系。他看问题的出发点，最终离不开他脚下的土地。

于是，渐渐地，他变得不合时宜。昔日的荣耀开始黯淡，他的身影不免显得有些孤单。他心甘情愿地退出了舞台的中心，或者索性变为一个观众，看某些按照新的要求进行创作的作家尽兴地在那里表演。

从个人创作的现实名利来说，当年的落伍对于赵树理无疑是一个损失。可是，当历史烟云散去，当中国令人难以置信地重新回到一个实事求是的起点后，人们才发现，赵树理当年发出的声音竟是那样美妙动听，他的朴实、固执和坚毅令人钦佩。在历史的天幕映衬下，他那孤单的身影，甚至也具有了孤傲的意味。

赵树理不会被人忘记。不仅仅因为《小二黑结婚》文学上的划时代意义，不仅仅因为《实干家潘永福》的空谷足音，也不仅仅因为他在"文革"的命运悲剧，而更在于这是一个真实的人，一个在容易被热情溶化的特殊年代里仍然保持清醒头脑的人。从某种角度来说，在悠悠沧桑之中，人格的力量往往更能触动人的心灵，也更有生命力。

四

读过小说《三里湾》，或者看过根据这部小说改编的电影《花好月圆》的人，不难产生这样的印象，赵树理是满怀热情歌颂着合作化在农村的兴起。当时他的创作意图十分明显：合作化应该发展，而不是限制；农村应该走社会主义道路，而不是资本主义道路。通过他的笔，人们看到了农村前所未有过的新现象。

这该是赵树理50年代最为荣耀的时候。他的小说发表在1955年，是第一部反映农业合作化的长篇小说，而在这前后，关于合作化冒进与反冒进的斗争，正在决策圈里进行着。无疑，赵树理以他的作品站在了欢呼合作化高潮到来的这一阵营之中，这就难怪《三里湾》一时间洛阳纸贵。在用作品配合现实、演绎政策方面，赵树理达到了他的又一个高峰。

这却是最后一座高峰。

当我们走进赵树理的内心，当我们了解到他当时真实的想法，便会发现，《三里湾》其实与他一贯的思想，有着相当大的距离。

《赵树理传》讲述过一件事情。1951年秋天，中共中央在华北地区召开农业合作化问题讨论会议。毛泽东曾对主持会议的陈伯达说："一定要请树理同志参加会议，别的人缺席一个两个不要紧，赵树理可千万不能少。他最深入基层，最了解农民，最能反映农民的愿望。"但是，就是在这次会议期间，赵树理表现出了他与众不同的地方。

与会的各方代表基本都说农业合作化好，都说农民迫切希望走农业合作化的道路。唯独赵树理在会上唱了反调。他这样描述农民的心理和愿望："石（实）打石（实）地说，老百姓有了土地翻了身，真心感谢救星共产党，但并不愿意急着交出土地走合作化道路，都愿意一家一户，吃吃劲劲，自自在在地好好干几年后，再走集体化道路。"

然而仅仅三年后，他写出了为合作化高潮大唱赞歌的《三里湾》。这不免有些令人不解。是变化了的现实生活业已改变他的看法，还是他一时无法抵御配合现实的诱惑？在创作这部小说时，他是否真诚地拥抱着他的人物，是否把笔下涌动的一切，都视为自己真情实感的表达？这只有他自己知道。

不管怎么说，《三里湾》为赵树理赢得了文学的荣耀。他完全可以顺着这样一个创作思路走下去，也完全可以把握住备受青睐的机会，成为一个时代的文学明星，久久闪烁着它的光芒。

赵树理却没有。

真实的人就是这样，他的人格一旦形成，就很难从根本上改变。或许可以一时违背初衷，或许因为某些外在的因素有所修正，但只要他把如何做人放在首位，把良知放在首位，他就不至于人为地蒙上眼睛，回避现实的种种存在。

就在《三里湾》发表后不久，赵树理开始发现，他曾经为之热情讴歌的合作化，并非像他所想象所描述的那样，总是一片玫瑰色。问题逐渐显露出来，而这，在他看来，是不容忽视的、实实在在的现实。1956年，他曾给长治地委负责人写信说道：最近有人从沁水县嘉峰乡来谈起该地区农业社发生的问题，严重得十分惊人。……试想高级化了，进入社会主义社会了。反而使多数人缺粮、缺草、缺钱、缺煤，烂了粮，荒了地，如何能使群众热爱社会主义呢？劳动比起前几年来紧张得多，生活比前几年困难得多，如何能使群众感到生产的兴趣呢？我觉得有些干部的群众观念不实在——对上级要求的任务认为是非完成不可的，而对群众提出的正当问题则不认为是非解决不可的。又要靠群众完成任务，又不给群众解决必须解决的问题，是没有把群众当成"人"来看待的。

赵树理终于以这样一种清醒的务实姿态，走出了创作《三里湾》时的矛盾境地，找到了真正属于自己的感觉。可以想象，在写信的片刻，他一定有那种为农民代言的庄重感。他知道，他来自农民，自己所做的一切，都与农民息息相关。虽然文学上的成功，使他已经进入到城市，进入到另外一个领域，但他不能忘记那片哺育他的土地，不能忘记那些熟悉的农民兄弟的目光。

他与农民同在。

在有的人看来，这也许算不上高大，也算不上叱咤风云，但对于赵树理来说，真实地反映农村现实，真实地为农民而代言，是至关重要的。实际上，在他所生活的岁月里，要真正做到这一点，远比人们今天的想象要艰难得多，要拥有一个思想者的勇气。

赵树理因他对农民的热爱和真实的人格，无形之中具备了这样的勇气。

他以重新恢复的这一精神状态，走进他人生的一个重要阶段。他很快将要面对的，是人民公社，是大跃进，是更为严峻的现实。

他将用他的方式，在为自己勾画一个孤傲的形象。

五

想到赵树理，我总是仿佛看见一个如同老农模样的人行走在田野间。他一往情深地呼吸着田地里散发出来的气息。他一把抓住泥土，就如同抓住了生命的感觉。对自己所熟悉的北方农村的一切，他有着特殊的偏爱。他执着地把心目中为之热爱的农民们，放在了至高无上的位置，为他们，他情愿奉献一切。

这便是他的生活。在他看来，离开了田野和农民，他的文学便失去了根基，失去了灵魂，便只是一片苍白。于是，赵树理出于他自己的本能和认识，自然而然成为"深入生活"的身体力行者。

他真正一头扎进了家乡的农村。在十几年的时间里，他几乎从未中断过与农村的联系。虽然成为专业作家，一度居住北京，但最让他留恋的最能激发他创作欲望的仍然是家乡的农村。只要有可能，他就回到那里。他两度担任地方上的县委副书记，以特殊身份直接参与到领导生产的工作之中。以这样的方式，他希望能够接近农民，希望能够在发展变化着的农村生活中，发现新的人物新的故事，继续使自己手中的笔，敏感地为时代而讴歌。在当年"深入生活"的作家行列中，无疑他是一个积极主动者，一个毫不犹豫地、无条件地响应着这样的号召。

然而，困惑和苦恼由此而产生。

像他这样性格的人，许多时间里，还做不到将"深入生活"仅仅作为一种外在的方式来停留在形式上，一旦走进农村，他就不可避免地愿意与农民同呼吸共命运。响应号召，对于他来说，并不意味着放弃一个作家的独立思考，更不意味着先入为主地用某种观念来寻找引证的实例。不，他做不到。他的创作经历，他已经形成的人生态度，使他只能深切地理解深入生活应有的本来意义，而非仅仅将之作为一种点缀。

一位学者朋友新近从日本讲学归来，和我谈到了赵树理。他认为以往对赵树理的理解，有时不免显得单一。在他看来，赵树理和柳青有不少相通之处。在他们反映合作化时期农村生活的作品中，真正生动深刻的地方，正在于他们对农民传统心理和特性的真实描写。我很赞成朋友的这一看法，尤其对他所说的如何认识赵树理"问题小说"感触良多。

赵树理曾经将自己的作品概括为"问题小说"，并说他就是通过一个个人物和故事来反映生活中的问题。他还明确表示自己的小说是为政治服务，为农民服务。朋友说，过去人们对赵树理所说的"为政治服务"，只是从一个角度理解，即赵树理创作小说是服务于政治的需求和号召。其实，这未必是赵树理的全部思想。他的服务于政治，并非被动地诠释，被动地呼应一时一地的政策，还应包括更为重要的一个方面。这就是，他总是试图通过真实地反映生活来揭示种种问题，以此来影响政治的运作和政策的制定，这同样是一种服务，甚至是所有文学作品不可或缺的功能。现实中是否真的能够如此，这一点并不重要，重要的是在于像他这类使命感十分强烈的文人，苦苦地将之奉为圭臬。

朋友的一番话，的确从另外一个角度走进了赵树理的内心。当我们将赵树理置于历史演进过程中予以考察时，便不难发现，他始终拥有一种强烈的政治使命感。主动的而非被动的，积极的而非消极的，他是在以不同的方式，站在农民的立场上，挥洒着他的才华和思想。

六

人民公社化和大跃进，对赵树理显然是一次严峻的挑战。

他也曾和许多人一样，为热火朝天的建设高潮而欢呼，但一旦他走进农村，一旦深入到农民中间，生活告诉他的东西就远远超出了报告、报纸、广播。他此时在家乡当挂职县委副书记，一日甚过一日的浮夸风，干部领导生产的主观主义、官僚主义、教条主义，乃至人民公社形式本身所存在的弊病，都不能不令他忧虑，令他思考。

当年和他一起工作过的人，还清晰记得赵树理在实际工作中所表现出来的务实精神。在1959年2月中旬，县里召开春耕生产誓师大会。蓬勃兴起的大跃进热潮，已经使不切实际的浮夸风已经蔓延至农村每个角落。各级干部们唯恐自己落后于他人，生产指标于是报得越来越高，互相攀比，顿时成为时尚。一个大队的领导在会上报了一个十分惊人的计划，被树为全县的跃进典型。赵树理听了则心情沉重。会后他便找到这个大队干部开门见山地说："我算了算账，照你这样的计划，肥料铺到地里得有半尺多厚一层，庄稼挤在一起成了绒毛毯子。依我看，这么个干法，只能长把草，连一颗粮食也收不上！"

他的这种态度，自然引起其他领导干部的不满。为此，倔强的赵树理，和县委书记争吵起来："我们做工作，不单是为了向上边交账，更重要的是向人民负责。指标好定，想定多高都行，可是以后打不下那么多粮食，还不是苦了老百姓！"说这些话时，他不会想到，人们很快就将因为自己的虚假和浮夸而遭受饥饿的苦难。但他以清醒的意识，以一个为农民代言的作家身份，隐隐感觉到潜伏的危机。

这便是深入生活赐予赵树理的收获。他本来是如同其他作家一样，带着创作任务回到家乡的，计划反映大跃进和人民公社带给农村的巨大变化。但所见所闻所思，使他迟迟不能提笔。面对令他困惑的现实，他感到还有进一步了解和体验的必要，还不能单凭先入为主的某种意愿来创作。他给当时担任中国作家协会党组书记的邵荃麟写过一封信，如实汇报自己的真实思想。在信中虽然他肯定农村发生的变化，但同样如此坦率地说道："目前的生产虽然也按时进行着，但因为新的制度、新的方法不够健全，干部和群众对它也不够熟悉，所以群众生产的积极性不像我们理想的那样高，不合乎更大更全面的跃进精神。及时把这些情况反映于文艺作品中我以为还不是时候，因为公社的主要优越性还没有发挥出来，在工作中也没有发现先进的、成功的例子。作品无非反映人和事，而这两方面现在都没有新的发现。所以我打算再参加一段工作再说。"

研究赵树理的学者发现，在1958年前后赵树理的创作是非常慎重的。他的言论比他的作品提出的问题不知尖锐多少倍，但在写作品时，他还是尽量考虑当时的社会效果、社会影响。赵树理说过这样的话："假话我不写，真话不能写，只好不写。"

这便是他的苦闷。

没有匆匆动笔创作文学作品，没有像不少作家那样走马观花之后就大声放歌，并不意味着赵树理对生活无动于衷，更不意味着他放弃了一个革命者、一个作家的应有的责任。1959年，他写下一篇长达一万多字的文章《公社应该如何领导农业生产之我见》。他将这篇长文寄给《红旗》杂志，并附给中共中央两封信。他不会反对正在进行的一切，而是真诚地希望一切能够在一种符合农村实际的前提下进行。这篇长文涉及面很广，可惜在收进《赵树理文集》时只选用了一部分，无法看到它的全貌。而那两封信，更无法见到。但是，仅仅阅读重新发表的部分内容，我们就能发现，赵树理当年所发表的意见，其正确性和实事求是恰好被后来历史的发展所证实。由此，我们不能不感慨赵树理"众人皆醉我独醒"的难能可贵。

譬如，他从农村生产实际出发，认为公社不能对农民应该种什么发号施令："不要以政权那个身份在人家做计划的时候提出种植作物种类、亩数、亩产、总产等类似规定性的建议，也不要以政权那个身份代替人家全社社员大队对人家的计划草案作最后的审查批准，要是那样做了，会使管理区感到掣肘而放弃其主动性，减弱其积极性。"

在另外的场合，他还以形象的比喻表示不赞成"大锅饭"方式。他说："吃饭采用现在的大锅饭方式，即使到将来恐怕也行不通。将来凭劳动所得的货币，什么也能得到，衣服，日用品，食品等等，但混在一起吃饭，总还是不行的。一个家，七口八口，孩子大了，娶了媳妇，经济由父亲控制，还是大儿子控制呢？媳妇要做件衣服，但婆婆公公不同意，媳妇说，我在外边干活挣一二百工分，做件衣服也不行？一个家都不好组织呢，吃大锅饭能解决问题？"

赵树理将长文寄至《红旗》杂志时，庐山会议还没有召开，他绝对想不到，另外一位德高望重的革命家，也正在如同他一样，对人民公社和大跃进进行着冷峻的独立思考，并将在一个决定中国历史的庄重场合，写出一封维系自己政治命运的信。

赵树理的文章当然没有发表的可能，随之而来的庐山风云，彭德怀意想不到地被罢黜，使所有对人民公社和大跃进的真实反映和认真思考，一时间被打入冷宫。赵树理的文章被转到中国作协，他理所当然成为"反右倾"运动中首当其冲的一个对象。

他只得面对一次次大大小小的批判会、讨论会。但是，实际上谁也不可能改变他。他相信自己的眼睛，相信自己对农村的真实了解。两年后的1962年，在大连召开的"农村题材短篇小说创作座谈会"上，他仍然坦诚直言，并做过这样一个形象的比喻：农民入了社，本来俊妇女婚姻美满嫁了个好丈夫，可是一瞎指挥，这个丈夫又变成了旧社会从没见过面的生人丑汉，只得好赖过下去。

这便是赵树理。一个在历史烟云中没有失去自我的文人。那些虚假的赞歌和下笔匆匆的应景之作，已经被岁月的流水带走，而赵树理这些闪烁着真知灼见的文字，则不会失去它们的光彩。

七

去年我到大连去参加一个会议，所住的宾馆听说正好是1962年中国作协召开"农村题材短篇小说座谈会"的地方。这是当代文学史上一次重要会议，通常被叫做"大连会议"。十几位擅长于农村题材的小说家，赵树理、周立波、康濯、李准等出席座谈会，中国作协副主席、党组书记邵荃麟主持，茅盾、周扬到会讲话。强调"深化现实主义"，肯定"中间人物"形象的描写在文学创作中的地位，是座谈会的主题。

住在这样一个地方，我自然产生一种历史感。

宾馆依偎着一个海湾，景色优美而幽静。我在饭后喜欢一个人漫步走到海滨，站在岩石上眺望大海。我想象着当年赵树理他们，也如同我一样伫立海滨，眺望大海。

年复一年，大海从未停息过它的涌动。三十几年前它是这样涌动着，三十几年后它还是依然故我，只是人世间发生的种种变故，远不是大海所能明了的。它不会知道，当年伫立于海滨的那些人内心的涌动，不会知道，他们后来将因为一次巨大的历史风暴而受到程度不同的磨难，更不会知道，我在凝望它一次又一次的涌动时所产生的一种历史感慨。

赵树理在"大连会议"上被作为一个成功的典型而备受称赞。在承受了大跃进的浮夸风招致的灾害之后，人们自然认识到了赵树理的价值。他所表现出的清醒和冷静，他的作品中所反映的农村人物的众生相，无疑为这次会议提供了最好的范例。邵荃麟在所作的关于深化现实主义的报告中，便这样说："为什么称赞老赵？因为他写了长期性，艰苦性。现在看来，他是看得更深刻些。这是现实主义的胜利。"这些作家和评论家，有感于前些年的偏颇、盲目和狂热，从而愿意在"现实主义"这样一面旗帜下，或多或少地寻找到一些重新激发出文学活力的基因。今天来看，他们实际上无法摆脱所处历史环境的局限，但他们的努力却是值得敬重的。

然而，这次会议或许可以说是文学界在"文革"大劫乱到来之前的最后一次光彩的亮相。对它的批判，仅仅过了两年就开始了。1964 年《文艺报》发表编辑部文章，公开批判这次会议，邵荃麟所提出的"中间人物论"，被指责为"资产阶级的文学主张"。这是风暴到来之前的前兆，是不远处传来的隐隐雷声。可惜，谁也不可能料想到风暴会来得那样快，来得那样凶猛而难以招架。因为这次会议，邵荃麟多了一条罪状，在"文革"一开始就受到冲击和迫害，并于 1971 年病死狱中。赵树理同样如此。他们的命运结局，为"大连会议"添上了最为沉重的一笔。

　　对"中间人物论"的公开批判，等于宣告了赵树理文学生命的结束。实际上也是如此。喜爱赵树理的读者不难发现，他笔下最为生动最有光彩的人物，并不是叱咤风云的英雄，或者邪恶的反面人物，而是生活中大量存在着的"中间人物"。按照他的说法，他在生活中看到的、熟悉的大多是这样一些人物，而不是新人、英雄，或者"阶级敌人"。他们普普通通，他们有着人性共有的优点和弱点。在他看来，正是这样一些人构成了生活的主体，在新时代的变化之中，他们身上表现出来的复杂性，最值得描述出来，刻画出来。在"以阶级斗争为纲"的口号越喊越响的时候，可他固执地认为，在农村存在着不是阶级斗争，而是先进与落后、个人与集体的矛盾，他一直基于这样一种认识在创作。他不愿意改变自己业已形成的文学风格，更不可能改变自己对生活所持的严肃态度。他只能这样继续走下去，直到面前赫然树起一块"禁止通行"的路牌。

　　赵树理的许多想法和业已形成的语言风格，明显越来越与当时所提倡的文学创作方针发生矛盾，或者说非常不协调。熟悉他作品的人会看到，即便在反映新生活的小说中，他也很少使用流行的政治术语，更没有脱离人物性格的所谓豪言壮语，他总是有意识地死死把住生活的原生态，让笔下的农民真正活起来。也正因为如此，他对日渐盛行的种种新的创作方法，表示出不解和疑义。

1965 年 10 月晋东南地区在长治市举行"戏剧观摩汇演"大会，赵树理发表过这样的意见："最近，我看到有些剧本里，你写是英雄人物学毛选，他写是模范人物学毛选，灯光一照，毛选一翻，念上几句后，思想通了，矛盾就解决了。这叫典型的公式化、概念化。……上级领导部门对编剧人员不要给定指标，更不要搞突击，比如一年编三个大剧，三天突击一个小剧，这样的领导叫外行。""最近下乡看了几次戏，不是学毛选，就是开会、积肥、担粪，你把台上搞得'臭烘烘'的，谁还愿意买票看戏呢？这样的戏把观众都看瞌睡了，旁边有人问他，你怎么睡着了？他说：白天我担粪，晚上看担粪，因为白天担粪担乏了，所以晚上乏得不能看。对于观众的这些反映，我们搞戏剧工作的应该很好地考虑考虑。"

持这种态度的赵树理，被时代淘汰已成为必然。尽管他也曾出色地配合政策，讴歌时代，但过去毕竟属于过去，在 60 年代的中国，既然不能提供当时所提倡所需要的"英雄人物"，既然不能把阶级斗争作为小说的主线来构思，那他就该将曾经拥有的位置让出来，这显然是顺理成章的事情。

八

写到这里，我很自然地想到了另一位农民作家浩然。把赵树理和浩然进行一番比较，可以看到一条清晰的历史脉络，而彼此之间创作观念的差异，文学风格的迥然不同，乃至"文革"中命运遭遇的截然相反，有着许多令人感慨令人思索的东西。

浩然和赵树理有着相似的生活经验。他也成长于农村，从田野里走来，对农村生活十分熟悉和热爱。不过，创作观念却完全不同。赵树理总是执着地认定，应该尽可能地根据现实中发现的、感受到的生活来创作，而不能先入为主地根据观念来创作。他的成功源于此，而最终被摈弃也是源于此。与赵树理不同，浩然从在50年代一开始走上文学道路，就表现出一种全新的创作观。一位与浩然差不多同时走上文坛的作家，曾经对我讲述过一件往事。"文革"前浩然在一次介绍创作体会时，说过这样一番话：我在构思小说时，对在生活遇到的事情，常常从完全相反的角度去设想。譬如，到商店去，遇到一个营业员态度特别恶劣，甚至挨了骂，但在写小说时，我就设想遇到一个好营业员，对人如何热情如何周到；一个生产队员懒惰消极自私自利，我就设想一个勤劳积极大公无私的形象……

第一次听到这个掌故时，我还以为是那位作家的一种幽默的调侃。但当我读到"文革"中浩然出版的一本散文集，看到他以类似的表述介绍自己的创作体会时，我才相信这是真实的。在这一点上，浩然恰恰表现出与赵树理的本质区别。赵树理在1965年不断受到批评的情况下，仍然在一次座谈会上说过这样一句话："我没有胆量在创作中更多加一点理想，我还是相信自己的眼睛。"在浩然那里却不然。观念远比生活更为重要。我想，这样一种将观念置于生活之上的创作方法，恰恰是理解浩然、认识浩然的一把钥匙。有了这样的创作方法，他才有可能适应新的需要，才有可能将"阶级斗争"作为主线来反映农村生活，塑造出赵树理无法塑造出的新的英雄人物。

我们不难看到，浩然早期的作品，还带着田野的清新，展现出与赵树理笔下的山西农村有所不同的另外一种北方农村生活形态。但是，就是这样一些作品，也没有赵树理作品中"中间人物"们的复杂与无奈，也没有赵树理在实际生活中对种种存在问题的忧虑和思考。到60年代的《艳阳天》，"以阶级斗争为纲"的观念便成为小说的基石，所有生活和人物的调动，都在这样的前提下进行。"文革"中创作的《金光大道》，则在一个特殊时期达到用观念主导创作的极致。以阶级斗争为纲也好，路线斗争也好，"三突出"也好，都在这部长篇小说中得到淋漓尽致的体现。至于那部描写西沙之战的小说，则纯属"听命之作"，只不过为"文革"这个特殊时代留下一个文学的怪胎而已。

赵树理无法走下去的路，由新一代的农民作家浩然走了下去。

赵树理失去了荣耀，并在"文革"中有了一个悲剧性的结局。但从人格的完整塑造和文学生命的永恒来说，这对他或许是不幸中之大幸。

浩然拥有了荣耀，并在"文革"中达到一个无人企及的顶峰。但这对他或许是幸运中之不幸。

不管怎么说，浩然是以他独有的姿态，从50年代走到60年代，走到"文革"。其中有多少偶然，又有多少必然，远非三言两语能够叙说清楚。但是，当人们回望三十年前的"文革"时，就不能不注视到这位当时唯一依然走红，并不断推出符合当时政治所需要的小说的作家。这样一个作家，远非仅仅个人意义上的创作者，而是已经成为那段历史的纷乱场景中不可或缺的历史人物。是历史人物，就注定和历史所产生的荣耀、缺憾、羞耻、内疚等等密不可分。人们认识历史，反思历史，也就必然需要对历史人物进行冷静客观的、同时又是深入透彻的解剖。这并非针对某个人，而是历史思索中必不可少的内容。

正因为如此，浩然作为一个文化现象，会成为永久的话题，只要人们还会认真地去认识"文革"，反思"文革"。

九

我不知道，用罂粟花这样一个比喻，来说明"文革"最初带给一部分人的愉悦是否确切。

田野里，罂粟花呈现着美丽的艳红、粉红、白色，给人们以视觉上的兴奋。但随着时间的推移，人们才会发现用它所生产的毒品，实际上最终将给人类带来危害，甚至在某种程度上，它简直就是邪恶的化身。

在赵树理眼里，"文革"一开始所提出的号召，对他来说是有诱惑力和吸引力的。我读过一篇《记赵树理的最后五年》（王中青、李文儒），其中就详尽地叙述了赵树理在"文革"初的这一状态：

对于"文革"，赵树理开始是拥护的，赞成的。他虽然在较长时间里觉察到在农业战线上，从上到下存在不少问题，但没有自觉地认识到这是严重的左倾错误及其继续发展，并没有认识到文化大革命是在左倾错误论点的指导下发动的。他以他的理解，感到开展这个运动也是可以的。比如，他感到政治生活中是存在一些官僚主义，该反一反。像他在农村实际工作中看到的好多好多问题，向领导反映，可是领导不深入实际了解情况，解决问题，却反过来给他做思想工作，认为他的看法有问题。对这种贻误工作的主观主义，官僚主义，赵树理是痛恨的。他希望反一反。再如从1958年以来，他发现各级干部在工作关系中存在着严重的说假话现象，形成一种哄骗局面，下级哄上级，地方哄中央，哄毛主席，毛主席了解不到底下的确实情况。以前大家都和群众在一起，以后接触群众少了，问题也就多了。这还是官僚主义，反一反也是对的。另外还有文艺界的官僚主义，也该反一反。

持类似赵树理这种想法的人当时其实并不少见。

这便是我眼中一个真实的赵树理。他不可能超越他的时代，也不可能在所有方面大彻大悟，或者如一个全知全觉者，对身边正在发生的一切，有一种透彻的理解。他有自己的一块天地，在那里面他通常显得游刃有余，始终把握着自己。但一旦"文革"来临，在其他领域的复杂性面前，他不免显得天真、单纯和幼稚。他的革命热忱，他对伟大领袖的崇敬，都不可能使他在"文革"这样一个前所未有的历史风暴席卷而来时，仍然拥有历史的清醒。他不会明白这场"革命"的目标真正所指，也不会明白这场"革命"对自己这样一些人到底意味着什么。相反，长期政治运动已经形成的习惯，他对历次运动运作方式的了解，他对现状的某些不满，都使他与"文革"产生了某些共鸣。

基于这样一种认识，赵树理一开始对"文革"的冲击并没有抵触情绪，反而认为冲击一下还是有意义的。尽管有人给他贴大字报，尽管红卫兵批斗他，他还是能够承受，并尽量从好的角度去看待感到陌生感到诧异的事物。他似乎很能理解这些斗争方式，很乐意在运动中接受群众的批评，改造自己。他主动去看给他贴的大字报，还在一份大字报后边写了一首诗：尘埃沾身久，未能及时除，欢迎诸同志，策我去陈污。当子女们有怨气发牢骚时，他反过来做他们的思想工作，对他们这样说：一个运动嘛，难免有过头的地方，我们搞过土改，群众发动不起来，拼命去发动，一发动起来就有这样那样的偏差，但以后党会纠正的……

是的，对于他这样一个早就参加过一次又一次社会运动的人来说，种种超出常理和规范的举动，都有其发生和存在的合理性，完全不必那么惊诧，更不必采取抵触和消极态度。他早已习惯了这种类型的群众运动，并曾经从中间捕捉过一个个生动的故事和场面，从而构成了他的文学世界。那么，面临又一次席卷而来的暴风骤雨，像他这样的人，无论如何也不会像别的人那样表现得束手无策，或者惊惶失措。

然而，以后发生的一切，却是善良的赵树理所无法理解无法承受的。他无从真正了解"文革"发动的起因，无从了解那些错综复杂的政治斗争中的真实状况，更无从了解这场运动的历史走向。在这样的情形下，他和许多人一样，命运只不过是旋风中翻飞的枯叶，不知来自何处，也不知落在何方。1966年"文革"刚开始时，他写过一份长达两万多字的《回忆历史，认识自己》，在这份交代材料中，他还用一个形象的比喻来表明自己对这场风暴的善意理解和乐观，他写道："此次文化大革命是触及每个人灵魂的事，文化界、文艺界的人们更应该是一无例外的。待到把和我共过事的人都接触到，把问题都摆出来，我本人的全部情况也便随之而出，搜集起来便是总结。我以为这过程可能与打扑克有点相像：在起牌的时候，搭子上插错了牌也是常有的事，但是打过几圈来就都倒正了。我愿意等到最后洗牌时候再被检点。"遗憾的是，这只能是他良好的愿望。他这张插错的牌，永远没有机会被倒正，而是被撕为碎片，散落在冷风凄雨之中。

许多事情他都不再可能明白。他只能随着时间的推移，产生越来越多的困惑、无奈和痛苦。

一位山西大学中文系学生，因为倾爱读书而敬重赵树理，曾在1968年批斗高潮中偷偷去看望过赵树理。这位学生现在依然清晰记得与他见面时的情景。窗外传来大街上此起彼伏的呐喊声，室内是揪心的凝重。赵树理见到这位来自农村的学生异常兴奋，他念念不忘的还是家乡农村的山山水水，还是那些熟悉的身影。即便在这样的时刻，他仍然关心着农民兄弟们如何看待自己。他深深知道，自己生命的根是在他们心中。他用发颤的声音问："农家子弟，你说，我的小说在农村到底是毒害了人还是教育了人？""我最怕农村人也说我是黑帮；我一辈子都是为他们写作啊！"

对于那位偷偷来看望赵树理的学生来说，我相信这是他终身难以忘怀的一次对话。赵树理哽咽的声音和泪花，会使他在岁月流逝过程中，仍能久久感受到那一时刻他内心中的震动，仍然会觉得自己的面前闪动着赵树理疑惑不解和痛苦的目光。

"农家子弟，你说……"

在许多年后的今天，我分明清晰地听到这个苍凉的声音依然在询问。

1996年4—5月于北京

萧乾：难以重叠的重叠

又听起相声了。

几乎每天中午，萧乾都会这样独自一人坐在书房里，拧开他的收音机，听电台固定播出的相声。

这种时候，他显得最为悠然自得。他手上习惯拿着鼻烟，往鼻孔抹上一点儿，深深吸一口气，然后，眯上眼睛，舒适地往后一仰，靠在沙发上。

偶尔赶上这个时候，我便找上一把椅子，坐在他的对面。他，听相声；我，看他。

他的笑当然是有节制的，不会像我们年轻人那样容易哈哈大笑。可是，他比年轻人更入迷，似乎把一切都忘了。我常想，这是不是有点像我看武侠小说，把自己置身于一个与现实世界完全不同的天地，在那里，虽然有时也会让人联想一下现实，但更多的是超脱现实的快乐。

也许是，也许根本不是。因为相声和生活关系太密切了。可是，他总是那么入迷。

我做不到。听相声时，时常会有横空而出的思绪干扰，结果，可能最精彩的哏被漏掉了。有时索性不再听，就把目光在房间挪来挪去。譬如，从他的脸上往上挪，墙上挂的是叶浅予的画，黄苗子的条幅。于是，我会从这儿想到那位爱讲笑话的书法家，还有他的俏皮的打油诗。眼睛又转到右边，是一排书架，和电台播放的相声显得不那么和谐，上面一多半是英文原版书。有我熟悉的名字。菲尔丁、弗吉尼亚·沃尔夫、E. M. 福斯特、狄更斯……还有从未读过、可能永远也不会去读的各种著作。和此刻气氛更和谐的，是他身旁的书架上的磁带盒，其中有一整套侯宝林的相声。可是，就在一大堆磁带里面也很容易发现几盒教堂音乐、西洋歌剧，或者交响乐。但，绝不会有流行歌曲。

时间久了，我开始相信听相声已成为老人生活中的一部分。我看武侠书是消遣，是逗乐，他听相声，想必也是。然而，我错了。

忘了是哪一年，哪一次，他听我聊起了相声。他提到的几十年前老艺人的名字，我已经记不清楚，但有一句话我却记得很深。他说："相声也可以说是我受的启蒙教育的一个重要部分。"原来，并不只是人到了老年，才将相声作为一种消遣来享受，而是相声早就溶进了他的文化修养之中。

何止相声，谈到老北京的一切，他似乎都津津乐道，特别是民俗，如庙会在他童年中的记忆，简直可以说是他这种年纪的北京人的一种骄傲。听着，真让人艳羡得很。还有他那满口地道的北京话，好像也颇令他乐滋滋的。记得他回忆过40年代在上海，傅雷搞翻译时常问问他北京话的特殊用法，如儿化韵的讲究。

真正让我领教他身上那份"老北京"的劲儿，是在1985年，那时我在《北京晚报》编副刊。一次闲聊时，他说想写一组关于老北京的文章。"得写出味儿来。"他说。后来这组散文题为《北京城杂忆》。

刚看第一篇，几句话，我乐了。拿给同事看，就是地道的老北京，研究北京城掌故的，都叫"好，绝了！"

就说这几句吧："如今晚儿，刨去前门楼子和德胜门楼子，九城全拆光啦。提到北京，谁还用这个'城'字儿！我单单用这个字眼儿，是透着我顽固？还是想当个遗老？您要是这么想可就全拧啦。"通篇全用纯京白来写，哪里像是写过《梦之谷》那种抒情小说的人写的？活脱脱一个"天桥艺人"。他来电话问："能用么？""能用，太棒了，够味儿。"我当然很高兴。

从第二篇开始，他像是跟大伙儿开了个玩笑，又改变了语言味儿。我问他。他说，开篇那么写，是想说明他也能用地道的京白写文章。但他认为，讲京味儿文学，并不是局限于用京白，关键是要把味儿体现在骨子里。不然，尽用方言，容易流于油滑。

那种让人新奇的语言味儿改了，但接连十来篇对老北京风俗的描写依然精彩。叫卖声，五光十色的行当，庙会的纷杂，色、香、味俱全。那些天，许多读者拍案叫绝，我收到一大堆信。专门研究老北京的人，把这组文章作为民俗史料看待，日本的学者则把它们编入学汉语的课文之中。这种反响我没有料到。

好像有一位读者来信说，萧乾先生果真是一位老北京！希望报上多登一些这样有京味儿的文章。那几天，我自己也真把他当作"老北京"了。不错，有许多我了解的事实都能证明，他完全应该成为一个有土味儿的、名副其实的老北京。譬如，他的出生地就在北京东直门内，那儿被认为是当时下层人集中的地方，他在那儿度过了整个青少年时期。逛庙会、听相声、看杂耍……市民文化也许能够决定他的全部思想和修养，如果他的作品是老舍一样的风格，我决不会感到奇怪的。奇怪的是，这种想法几天就过去了。正在同一时候，我又开始校对拙著《萧乾传》的校样。校样把我从议论《北京城杂忆》的氛围中，拉到了自己勾画的他的生活之中。我发现，我在传记中并没有写他身上所存在的平民文化的影响，而是集中写他与西方文化的关系，虽然没有详尽的论述，大都是一个个场景的描绘。

仔细一想，或许这并不能说是我的忽略，读他过去的作品，无论如何是得不到《北京城杂忆》给予人们的印象。更何况我对他的一生的大致了解。我相信他自己也许无意识之中在尽量减少"土"的色彩，特别是在大学前后。

我没有就这个问题和他深谈。可我自信这种感觉有一定的合理成分。

听相声、逛庙会，同时，他又在基督教会小学里诵《圣经》，唱圣歌。操着街巷胡同的语言，同时，他又开始学习英语。更何况五四新文化运动带来的时代潮流，在北京这个中心地，有着冲击各个角落的力量。"老北京"的文化影响即使有，也是潜在的，更多地表现在人到老年之后的一种留恋。而在当时对他更具吸引力的显然是西方的一切。

他对我讲过许多往事，几乎每一件都令人新奇：北新书局当学徒，给鲁迅、冰心送稿费；南国汕头动人的初恋；二次世界大战英伦七年的生活；反右中的风云突变……最诱人的当然不止一件，但此时流入笔尖的则是他如何走进30年代的"京派文人圈"。

和胡同的吆喝声相比，和他熟悉的民俗相比，"京派文人圈"显然属于另一个天地。周作人、朱自清、朱光潜、废名、梁思成、林徽因、梁宗岱等等，都是他过去不熟悉的知识分子。带领他走进这个圈子的是沈从文，沈同他有些相似，也是从边城走进这个圈子的特殊人物。

在《萧乾传》中，我曾用"蒙娜丽莎的微笑"一章专门来写萧乾身处这个圈子时的感受。我写到，沙龙里的人侃侃而谈，艺术、美学、西方，一切都让他感到艺术的精灵在周围翻飞。我特意写到一句：他观察到自己过去的"粗野"。其实，这仅仅是我的分析。但我相信，走进这样的客厅，在那样的气氛中，无论如何他是不会唱民谣，或说上几段相声的。他这时期，乃至后来几年的小说、特写，语言的味儿、人物的内涵，同样可以证明这一点。

同北京这一圈子相类似，几年后，萧乾在英国又进入更典型的西方知识分子的生活圈子。我看到一些当年的资料，包括几位英国人的回忆、信件，了解到他是那么自然地走进了他们中间。至今仍让他留恋的是和英国大作家 E. M. 福斯特的友谊。这位作家我们不陌生，他的《小说面面观》、《印度之行》、《看得见风景的房间》，我们通过译本和电影已经一睹风采。福斯特是英国文化界著名的布卢姆斯伯里团体的代表人物之一，另外还可举出罗素、斯特雷奇、沃尔夫夫妇。几年前，萧乾意外得到福斯特当年写给他的几十封信的复印件（他自己手中的原件无一例外地被焚于"文革"初），我将这些信翻译过来，从中看到福斯特对这位中国年轻知识分子的友好，萧乾对西方的理解力也为他所欣赏。

从"京派文人圈"到走进英国文人圈，到走进伦敦大学、剑桥大学，萧乾还会想起相声吗？我不知道。当年的照片上，他身着西服，伫立剑河边，潇洒风流，看不到一点儿"老北京"的影子。自然，这仅仅是就外表而言，早年的启蒙教育早已渗进他的性格之中。他在远离祖国时的乡思，一定是和庙会、相声连在一起的。

最近，在为《萧乾传》写一个英文简介时，我生造了一个词组来限定萧乾：Chinese Western-Modernized Intellestual（中国现代西方化的知识分子）。我想表达的意思是他在政治思想、道德、文学艺术等方面，都受到西方文化的影响。

第一次冒出这样的想法是在 1983 年，那时我刚刚开始对他进行采访，做写传记的准备。他和我谈起了他的婚姻生活。

婚姻是一个古老的话题，却又令许多中国人羞于谈及，似乎传统的重负使文人们极少愿意让人们在传记中，看到他们生活中极为重要的部分——特别当他们还活着的时候。

在和萧乾交谈之前，我零零星星地从一些文坛老前辈那里知道一点他的婚姻经历，数次结婚又离婚，其间演出过一出出感情的戏剧。他的这种经历出现在中国文坛，自然惹得议论纷纷，连他的几位挚友，如巴金、沈从文，当年乃至后来，都表示过异议。我最早知道萧乾的一次婚变，便是读巴金的回忆录所得。记得在冰心老人那里，每次谈到她所熟悉的这位"小弟弟"，她就要对我说，当年萧乾几次看到她，总要这么说："大姐，我又离婚了。"说完，她便笑了。笑是慈祥的。

我害怕采访会失败。从一些友人那里得知，有的作家同意写传，但只能记录下荣耀和辉煌方能通过。于是，当第一次欲言又止、吞吞吐吐地提出了解他的婚姻生活时，他的坦率使我吃惊。他没有掩饰（当然，不能说完全没有掩饰）地向我讲述了他的初恋，他的一次次婚变。有些情况曾在文章中提及，大部分则是第一次讲出。如 1939 年在香港结识一位姑娘，导致第一次婚姻破裂一幕，是他过去从未公开过的"隐私"。

讲述往事，他的目光坦然而深沉，语调舒缓。坐在我的面前，他像独自一人一样铺开自己的情感历史，留恋地观看，同时又冷静地分析，甚至无情地解剖。他像在对人解说，哪一片是云，哪一片是雨，哪里留下他的黑暗影子，哪里留下他的受折磨的心。他解释着每一次的必然，又剖析必然中他的个人的责任。在七十高龄之后如此虔诚地珍爱情感的是与非，这不可能是虚伪的。

他同意我写出我所了解的一切。而且不止一次地说："写你了解的我，理解的我。我把该说的都说了，至于你怎么写我不管。"后来，他一再拒绝看我写好的书稿，直到书出版之后，他才知道我是如何写的他。和有的文友相比，我显得顺利多了。

我把他这种对个人生活的坦率，归之为"现代西方化"。仅从传记而言，中国确实缺少西方的传统，个人绝少洋洋洒洒地为自己写传，而在西方文人中这却是习以为常的事。中国文人开始出现这种情况是在"五四"运动之后，著名者可举郭沫若为例。萧乾无疑属于这样一代知识分子。他所接受的人生诸方面的教育，都受益于西方文化。写完《萧乾传》之后，我对作品的不满之处就在于：我虽然尽量写出了他的婚姻变故，却未能在勾画一个"现代西方化"的知识分子在现代中国的命运上显出一定的深度和力度。或许我那时太着眼于他的人生戏剧性，却忽略了戏剧性人生背后的深刻内容。

那么现在我就理解了他吗？难道我能把握住他的"现代西方化"的确切内涵吗？试了试，仍然不行。越熟悉他的一生，越觉得自己生造的词并不能概括他。这是一个定义不确的概念，而人生却是那么复杂，那么恢宏，他的许多生活现象，是无法用一个简单的概念包含的。在总结自己的婚姻时，萧乾得出一个结论：真正美满的婚姻要经得起磨难。他不再赞同年轻人为一时的满足而决定婚姻的做法。这似乎是对他青年生活的一种否定。在写传时，我有些受他的观点的影响，但张辛欣为传写序时对我讲的一番话，却又让我产生了疑惑。她说她理解萧乾年老之后的"忏悔"，然而，又有什么必要忏悔呢？他年轻时毕竟那样真正地生活过，为自己的感情生活过。和后来的老人相比，她更觉得年轻时的萧乾可爱。

难道他的人生观念走了一个圆圈，从西方又回到了中国？和新一代的中国文人相比，他是否还是"现代西方化"呢？我不能断定。了解一个人谈何容易，以写印象来勾画一个人尤其难。

两年前译英国作家布瑞南的《枯季思絮》，其中有一段话印象特深："想象意味着让脑中的小鸟飞出樊笼，然后看着它翩然入云。"作者的比喻是新奇的，而尤其是"看着它翩然入云"，显得极为形象。

想象是小鸟，那么印象呢？想象可以自由地在空中翩然入云，它一旦摆脱人的记忆的束缚，往往更能发挥其丰富的创造性。印象则不然，或许它能在一瞬间获得一种自由，但这种自由只能是有限的一块天地的盘旋。它不能任意地"翩然入云"，而只能在记忆的五光十色之中，剪辑、拼贴、组合。不管你捕捉印象的能力如何高明，无形中总有一根线牵着你，让你不能信笔挥去。那么，不妨将写印象喻之为放风筝。风筝悠然翩飞，可它不能获得自由，手中的线牵着它，导演着它的戏剧。这线，就是人的记忆，人的领悟能力。

一只风筝纵然十分美丽，或者十分完整，如果不放入空中，就只有自己观看。将它放出去，飞得越高，观看的人自然越多。

可是，一旦线越放越长，放风筝的人自己也就会看不清风筝的模样了。

在空中，离自己渐渐远去的风筝，随着手中的线翻飞，那还是我所想描绘的风筝吗？谁也不清楚。尽管写过二十多万字的《萧乾传》，可我仍然放不好这只风筝。我还害怕风筝断线飞去，失去了踪影。更害怕这本不是我自己想放的那一只。因为这风筝是一位老人的，一位自己尽管熟悉，却无法平等地、更深刻地了解的老人。

如果是同辈人，我也许会轻松自如地去写，去画。可是，我面对的是一个几乎和世纪同龄的老人，以及他的人生经历，我们这样的年轻人很难准确把握住他的人生色彩、情感色彩。可以写他的种种戏剧化的生活，写他不同历史阶段的复杂感受，他的镇静和慌乱，他的勇敢和怯弱，他的机智和固执。但是，人的性格是多方面的，伟大和渺小往往存于一念之间。谁能说哪一方面的印象就能代表他的整体呢？

作家有许多种，萧乾一直强调，他自大学起就是"未带地图的旅人"。从这点来看，他算得上是为人生的作家。可我却觉得他更是一位艺术性的作家，读他的任何一个时期的作品，你都会感到里面翩然飞出的总是艺术精灵的身影。巴金常说他的朋友中最有才气的有三位，他们是沈从文、曹禺、萧乾。这才气依我看就是天生的对艺术的敏感和坚定不渝的追求。

不过，生活中的萧乾，远没有作品中的那份潇洒、灵气，至少在我看到的老年萧乾不是这样。就说书房的乱吧，在我所熟悉的作家中，他的书房要算"之最"了。为了接待外宾，特意布置之后，你再看，依然觉得太乱。他的自我料理能力，常常受到家人的责怪。一件上衣，时而扣错了扣子；写字台上，凌乱得难以铺开架势写作。看看现在的他，我想象不出他在英国七年是如何独自一人生活的。

但是，他好像又不断地在生活中想学会一点儿本事。干校期间，回北京后无处安家，他居然凑合着在过道上搭起了小屋，一过就是几年。他学会了买菜、烧水等等。烧开水，怕忘记哪一瓶是开水，便老老实实地在几个瓶上分别写上"已开"、"温开"的字样。他喜欢奇花异草，却不见有心思照料，便索性种上几盆仙人掌，由它们长去。1985年去了一趟武汉，带回的是几只小乌龟。他倒有心喂养，专门写信去动物园咨询，居然使它们活到如今。我设想，他如果没有成为文人，而是一直干着送羊奶、织羊毛的活儿，成为一个体力劳动者，那么，他的生活料理能力是不是会强得多呢？

看到由妻子帮他系扣子时，我会这样想。看到凌乱的书房，我也这样想过。但当读着他的作品时，看着扇动着的艺术精灵的翅膀，我从不会这样去想。

我知道，凌乱也好，笨拙也好，都不曾影响他的艺术。他一旦拿起笔，一旦进入艺术天地，顿时会变得机智、敏捷。种种历史风云虽然促成了他的成功，可就艺术而言，他似乎更应该感谢他的艺术天性。这种天性决定他在混乱之中，能获得独有的平静、清醒。世事纵然纷杂，但从不影响他考虑文章的艺术效果。在飘泊中，在希特勒的轰炸下，在身处逆境时，他的小说、散文、特写、通讯，几乎都别具一格。

这几年，我可以说是他的作品的最初读者之一，经我的手发表的也为数不少。他有个习惯，写作之前，喜欢在桌边、床头放上一叠纸条，偶有所得，便随手记下。然后堆放一起，看上去乱而无章，却又有内在的联系。写文章，内容在他是烂熟于心的人生经验，关键是如何以更巧妙的艺术表现出来。《北京城杂忆》如此，《在歌声中回忆》、《搬家史》、《"文革"杂忆》也如此。

我写过一些文章，可是在他的面前，我的文字永远只是小学生的作文。张辛欣曾经很惊奇地问我："萧乾对自己的回忆写过那么多、那么漂亮的文字，你怎么还敢写他？你写得过他吗？"我知道自己是笨拙的，虽然最终写了，但依然笨拙。

萧乾看准了我的毛病，几乎每读一次我的作品，总要拿起他的艺术"棍子"敲打我几下。前几天他还在信中对我说："构思要周密，文字要推敲。我从沈从文那里学的主要是多搞搞文字，更含蕴些，更俏皮些。文字要跳动，不呆板，在字里行间多下点功夫。逐渐创出自己的风格——但又永不可停留。"

我会努力一试，但艺术重要的是天赋，和他相比我是没有艺术细胞的人。

我很奇怪，他，还有和他类似的作家，尽管生活中屡经磨难，或者说他们的所见所闻，往往丑多于美，凌乱多于整洁，骚动多于宁静，可他们仍然能以平静的态度视之，并能终生不渝地保持一种艺术家的天性。百思不得其解。

几年前，在沈从文先生家中的时候，我也考虑过这个问题。沈从文八旬高龄，依然一听到家乡的民间戏就激动得落泪，对民间淳朴的遗风，他从写小说一直到晚年都没有失去特殊的爱。在一篇文章中我写过这样一段话："几十年来，时代在他的生活中的烙印不可不说很深，可他却还是怀着一颗似乎未涉时世的、充满天真纯洁的心，去感受音乐——特别是民间音乐。这难道不就是他的艺术家的个性？"

在许多方面，我想萧乾和沈从文一样都可以归于艺术型的人。他们也许应该不去承受世俗的重负，在纯由缪斯主宰的天地里创作。他能走进"京派文人圈"，走进英国文人圈，艺术天性同样起了重要的作用。就艺术而言，是不是也可以套上"现代西方化"的定语呢？这又该是一个很难说清的问题了。就创作方法和欣赏习惯看，他更接近传统的英国文学，但无所不在的艺术精灵，又使他很友好地对待现代派文艺。就像既听教堂音乐，又听相声一样，在他那里大概已经分不清谁最重要了。

写来写去，没想到还是把他和西方文化联系起来了。

放了半天风筝，还是不能自如。那么，就收回来吧。或许有一天会放得更好一些。

1989 年 10 月

戴乃迭：嫁给中国

一

1940年，在牛津大学学习已达六年的杨宪益，接到吴宓和沈从文的来信。他们邀他回国教希腊文学和拉丁文学，并附寄来西南联大的聘书。杨宪益欣然启程。正值二战紧张时刻，他绕道加拿大、美国，经香港终于抵达重庆。1934年漂洋过海时他独自一人，此次回国，却带回来一位女朋友——英国姑娘戴乃迭。几个月后，他们在重庆举办了婚礼。为他们做证婚人的是中央大学校长罗家伦和南开大学校长张伯苓。

从此他们的命运紧紧连在一起。

这是一对堪称中英合璧的夫妻。在以后半个世纪的时间里，杨宪益、戴乃迭连袂将中国文学作品译成英文，从先秦散文到《水浒》、《红楼梦》，达百余种。虽然没有加入中国籍，戴乃迭却一直把婆家的国家当成了自己的国家。戴乃迭学会了中文，会写一笔正楷小字，还能仿《唐人说荟》，用文言写小故事。写得文字简秀。戴乃迭在努力融进中国。

戴乃迭的确成了中国生活的一部分。她与杨宪益相依为命，一同走进中国传统文学的宝库，当然，也一同走进生活中的快乐、满足、苦难、遗憾。最让他们刻骨铭心的是"文革"中的经历。戴乃迭是英国人，杨宪益本人留学多年，与外国人、特别是英国人有着密切联系，这本是人之常情。然而，就是因为这一原因，杨宪益与戴乃迭招致了牢狱之灾，双双在北京半步桥监狱苦熬四年。他们在狱中互不知道对方下落的时候，唯一的儿子也因频受打击而精神失常，最后竟死于自己点燃的烈火中。

他们却坚强地生存着。一同播种，一同收获，一同走过快乐与痛苦。

二

1938 年的英国。

母亲惊住了：刚刚二十岁的女儿，竟然爱上了一个中国留学生。

尽管战争的影子越来越浓重，但二战大幕尚未拉开，伦敦还显得一片平静。人们按部就班地生活，天灰蒙蒙的，湿漉漉的天气让人难受，却也无奈。

要是时间往后推移几十年，一个中国学生娶一个英国姑娘，恐怕早已不算一件新鲜事，大可不必大惊小怪。可是，在当年的英国，对于身为传教士的母亲来说，女儿戴乃迭的选择，实在有点儿出乎意料。

"如果你嫁给一个中国人，肯定会后悔的。要是你有了孩子，他们会自杀的。"母亲这样严肃地警告说。

母亲有她的忧虑。她和丈夫一同到中国传教，在那里生儿育女，那里的一切她都不陌生，甚至非常熟悉。对她这位传统的英国女人来说，向中国人传教，与把女儿嫁给中国人，实在是风马牛不相及的事情。她太清楚不过中国文化与西方文化之间存在着的巨大差异，她更了解彼此之间在婚姻观念、家庭伦理方面的强烈反差。这就难怪她会难以接受女儿的这一决定，她为女儿的未来而担忧。

戴乃迭一生中，与母亲的这次对话，实在是决定未来命运的时刻。

她不愿意改变自己。她相信最终会说服母亲。等到了二十一岁这个法定的独立自主的年龄，她便可以与自己爱的人订婚，哪怕他是一个中国人。当她做出最后的决定时，她便把自己的命运紧紧与爱人连在一起，与爱人的祖国的命运紧紧连在一起。

"母亲的预言有的变成了悲惨现实。但我从不后悔嫁给了一个中国人，也不后悔在中国度过一生。"半个多世纪后戴乃迭这样说。此时，她已经在中国有过诸般经历。战乱、革命、破坏、建设，风风雨雨，大起大落，悲欢离合。"文革"期间蒙受牢狱之灾，儿子因"文革"而自杀，这样一些意想不到的磨难，令她在回忆母亲当年的警告时，心底难免会掠过一阵苦涩。

然而，她镇静，她无悔，她还是充满自信而坚毅。

因为，她爱中国古代文化，她爱中国的一个个好朋友，她爱她选择的终身伴侣——杨宪益。是他在漫长日子里带给她的快乐与温馨。对于她来说，情感与精神上的满足，远远超过一切。为杨宪益，她愿意、也能够承受一切。

在母亲面前她可能这样说过。母亲以什么样的神情注视她，母亲为何最终同意了她的选择，我们无法得知。我们知道的是，从她下决心要与杨宪益订婚的那天起，戴乃迭便真正成了20世纪中国的一分子。

三

作为一个传教士的后代，戴乃迭仿佛注定要将自己的一生与中国紧紧联系在一起。

在 20 世纪与中国有关的外国人中，传教士的后代是一个不可忽视的群体。他们随父母在中国长大，后来有的离开了，有的留下了。无论走了的，还是留下的，他们未来的发展和命运注定要与中国有关。于是，在历史场景中，我们不难发现一些活跃身影。仅以美国为例，便可列出一串人们熟知的名字：司徒雷登，燕京大学校长、美国驻华大使；约翰·戴维斯，盟军参谋长史迪威将军的政治顾问；亨利·卢斯，《时代》、《生活》周刊的创始人；赛珍珠，诺贝尔文学奖得主……如果细细搜集，几乎在中国的所有领域，特别是政治、教育、文化、工业、商业等方面，都不难找到传教士们的后代，那一定会是一长串耀眼的名字。不管他们的政治倾向如何，也不管他们各自的成就和口碑如何，有一点可以肯定，那就是当我们在审视 20 世纪中国的历史舞台时，他们是不应该被忽略的。

和那些赫赫有名的人物相比，戴乃迭当然显得平凡而普通。她始终对政治不感兴趣，用她自己的话来说，她永远在政治上显得幼稚。她不习惯于做抛头露面风光十足的公众人物，只愿意平静地与丈夫待在一起，专心于中国古典文学的翻译，在精神的满足中愉快走着。因为，最终把她和中国联系起来的，是对杨宪益的爱，是对童年的北京生活美好而甜蜜的记忆。

的确，如果没有对童年生活的留恋，很难说她在牛津大学念书时，会对抗战中的中国充满同情，参加中国协会的工作。

136

这样，她也就不会接触到担任协会主席的杨宪益，后来的一切大概也就会是另外一种开始。

和母亲相比，童年时期的戴乃迭，对中国和北京的感受是迥然不同的。那是色彩丰富、情趣盎然的日子。

戴乃迭1919年在北京出生。他的父亲J.B.泰勒（Tayler，中文名字戴乐仁），受伦敦传教会派遣在中国工作，负责救灾援助和庚子赔款的使用。戴乃迭出生后的中国正处在战乱之中，社会充满危机，也充满着对帝国主义的仇恨。戴乃迭回忆，他们家认识的一个传教士便被土匪杀死。她的父亲有两块手表，一块好的金表平常在北京时戴，另一块欧米迦表在旅行时戴，于是，孩子们便把这块欧米迦表叫做"爸爸的土匪表"。不过，对这些生在中国、长在中国的传教士的孩子们来说，并没有感觉到中国的危机，在他们的感觉中，生活平静而快乐。

戴乃迭有两个哥哥、一个姐姐、一个弟弟。留在戴乃迭童年记忆中的北京，色彩丰富，充满生活乐趣，在她的眼里，一切都那么新鲜而生动。店肆幌子、婚葬队伍、灯笼、风筝、厂甸的春节庙会，等等，令人目不暇接，热闹非凡。在庙会上，花几个铜板，就能买到许多好玩的玩具。有钱人坐轿子或者坐经过精心打扮过的人力车，同时还有运煤的骆驼队穿街而过。最让人难忘的是当街宰羊，看着被宰的羊的血汩汩地流，她既感到害怕也颇为兴奋。一切都值得回想。用戴乃迭自己的话来说："甚至可怕的沙尘暴也像是充满着戏剧性。"

戴乃迭的记忆中，这座城市到处泛着恶臭。但这并不妨碍戴乃迭对街边小摊产生兴趣，那些沿街叫卖者挑着的火炉里，总是散发出十分诱人的味道。母亲不喜欢中国食物，认为它们不卫生，结果安排孩子们吃的都是英国羊肉和大米布丁，偶尔才允许吃一顿饺子。但戴乃迭和几个哥哥姐姐，常常背着母亲，请厨师或者车夫，帮他们弄来烙饼和夹葱煎饼，在他们看来，这真是好吃极了。

戴乃迭的家住在抽屉胡同的一个老四合院里。他们这些孩子在院子里养兔子，在小花园里种棉花。一年从北戴河度假回来，他们惊奇地发现这些棉花全绽开了，园子里一片白，真像下了雪一样。院子里还有一个大沙堆。父亲为他们买来一辆好自行车。戴乃迭便和姐姐 Hilda 比赛，看谁第一个能从沙堆上面冲到门廊里。结果是戴乃迭赢了。几十年后，年近八十的她，还这样说："我至今仍能回想起获胜的感受。"

让戴乃迭感到遗憾的是，她不能像别的在中国长大的外国孩子那样讲一口流利的中文。她的母亲不允许孩子们和中国孩子一起玩，她认为中国孩子身上带病菌，不少人有砂眼、斑癣，以及其他一些因为穷、因为缺少医疗保健导致的脓疮。母亲把孩子关在家里玩耍。后来父亲到燕京大学教经济学，全家从城里搬到海淀，在那里和来自美国、加拿大、澳大利亚的老师们的孩子一起玩，即便遇到一些中国人，但他们也大都讲英语。

家里请有中国保姆，但和她之间，孩子们也并非可以随便往来。因为家里还有一位英国老处女监护着他们。这位老处女本来希望到中国来当传教士，但她的条件不够，便由伦敦传教会派她来帮助料理像戴乃迭父母这样的夫妻都是传教士的大家庭。这位老处女把他们监管得十分严厉。每天要看他们把牙刷完，要教他们学几段圣经，还要监督女孩子们练习做针线活和画画。

到北戴河避暑则是孩子们快乐的时刻。在戴乃迭印象中，它简直称得上一次大行军。

中国留给童年戴乃迭许多美好记忆。她亲身感受到的快乐，目睹的丰富色彩，使她从感情上与中国紧紧联系在一起。只是她的这种感受，母亲并不能理解和接受，在母亲看来，也许孩子太幼稚，根本不了解这片土地上每天正在发生的一切苦难和危险。

促使母亲下决心把孩子们送回英国的契机终于来到。

一天早上，戴乃迭和姐姐Hilda如通常一样到清华大学附属的一个国际幼儿园去。路上很脏，不是灰就是泥泞。两个女孩骑着脚踏车，姐姐骑的是"仙童牌"自行车，戴乃迭骑的是三个轮子的脚踏车。突然，一群逃兵把她们团团围住。他们并无恶意，用戴乃迭自己的话说，他们只是第一次见到这么小的外国孩子骑这样稀奇古怪的玩意儿感到好奇而已。他们很友好地问她们各种各样的问题。她们也一点儿不害怕，因为中国人对她们从来都很友好。逃兵的围观使她们迟到了，这件事被告到母亲那里，她顿时吓坏了：中国军阀的队伍居然拦截她的女儿。

本来母亲计划让孩子们在中国多住几年，戴乃迭姐妹的这次"历险"，让她改变了主意。她当即着手安排她们回国。1926年，她们乘坐轮船离开了中国。这时戴乃迭七岁。

航行悠闲而愉快。但第一眼看到伦敦，戴乃迭却甚感失望。天灰蒙蒙的，潮湿得很，到处都是汽油味，根本没有她所热爱的北京色彩丰富、活泼多姿的街景，也没有诱人的味道。

中国在遥远的身后。快乐的童年也永远消失了。但是，戴乃迭再也不会忘记中国。这样一种童年时期形成的感情，注定会决定她未来的生活道路的选择。中国发生的一切，在后来的一年年日子里，仍然吸引着她。不仅仅因为父母还在中国工作，而是她更从心底向往之。

四

中国在动荡中。中国被日本侵略者的铁蹄蹂躏着。1937 年，当戴乃迭走进牛津大学校园时，她再度把注意力放在了中国身上。此时，距她离开中国已整整十年。

说实话，在牛津大学第一次见到杨宪益时，戴乃迭只是好奇地注意到，面前这个年轻中国学生，眼睛细细的，一脸苍白，举止文绉绉，人显得颇有些拘泥。不过，戴乃迭说，杨宪益对祖国的爱给她留下深刻印象。当她到杨宪益房间去的时候，看到墙上挂着杨宪益自己画的一张中国不同朝代区域划分的地图。

戴乃迭结识的这个中国留学生，的确与众不同。他懒散、贪玩、调皮，似乎诸事漫不经心；但他却又绝顶聪明，兴趣广泛，学识渊博。他天性乐于顺其自然，无拘无束，在中国传统文人中，竹林七贤恐怕是他最为倾慕的先贤。在戴乃迭接触到的中国留学生中，大概只有他身上最具备中国传统文化的味道。他喜欢收藏字画，喜欢吟诗，喜欢在酒中陶醉。这就难怪戴乃迭爱上了他。戴乃迭晚年曾在朋友面前开玩笑说，她爱的不是杨宪益，而是中国传统文化。虽是玩笑话，但也说明在戴乃迭眼里，两者之间有一个完美的结合。在他们结婚之后的漫长日子里，杨宪益身上的这一特点愈加突出，戴乃迭可以为自己的直觉和选择而满足。

那是值得留恋的日日夜夜。因为，正是在这段时间里，杨宪益结识了戴乃迭，并且很快爱上了她。

说浪漫也很浪漫。爱玩、爱恶作剧的杨宪益，恐怕连自己也没有料到，在爱上了戴乃迭之后，人渐渐变得本分了许多。

曾经尚未确定生活目标和学业方向的他，终于因为戴乃迭的出现，变得专注了许多。

回到文章的开头。

戴乃迭和杨宪益爱情关系一旦确定，阻力首先来自乃迭的母亲。

"母亲见到过不少不幸的婚姻，因此她坚决反对我嫁给宪益，尽管我父亲认为，如果我们精神和谐，我们的婚姻就可能美满。"戴乃迭回忆说。

母亲的反对无法动摇戴乃迭的决心。只是在年满二十一岁可以独立自主的年限之前，她还不能做出决断。她等待着那一天。

杨宪益也有他的顾虑。在他的眼里，美丽的戴乃迭本来生活在一个舒适的家庭，而战火中的中国，却十分艰苦，如果和他结婚并一同回到中国，根本不可能保证起码的生活水准。他在乃迭面前，提到一首自己喜爱的摇篮曲，说乃迭这样的姑娘，本应过着歌曲中描述的生活：坐在垫子上缝针线，吃草莓，吃糖，喝牛奶。

所有的顾虑、迟疑、反对都没有改变戴乃迭重返中国的决心。她的心中，不仅仅有记忆中的快乐与多彩，不仅仅有令她神往的悠久文化，更有让她迷恋的杨宪益。像她这样出生于传教士家庭的姑娘，一旦确立了志向，她将终生不渝。不管人生旅途前面会发生什么，只要两个人心心相印，他们会一直走下去。

1940 年，盼望回国已久的杨宪益，带着同样热切盼望重返出生地的戴乃迭，登上前往东方的海轮。

离开英国之前，在申请护照时，戴乃迭遇到了负责颁发护照的官员的充满疑虑的询问。

谈到关于前往中国的目的，戴乃迭对颁发护照的官员说："我有一份在中国的大学教书的合同。"

"你不要相信中国的合同。最终我们会不得不花政府的钱去帮你回国。"那个官员说。

"我和一个中国人订了婚，我们会一起去。"

"你会发现他早已有了两个老婆。我们最后还是不得不花政府的钱帮你回国。"

这时，戴乃迭为了让官员相信自己的确有能力在中国生存，只好搬出已经在中国工作多年的父亲来作后盾。他当时正在中国参与他发起的工业合作社工作。她说："我父亲现在在工合组织工作。"

"哦，这样情况倒不一样。"

终于说服了护照官员。也许这个官员的忧虑有他的理由，他显然处理过一些棘手的案例。因此，他的担忧和疑虑可能出于善意，是对自己同胞未来命运的关心。但是，他不可能理解戴乃迭，更不可能理解她与杨宪益之间坚实的爱情基础。一旦她做出了选择，她会执着地走下去。后来的生活道路证实了这一点。哪怕从踏上战争中的中国土地的那天起，她就开始经历种种意想不到的艰难、困苦，但她始终没有怨言。她所追求的、她所满足的是与杨宪益之间的心心相印和相濡以沫。这一点，随着时间的推移将渐渐凸现出来。

然而，一生中最为严峻的磨难与考验，在二十几年后的"文革"期间在他们身上降临。

五

一个刻骨铭心的夜晚。

"文革"开始已有两年，杨宪益和戴乃迭没有想到，在1968年的4月他们会遭遇牢狱之灾。

在最初的风暴中，杨宪益虽被作为"反革命修正主义分子"受到批判，但除了一般性揪斗之外，并没有经受太严厉的冲击。戴乃迭是英国人，向来不过问政治，一些外国专家们所热衷的组织战斗队之类的造反行动，她一直敬而远之，独善其身。这样，尽管周围的一切都在发生变化，人们之间的往来因这场革命蒙上了浓重阴影，但对于他们这对夫妇来说，还是可以暂时躲进自己小屋里叹息。

文化却已远去。共同翻译的乐趣与满足，在这样的时代简直是一种奢侈。几十年来业已形成的工作习惯，早就在风暴突起的那一时刻起被搅乱，除了两人之间偶尔的对答之外，不再有当年的激情和陶醉。生命在无谓地消耗；精神在扭曲中被蹂躏；一切文化的积累和创造都被打入冷宫。这不足为奇。同时代的许许多多的文化人，都是在这种状态下无奈地活着。

第二天就该是"五一"。这个夜晚，他们如同以往一样，在家里打开一瓶白酒对饮。他们希望平静，但近期发生的局势变化，却不能不让他们感到忧虑。杨宪益回忆说，那年春天以来，不断听到江青一次讲话的传闻，说是江青在讲话中声称有不少在中国的外国人可能是特务，有的甚至早在三四十年代便被派遣到中国。此时"文革"正处在所谓"清理阶级队伍"的阶段，江青的这一讲话迅即被付诸行动。外文局的一个外国专家先行被捕，如今，厄运在这个夜晚降临于他们头顶。

一瓶酒喝了一小半，戴乃迭先去睡觉，留下杨宪益自斟自饮。夜深人静，正在此时，有人敲门，原来是来逮捕他们的。

在杨宪益被带走之后不到半个小时，又有人来把戴乃迭带走。戴乃迭回忆：

1968年4月的一个深夜，我们坐在家里喝酒，希望过一个平安的五一节。随后我去上床睡觉，留下宪益一个人接着喝。还不等他喝完，他就被捕了。接着，两个公安，一男一女，把我弄醒。命令我起床，搜查我的房间，把我铐上。问他们为什么抓我，他们说："你自己清楚。""我不清楚。"我回答。他们押着我拿上洗脸盆、洗漱用品、换洗衣服，用吉普把我送进监狱，到那里我马上就又睡着了。

从此，在以后四年多的时间里，戴乃迭与杨宪益关押在同一监狱，但是，他们彼此之间很长一段时间里并不知情。戴乃迭后来说，她心想杨宪益不是外国人，可能没有问题，一直以为他会留下照顾家里。而杨宪益觉得戴乃迭是个老实人，又从来不过问政治，应该不会被捕。

苦难却共同开始。

戴乃迭当年决意嫁给杨宪益、嫁给中国时，即使有过各种设想，做好准备来应付许多陌生的、意想不到的难题，但她绝对不可能料到她会和杨宪益一起身陷牢狱，无辜成了所谓"帝国主义特务嫌疑分子"。

从婚姻家庭生活方面来说，母亲当年的忧虑是多余的，婚后这些年，她与杨宪益、与杨家亲人关系一直很融洽，远没有母亲或者英国海关官员所担心的事情发生。事业上也有了新的开端。他们两人开始翻译鲁迅和周作人的作品，随后开始翻译《儒林外史》。先由杨宪益翻译初稿，然后由戴乃迭整理，将译文和原文进行对照，她用这种方法来提高中文水平。以后的二十多年，他们都是在这种平稳状态中顺利度过的。

但从嫁到中国的那天起，戴乃迭就在不同时代不同处境的中国经历种种新鲜，种种陌生，乃至种种怪异。文化、政治、种族等，各种因素形成冲撞，磨炼着她，改变着她。由不适应到适应，由惊诧到淡漠，由陌生到熟悉。

刚到重庆举办婚礼后的一次经历令她终生未忘。

杨宪益和戴乃迭的婚礼是和杨宪益的妹妹杨敏如、妹夫罗沛霖的婚礼一起在重庆举办的，所有筹办事宜都由杨敏如负责，他们都未曾过问，这样，婚礼刚刚过去，他们就连举办婚礼的具体地点、日期都忘得一干二净。结果战时重庆警察的查夜，给了他们措手不及。

不期而至的深夜查房，颇让习惯了保留私生活空间自由的这个英国姑娘感到不适应。不过，对于她来说，这似乎尚能忍受，当时戴乃迭最不能忍受的是对她嫁给中国目的的怀疑。刚到重庆不久，她所工作的部门的负责人，怀疑她是一个共产国际的代表。他的理由很简单：一个家境不错的英国姑娘，为什么要下嫁给一个中国人呢？为什么戴乃迭和学生们关系密切呢？为什么要将国民党的青年团和德国纳粹相比较呢？怀疑之下，他偷偷检查他们的房间，发现了杨宪益订阅的《新华日报》和鲁迅的作品，结果戴乃迭的合同被解除。事后有朋友了解到，在黑名单上列有戴乃迭的名字，后面注明：一个英国共产党人。

"文革"期间入狱，则是因为怀疑戴乃迭和杨宪益是"帝国主义特务"。据杨宪益回忆，主要起因在于早在 40 年代南京时期，他们和一位英国驻华使馆的武官是好朋友，彼此来往密切，曾经常一起在江南旅行。二十年过去，这段经历居然造成了一夜之间的银铛入狱。但是否真的是因为这件事，最终也没有一个明确的说法。动乱的年代，一切都处在混乱和无序状态，这一点在他们的遭际上同样表现得十分突出。

一个外国人生活在中国，随着局势的变化，时常容易受到怀疑，这似乎一点儿也不足为奇。此时被怀疑是"共产党人"，彼时被怀疑是"帝国主义特务"，世事变迁，但表现形态、心理冲击却相似。被关进牢狱的时候，戴乃迭完全可能产生这样的感慨。

戴乃迭的四年单人囚禁生活从此开始。

<h1 style="text-align:center">六</h1>

刚入狱时，戴乃迭听见别的牢房里关着一些人，便要求和她们关在一起，她忍受不了一个人单独禁闭的痛苦。但狱方回答："你会觉得这样不方便。"后来她才知道，单身囚禁被认为是一种"特权"。像她这样的外国人，必须拥有这种"特权"。可是，这种"特权"带来的是更难忍受的孤独和寂寞。

80 年代，戴乃迭和杨宪益到澳大利亚访问时，曾根据朋友建议，撰写了一篇讲稿，回忆自己的"文革"狱中生活。后来她虽然未做演讲，但却留下了虽然简要却十分珍贵的往事记录。她在讲稿中写道：

我担心孩子们，对自己却毫不害怕。心想逮捕我是个错误，很快就会得到正确处理。监狱里最糟的事情是让人厌烦。我的唯一读物是《人民日报》和小红书——毛的语录。后来我可以看美国的左翼刊物，还有一支铅笔，一个笔记本。我了解到——至少在理论上如此——在美国的监狱里可以学习，可以和家人通信，可以每天放风。我在笔记本上写到我嫉妒他们。这惹恼了我的看守。她说："你难道不知道他们是法西斯监狱？我们这里是社会主义！"我说："那么，我宁愿去坐法西斯的监狱，那样还可以收到家人的信。"她又说："你的思想问题太大。你得好好学习。"他们给我拿来一本英文版的《资本论》。在一般情况下我是不会读这本书的，但在狱中，我却喜欢读到它。我还每天可以放风，不过还是不允许和家人通信。

第一年的冬天十分寒冷。我们没有暖气，我的窗户也全是破的。看上去北京都用玻璃替换了破损的小格窗户。我的耳朵长冻疮后，我被换到另外一个朝向的房间，那里暖和一些，窗户被糊住保温。日子还是烦闷。我开始自言自语，或者背背诗。这很有效，这时，我忘记了实际的生活。早知道我要坐牢，我应该多背熟一些诗才好。

戴乃迭试图以平静和超然的心情回忆这段往事，对施加于身的折磨似乎没有抱怨，相反，她以一种感激的口吻谈到狱中的某些待遇。她说她的伙食比其他大多数犯人的伙食要好。那些人一天只有两顿窝窝头和菜汤，而她到出狱时，体重增加了，胃口也大了。她还回忆，女看守看上去都来自农村，虽然对人严厉，但从不实施暴力。尤令她感动的是给她送饭的人。一天，他给她送来土豆，这是她在中国很少能吃到的东西。他问："你喜欢吃吗？"戴乃迭说："喜欢。在我们国家我们几乎每天都要吃土豆。"于是，从第二天开始，他每天都送来土豆。在一个艰难环境里，如此的善良，无疑是对她的寂寞和痛苦的一种莫大安慰。

在狱中，大约每两个月要提审一次。问题主要涉及戴乃迭和杨宪益的一些外国朋友。当她用赞许的口气谈到他们时，审问者就颇不高兴。不过，戴乃迭却喜欢被提审。一个人被关在窄小房间里，每日面对四壁，自言自语。如果提审，她便可以与人对话，这是难得的交流机会。

希望永远在她心中。她相信杨宪益会留在家里照顾孩子。她显得平静而坚毅。她后来告诉杨敏如，狱方允许她用母语英语写"交代"，而她却坚持用中文。她不是写"交代"，而是实情。当要她"揭发"杨宪益的罪行时，她说："他是世界上最好的人，没有罪行，我非常爱他，怎么能揭发他？"对于她来说，做人就该真诚、就该坚守心中的信念。也许从小受宗教的影响，她宁愿肩负十字架，也不能做违心事说违心话，更何况往自己相爱的亲人身上泼污水。杨敏如说，戴乃迭无法理解，在动荡年代亲人之间为什么要相互揭发，正是如此，她对这种事表示反感和不理解。

一个坚强的英国女性，便这样执着地按照自己的信念，在当代中国最为艰难的年代一天天走过。

杨宪益与戴乃迭关押在同一监狱，但两人却无缘相见。有牢友偶尔喊上一句：嗨，瞧，还关着几个外国女人！

杨宪益惦记着戴乃迭，说到一生中的懊悔，他说最后悔的是对老伴照顾不够。在狱中时，他尤其放心不下她。当经过一段时间的审问之后，狱方问他有什么要求，他说："不知道老婆怎么样。这两年挨斗她情绪不好，我怕她出什么事，会不会自杀。"回答是："没有自杀。"这下子，他才知道戴乃迭也遭遇与自己同样的命运。他问及孩子，回答说是孩子们也没事，有人照顾。这样一来他才略为安心。

这对夫妻，就这样在同一片天空下苦苦熬着。他们都在牵挂着孩子们。而孩子们的命运因他们而备受磨难。他们有三个孩子，一个儿子，两个女儿。"文革"开始时，长子已经大学毕业，分配到湖北鄂城的一个工厂。两个女儿分别下放到农村。虽然牵挂，但他们不曾料到，长子会在他们坐牢期间因经受不住周围的压力而变得精神分裂。等他们出狱时，在面前出现的是一个令他们无法接受的残酷事实。

七

狱中的等待终于结束。

林彪事件之后，随着中美关系的解冻，关押在监狱的这些政治犯的命运也随之改变。在度过整整四年的监狱生涯之后，1972 年 5 月，杨宪益和戴乃迭相继被释放回家。

先被释放的是杨宪益。

走进家门，家里一切仍是四年前模样，只是四处积满了灰尘，空寂的房间也成了耗子的乐园。书柜、衣柜里全是耗子窝。用杨宪益的话说，一群耗子见到他都不高兴，一下子全跑了。他再看看衣服，不少衣服上面都是洞，根本不能穿。它们在这里踏踏实实居住了四年。屋子里面本来有棵仙人掌，四年了，仙人掌长得很高，一直没有人浇过水，但样子看上去还活着，杨宪益一碰，哗一下全变成了灰，坍塌下来。

又见到那瓶酒——被捕时未喝完的那瓶酒。它依旧在茶几

149

上，动也未动。杨宪益拿起来反复端详。被捕时走得匆忙，瓶盖未盖紧，剩下的半瓶酒颜色业已变黄了，不能再喝。也难以下咽这瓶酒，四年伤心酒。

提前释放杨宪益回家，是上面希望在戴乃迭回家之前他能把家里好好收拾一下。戴乃迭毕竟是英国人，这样，当她释放回家时，家里略为整洁一点儿，这样以免她目睹窘状而过于难过。杨宪益用了三天的时间，把屋子擦干净，整理好，大部分破破烂烂的东西全都扔掉。外文局的人还告诉他，戴乃迭要回来了，你得买点酒，买点巧克力、蛋糕招待她。他一一照办。他盼望着戴乃迭的归来。

一个星期后，戴乃迭终于回家了。

杨宪益果然按照领导吩咐准备好了蛋糕、巧克力和酒。

戴乃迭走进家门：

1972 年 5 月，我知道了宪益已经被释放，一周之后，两个同事来带我回家。宪益已经整理好了房间，在我的桌子上，我看到一瓶白兰地。我说："好久不见，没想到你改变了过去颓废毛病。"宪益说："支部书记指示这样做的。"

新生活就这样重新开始。

什么都能承受，监狱的恐惧也好，孤独也好，他们都挺过来了。但是，长子的病以及最后的自杀，却让杨宪益、戴乃迭夫妇久久不能摆脱痛苦。

释放回家，首要的事情就是把孩子们调回北京。不到三个月，儿子先调了回来，其次就把在东北劳动的小女儿调回来，大女儿稍晚几个月也调回来了。一家终于团圆。但儿子的病情却让他们为之苦恼。儿子最终在英国自杀而死。

对他们来说，这是一生中最大的打击。多年之后，戴乃迭在回忆40年代的生活时，感伤地写到儿子可爱的童年，写到自己教育孩子的失误。她这样说：

烨是个让人感动的小家伙。"妈妈，你真漂亮。"一天他说，用在幼儿园学会的表达。

他还很敏感。"妈妈，不要来带我回家。"他说，"别的孩子会注意。"他从不愿意显得与众不同。

我们认识一个儿童心理学专家。她敦促我们把孩子养育成一个中国人或者西方人，而不要是两者的结合，一个两不像的人。显然他们必须是中国人。但我们犯了错误，没有和他们用英文讲话。到目前为止，我见到过许多讲两种或三种语言的孩子，他们全都心理平衡和幸福。我对我们在这方面的无知荒唐深感懊悔。

这是所能见到的戴乃迭写到儿子的唯一文字。在得知儿子自杀的噩耗时，她心中到底涌出哪些复杂感情，无法得知。她会想到当年她执意嫁给杨宪益时母亲的警告吗？

"如果你嫁给一个中国人，你肯定会后悔的。要是你有了孩子，他们会自杀的。"母亲这样说。

残酷的谶言。

八

儿子的不幸去世令杨宪益、戴乃迭夫妇两人难过万分。朋友们感觉到，从那时起他们仿佛有一种万念俱灰的状态。酒喝得更多了，更频繁了，但他们两人感情也更加深厚，更加不可分离。自那之后，许许多多的身外之物他们看得更淡，人从此也过得更为洒脱。名利于他们，真正是尘土一般。收藏的诸多明清字画，全都无偿捐献给故宫等处，书架上几乎找不到他们翻译出版的书，几十年间出版的百十种著作，他们自己手头也没有几种，更别说凑上半套一套。

看淡身外之物，绝非把人世间做人的原则、正义的评判淡忘。相反，从"文革"磨难中走出之后，杨宪益和戴乃迭对人间是非有了更加明确的态度。1976年刚粉碎"四人帮"时，杨宪益写下了一首《狂言》："兴来纵酒发狂言，历尽风霜锷未残。大跃进中易翘尾，桃花源里可耕田？老夫不怕重回狱，诸子何忧再变天。好乘东风策群力，匪帮余孽要全歼。"从那时起，他和戴乃迭就以一种"不怕重回狱"的生活姿态生存着。

的确，生活中有些东西在他们是不可能忘掉的：责任感、正义感、友谊。这些很容易在历史波动中被扭曲、被阉割的东西，在历尽磨难之后令他们更加珍爱。拥有它们，便会在历史关键时刻激发出难能可贵的勇气和魄力。可以说，无私才能无畏这句话，在他们身上得到很好的印证。在这方面，许许多多熟悉他们的朋友，都自叹不如。也正因为此，朋友们才从心底钦佩他们。

相濡以沫将近六十年，熟悉他们的人说，很少见过他们这样恩爱不渝的夫妻。尽管儿子的结局被母亲不幸言中，但戴乃迭从不后悔嫁给杨宪益，自始至终她都为能与杨宪益一同走过这一生而感到幸福。他们生活得融洽、充实，从走到一起的那天起，他们两人便作为一个整体面对人世间的一切。

他们有着许多共同点，甚至饮酒抽烟的乐趣也一样。邀请朋友一起畅饮，是他们日常生活中至为重要的一部分。在他们的影集中，出现最多的便是与朋友畅饮的镜头。朋友们常常会觉得，当袅袅轻烟中他们显出微醺时尤为可爱。在酒中谈笑，在酒中潇洒，似乎愿意在酒中忘掉一切：名利、恩怨、痛苦……

1999年底，戴乃迭因病去世。从她重病住院到去世的几年间，杨宪益仿佛失去了生活的热情。对他来说，没有戴乃迭在身边，酒和烟也都失去了过去的滋味和意义。这几年里，他哪里也不愿意去，更别说离开北京半步。他不会忘记，当年戴乃迭执意要嫁给他时所下的决心和做出的努力；更不会忘记，在漫长岁月里他们如何一同搀扶着走过。他难以想象，他的生活中怎能没有她？他有许多懊悔。他说他后悔对戴乃迭照顾得太少；他后悔自己带给戴乃迭那么多的苦难。他真不知道该怎样在戴乃迭面前表达自己这样的感受。

永远不再有这样表达的机会。

戴乃迭去世后，杨宪益的妹妹杨敏如在题为《替我的祖国说一句"对不起，谢谢！"》的文章中这样写道："我的畏友，我的可敬可爱的嫂嫂，你离开这个喧嚣的世界安息了。你生前最常说的一句话是'谢谢'，甚至'文革'中关在监狱，每餐接过窝头菜汤，你也从不忘说'谢谢'。现在，我要替我的祖国说一句：'对不起，谢谢！'"

所有悼念戴乃迭的文章中，这是最具震撼力的一句话！

杨宪益在戴乃迭去世之后，写下一首缅怀诗。朋友将它书写出来，挂在杨宪益新居的客厅里。杨宪益与它朝夕相对：

早期比翼赴幽冥，不料中途失健翎。

结发糟糠贫贱惯，陷身囹圄死生轻。

153

青春作伴多成鬼，白首同归我负卿。

天若有情天亦老，从来银汉隔双星。

戴乃迭最终走了。杨宪益自己说，他的生命也等于走了。

是的，他们的生命，从当年结婚那时起就已经紧紧连在一起了。杨宪益还活着，当然，从某种意义上说，他更多地活在对戴乃迭的怀念中，活在对往事的追忆中。

生者与死者的交流与沟通，在他心中。他们一同走过的日子，在他心中。

修订于 2002 年 12 月 10 日，北京

黄苗子与郁风：微笑着面对

一

在北京，2003 年的春天，一度被恐惧笼罩的季节。

在 SARS 肆虐的阴霾日子里，两个老人的微笑，让我又一次看到了他们生命的亮色。

仿佛一夜之间北京成了一个被恐惧笼罩的世界。最初两天，抢购食品；接下来，街上车少了，人少了，过去熙熙攘攘的人行道上，也空前地只有零星的身影匆匆而过。五一期间，从家里的窗户往外看去，到处空空荡荡，整座城市在大白天也如同过去午夜一般冷寂。大家自觉地不再串门，不再聚餐。即便自己并不在乎，但也不方便去打搅别人，谁知道对方是否敢接触你？

九十岁的黄苗子先生，电话中大呼一声："你是汉子，你就来！"我这才如同往常一样坦然地走进他们的家门。

他们依然如平时一样平静，一样微笑，仿佛弥漫全城的恐惧与他们毫无关联。八十七岁的郁风说得更是爽快："怕什么？只要小心，没事儿。这跟买彩票一样，哪儿那么容易中彩？"说完，大笑起来，似是为找到一个有意思的比喻而高兴。

永远乐观的人。他们爽朗的笑声，他们沉着、乐观、毫不在乎的样子，就像阴霾天空下的一束灿烂的阳光。

乐观的人总是微笑着面对一切。这一对艺术家夫妇，有什么会让他们感到恐惧呢？漫长一生，他们经历的风风雨雨、坎坷磨难实在太多太多，一次 SARS 绝不会让他们谈虎色变。翻开他们一生的画卷，出现在我们面前的一个个场面，似乎都远比 SARS 更能让他们感到惊心动魄：上海滩白色恐怖下的游行、战火中日本飞机的轰炸、硝烟弥漫中的香港逃亡、日本侵略者大轰炸下的重庆岁月、北大荒冰天雪地里流放者的伐木、长达七年的"文革"牢狱之灾……有这样一些经历的人，曾经微笑着面对所有苦难的人，完全有理由当 SARS 肆虐时再度表现出冷静和乐观。

令人钦佩、敬重的两位艺术家。

乐观是他们生命的底色，漫溢而出的是微笑。微笑的人眼睛里没有阴影，哪怕心里有过阴影；微笑的人眼睛是在发现美，哪怕丑恶环绕在身边。这是乐观精神的力量，也是艺术的力量。微笑的人，在大自然、在现实生活中感受美丽，因为他们有艺术家的心灵，有艺术家的热情。他们微笑着面对一切，他们微笑着用艺术充实生命，这样，艺术也就成为生命的景象。

从 30 年代初投身于艺术创作，一直到今天，已是七十年。哪怕经历战争，哪怕身处历史漩涡，甚至蒙受过多年牢狱之灾，他们却一直未曾泯灭过艺术信念。艺术是火，艺术是欲望，艺术更是伴随他们从青年走到晚年的旅伴。风风雨雨中，艺术让他们走过一次次磨难，艺术让他们活得踏实，活得有滋有味。

两个人有那么多的相似。相似的乐观与豁达，相似的善良与真诚，相似的对艺术的热爱和艺术品位。在友人眼里，他们是和谐的、值得信赖的一对夫妻；在儿子们眼里，他们是值得尊敬值得爱戴的父母；在艺术评论家眼里，他们是中国美术界耀眼的双子星座……

风格即人，这句话用在他们夫妇身上再合适不过。他们都是性情中人，他们喜欢无拘无束，这样的性情，使得苗子的书法和郁风的画都充满着活力。一位评论家认为：黄苗子郁风的作品，是发自性灵之作。他们不拘绳墨，由工而不工，达到书画的最高境界。他们贵在发自性灵，把自己的感情倾吐，纸笔墨颜色不过是媒介，写的是自己所喜爱的东西，不为框框所束缚。

茫茫宇宙，纷繁世事，还有什么比做人——做一个好人——更重要？于是，在漫长的人生旅途中，可以有各种各样的挫折，可以有种种意想不到的情形，也可以有这样或者那样的过失与遗憾，但善良和诚实是做人的根本，他们从来没有将之抛弃，从来没有因为任何外在的压力而有丝毫改变。他们向世人展示的不仅仅是艺术的美，更有人格的美丽。

最令人们惊奇的是，"文革"后期当他们双双走出被关押七年的秦城监狱时，他们的性情居然依旧未改，还是如过去一样爽朗、乐观。很少能听到他们叹息、哀怨。年过花甲，年过古稀，年至耄耋，一年又一年，而他们总是保持着一种与年轻人一般的朝气，在他们身上，人们看不到精神的衰老症状。思想是新的，流动着的，情感是活跃的，敏感的。

微笑着面对一切的人，精神永远不老。

二

闯荡天下，年轻的黄苗子与郁风都有这种豪气。不同的是，黄苗子最初选择的是离家出走，郁风选择的是投身革命。

1932 年 3 月，十九岁的黄苗子登上香港西营盘码头开往上海的客轮。自几岁时随父亲举家移居香港以来，这是他第一次独自一人离开家。他要一个人去漂泊，去闯荡。

到上海去！这是黄苗子藏在心里多时的强烈愿望。

一个直接的起到决定性作用的原因，是黄苗子对学校生活的厌倦。黄苗子生性活泼并且很有主见，在中学之后越来越无法忍受学习英语的那种严厉气氛。不知什么原因，对学习英语他有一种本能的抵触情绪，在他看来，这样的学习实在枯燥而无趣味。然而，父亲却偏偏那么看重英语，每日逼着他必须去学，这对于少年黄苗子来说，不啻一种折磨。

许多人的人生似乎有一种必然。政治家也好，文学家、艺术家也好，他们对事业的选择，似乎都不难从各自童年生活的影子中寻找到未来的萌芽。或者说，一个细节，一个并不重要的场景，甚至一两句不显山露水的言语，都极有可能在各自心中种植下未来的大树，决定着各自人生的走向。

做父亲的当然不会想到，故乡广东香山（今中山市）县城石岐仁厚里的那座显得有些寒酸的祖宅里，几幅清代著名画家任伯年的作品，居然会早早地在只有五六岁的黄苗子心中种下对艺术的向往。黄苗子稍一懂事，就被它们吸引了。至今，他还记得其中的两幅画。一幅《桃花流水》，几只鸭子在水上游嬉。另一幅《芙蓉山石》，上坐一只黑白花猫。他常常对着这四幅画出神。当然说不上是一种欣赏，但画面所呈现的事物，笔墨所表达的那种情趣，幼小的心灵却能感受出来。

这样一种特殊的教育方式，这是最初的艺术启蒙，却最终决定了一个人的一生。

逼黄苗子学习英文的父亲不知道儿子喜欢的是古典文学。古文和诗词阅读与背诵，奠定了他坚实的文学基础。自开始练习写字之后，书法又成了他每日必不可少的内容。早在进入香港中华中学读书之前，黄苗子就喜欢上了漫画。漫画自由自在，漫画不拘形式，漫画充满着人的幽默和机智，少年黄苗子天性就与这样一些特点相吻合。他活泼调皮，他不满于死板严格的课程，如风车一般飞快旋转的思绪，使他觉得只有漫画才能表现出来。社会纷繁现象，人与事的种种有趣，总是那么具有诱惑力，更让他不得不埋头于漫画创作之中。父母或者老师都不曾想到，也没有觉察到，在小小年纪的黄苗子身上，已经发生了决定未来人生发展的重大变化。虽然父亲的藤条一次次落在他身上，可是，最终也没有让他放弃漫画。他感觉到，唯有漫画这种形式，似乎才值得他花费精力和时间。

不过，黄苗子自己也没有想到，十六岁那年，他自己的一幅漫画作品开始把他与遥远的上海联系起来，并且最终导致他决定离家出走，到上海去闯天下。

1928年4月，在上海，一本引人注目的、在中国现代漫画史上占据一席之地的《上海漫画》周刊创刊。《上海漫画》由已经在漫画界享有盛名的叶浅予主编，主要参与者还有当时漫画界的几位中坚人物，他们是张光宇、张正宇、鲁少飞等。

张光宇为创刊号创作的漫画《立体的上海生活》，醒目地刊载于封面。

"立体的上海生活"，多么诱人的一个话题！在第一次看到这本漫画刊物时，远在香港的少年黄苗子，就不由地觉得自己的生活中多了新的内容。他喜欢这本刊物，喜欢刊物中所刊载的漫画、小品文以及风情、世俗、新闻照片等。人在香港，但上海这座大都市却因为这样一本刊物而不再显得陌生，显得遥远。

少年，正是对一切感到好奇，对感兴趣的事情又敢于跃跃一试的年龄。

一年多之后，十六岁的黄苗子参加中学的绘画比赛，创作一幅漫画《魔》，受到好评，被列入香港学生展览之中展出。画面上右上方为一个魔鬼，面目狰狞，面对着下方燃烧的火焰，看得出他想以火焰来表现魔鬼心中的欲火。这幅作品想象大胆而怪异，笔法夸张，表现出作者具有出色的才能。难得一位少年，会具有这样的想象力，用这样的构思来勾画他想象中的邪恶。将它和《上海漫画》曾经发表过的一些封面作品进行比较，可以看出，他明显受到了它们的启发。

《魔》被推荐到《上海漫画》发表了，主编叶浅予还给他写了信。从此，少年黄苗子心里拥有着上海，拥有着《上海漫画》和叶浅予这个名字。

他向往上海。他要到上海去。

在年已九十的今天再回想当年的情景，黄苗子已经说不准这个告别香港的日子具体是在哪一天。不过可以确定的是，那是 1932 年的 3 月。

现在，继许多漂泊者之后，在离开香港西营盘码头的客轮上，一个个头很矮小很不醒目的小伙子，也踏上了漂泊之路。

在黄苗子前往上海一年之后，郁风也来到了上海。不过两人的方式完全不同，黄苗子是独自漂泊，郁风则是举家从北京南迁。更大的不同是，黄苗子为漫画而来，郁风虽然举着画笔，但在30年代她最热衷的事业是革命，是虽有危险但却轰轰烈烈的社会活动。

郁风很幸运，有一个留日归来担任大法官的、具有优越社会地位的父亲郁华，有一个温暖、生活稳定的家，同时还有一个名震中国文坛的三叔郁达夫。从郁风开始懂事起，父亲与三叔就在她的生活中占据着极为重要的位置。在父亲郁华这位多才多艺的大法官的影响下、在三叔郁达夫的影响下，郁风中学毕业后，选择的是到北平艺术专科学校学习油画，随后到南京中央大学在徐悲鸿、潘玉良的教授下深造。她倾向于新文学和西方艺术，很快就以一个爽朗、天真、富有创造精神的新女性形象，出现在30年代的上海文化界，顿时成为颇有影响的才女。

与黄苗子有些相似，少女郁风对拘谨、严肃、呆板的课堂也毫无兴趣，甚至有逆反心理。在严肃而不苟言笑的老师眼里，郁风一定算不上一个好学生。

她小学不断跳班，又好动又不用功。初中只上了两年，她就感到厌烦。她是在北京师范大学女子附中念书，这是一所非常有名的学校，可是，她对不少课程不感兴趣。数学也好，物理化学也好，枯燥乏味。她留恋的是和三叔在一起无忧无虑玩耍的那种生活，她感兴趣的是树是草是河流，或者，一个人弹着风琴唱歌。郁风回忆，她还常常一个人跑到城墙上去，有时高兴得蹦蹦跳跳，有时，却对着蓝天白云莫名其妙地痛哭一阵。

十岁那年，她小学毕业，没有接着上学，就在家里待了两年。到1928年才进入中学。在这段时间和中学期间，她学画、绣花，最为重要的就是读书。

她喜欢一个人躲进家里西厢房，轻松自在地读自己爱看的书。

三叔郁达夫离开北京时，他的几万册书就堆放在郁华家里的西厢房里。从此，喜欢看书的郁风，就把西厢房看作自己一个人的小天地。从小学到初中，她常常一个人躲在这里，贪婪地阅读所有感兴趣的小说和诗歌。郁达夫留下的书中有不少是创造社运来销行的新书。郁达夫的《沉沦》，郭沫若的《女神》，郭沫若翻译的《少年维特之烦恼》，还有张资平的书，它们成了郁风最初的文学读物。和数学物理相比，和老师课堂讲授的书本知识相比，这样一些文学作品，无疑更能吸引她，让她感受到想象的自由飞翔。年纪再大一点儿，她又读到托尔斯泰、屠格涅夫、普希金、高尔基、雨果、巴尔扎克……甚至包括卢那卡尔斯基、普列汉诺夫的艺术论等等。用她后来的话来说，她是通过艺术开始知道了苏联，知道了共产主义。

她的性情让她着迷艺术。

十五岁那年，北平大学艺术学院招生，有西洋油画系、戏剧系等，属于大学预科。她选择了艺术学院，一方面她对艺术产生极大兴趣；另一方面，她也看中了艺术学院轻松自由，这与她的性情很相符。到艺专后，她取了一个笔名"郁风"，从此，它渐渐取代本名而为人熟知。

这是一个少女浪漫生活的开始。每天一大早，郁风便会早早赶到北海公园，和初恋朋友一起写生和画水彩。或者，跑到郊区，画上一天。田野是最好的教室，风景是最好的老师，郁风的艺术感觉，便在这样一种情形下开始得到训练。

不仅仅绘画，郁风还表现出对音乐和戏剧的浓厚兴趣。于是，除了绘画之外，她到音乐系学习发声，到戏剧系学习表演，他们缺少演员时，便会找到绘画系的她参加。她像一个快乐的精灵，在艺术的不同领域飞来飞去。

兴趣广泛，这一特点将伴随郁风一生。她总是同时对不同事物充满新鲜感，对周围的世界永远充满好奇，她渴望了解一切，也渴望参与一切。即便到了暮年，她也是如此。她永远拥有一颗年轻的心。不过，缺憾也由此产生。到了晚年，她会遗憾自己未能在一个领域深挖一口井，过多的兴趣，来去匆匆的浮光掠影，让她浪费了不少时光。不然，以她的艺术敏感，本应取得更为耀眼的成就。

十五岁这年是1931年，沈阳发生的"九一八事件"，让郁风和全家为在那里出任大法官的父亲的生命而焦虑。郁风毫不迟疑地投入到了北京的抗议活动中。愤怒的青年人，向政府请愿，反对不抵抗政策。

郁风第一次走上街头，参加了群众游行。在随后的日子里，她将一次又一次地以同样的热情，以一个积极而热情的社会活动分子的身份，走在游行队伍的行列。由此，社会革命活动，成为最让她投入的事情。在这样的时候，艺术就不再是主角，而只是自己参与社会革命的一种手段一种方式。

走向街头，是那个时代的潮流，是每一个艺术家都不得不面对的选择。作为一名刚刚在艺术学院起步的学生，郁风过早地面对这一严峻的现实。

从纯粹的艺术发展角度看，这也许是郁风的遗憾。她热爱艺术，有出色的艺术感觉和才能，但是，她别无选择。生活在这样一个动荡的年代，成长在郁家这样一个家庭背景中，她走这样一条人生道路已是必然。她的爱国热情已经点燃；她喜欢在轰轰烈烈中体现自己的价值；她总是有消耗不尽的精力和激情；她愿意抛头露面成为人们关注的中心……

时代、家庭、性格，总是在根本上决定一个人的人生。

郁风也不例外。对于她，也许少了一些成为纯粹艺术家的荣耀感，但是，她却有更多的人生快乐。徘徊于艺术与政治之间，因矛盾和冲突，她对人生感悟才有了新的内容。当然，这一切，要到她晚年之后才能更为深切地体味。那时，在经过了人生的大起大落大喜大悲之后，她终于得以静心沉浸在艺术创造之中，从而，她的艺术达到一个新的境界。

进入南京中央大学后，作为艺术家的郁风开始展露风采了。和别的女同学不同，甚至和潘玉良也不同，她不喜欢那种仕女风格的优雅，不满于纯粹的唯美的画风。有的女同学，在画自画像时，着意将自己描绘为淑女一般的娴静而美丽。郁风却不。她喜欢豪放，喜欢热烈，喜欢无拘无束的个性挥洒。这样的性情，不需要刻意打扮，在她看来，生活中是这样，艺术中也应这样。

她也来画自画像。找来一块大红布，随意往头上身上一裹，恰同于西班牙女郎的奔放和热烈。对着镜子，她得意地端详。这副模样令她十分满意，自以为颇能体现她的性格和表达她的心情。于是，一幅郁风自画像，1935年春天出现在画布上。

郁风这幅在南京创作的油画自画像，起名为《风》，1935年8月发表在上海著名的《良友》图画杂志第108期上。作者署名：郁风女士。

发表这幅作品时，《良友》的"编者按"写道："郁风女士，为文艺家郁达夫先生之侄女公子，作画潇洒豪放，笔触流动，为现代女画家之杰出人材，上图即为其近作自画像之一。"半个多世纪后出版的《中国现代女画家杰作选》的肖像类作品中，第一幅便选用了郁风的这幅作品，足可见其在现代绘画中的成就和地位。

画面上这位姑娘。既不是大家闺秀似的含蓄、优雅，也不是小家碧玉似的温柔，而是一个火一般热烈、透出逼人锐气的现代社会女性。她的眼睛，大而炯炯有神，仿佛逼视着面前的一切，不需要任何遮掩；两道细长的眉毛，生动地渐渐上斜，然后又略微弯下，被勾画得十分有力大胆；嘴唇显得颇为性感；头巾稍稍将左额的一角遮住，使椭圆形的面庞，多了一些变化。

但也有一个很大的遗憾。发表在画报上的作品，是黑白的，不是彩色的，因而人们无法领略原作的风采。郁风回忆，当年她是用鲜艳的红色画这身红布的。可以想象，整个画面上一大片火红，将白皙的脸庞和明亮的眼睛，映照得更加英气逼人。

即便在半个多世纪之后，面对这幅郁风早年的自画像，人们仍可以真切地感受到一种豪放风格。从而，也就有可能遥想着当年年轻的郁风，以一种什么样的姿态，出现在上海的社会舞台上。

如画题所写，一阵青春的风，火辣辣，热烈而清新，扑面而来，

一阵风。

一团热烈的火！

三

黄苗子本是为艺术而来到上海，他没有想到，父亲的关爱，却让他初到上海就有了与众不同的特殊身份——国民党要员、上海市市长吴铁城的办公室工作人员。他不明白，吴铁城是如

何得知自己来沪的消息的。后来他才从家里知道，在得知他离开香港前往上海的消息后，父亲赶紧给挚友吴铁城拍电报，拜托他找到黄苗子，并关照黄苗子的一切。可以确定的是吴铁城知道了黄苗子乘坐的轮船航班和抵达上海的时间，并且答允一定找到黄苗子。

黄苗子回忆父亲与吴铁城的关系：

> 吴铁城和我父亲，既是同乡，又是同盟会会员，吴自民国元年起，追随孙中山先生左右，得到孙中山的信任。我在八九岁时，吴到香港，都来看我父亲。孙中山讨陈炯明之役，吴左香山组织东路讨贼军，我父亲曾参与此事，短期任过秘书长。或十来岁的时候，他们常有书信往来，这是我知道的。（与李辉的谈话，1996 年 5 月）

在黄苗子人生道路上，如何被吴铁城接走其实并不重要，重要的是他走进了国民党要员、上海市市长吴铁城的办公室，从此，这就决定他将开始一种新的生活。历史的风风雨雨，世事的变幻多姿，从此将不可回避地成为他生活的背景。在随后的将近二十年时间里，黄苗子的生活道路就再也与吴铁城无法分开。他的每一次职务的升迁，他的行踪的变化，几乎都与吴铁城有关。吴铁城担任上海市市长，他便先后在上海公安局监印科、上海市政府机要室担任科员；吴铁城担任广东省政府主席，他成为吴铁城办公室的机要秘书；吴铁城担任国民党中央海外部部长，他成为部长室总干事；吴铁城担任国民党中央秘书长，他被委任中央秘书长办公室总干事……

就这样，有意无意之间，父亲黄冷观把儿子放进了 20 世最为复杂最为微妙的国共冲突的历史漩涡之中。一旦走进漩涡，黄苗子就注定在政治与艺术的矛盾、交叉、旋转之中扮演一个与众不同的角色。

在后来的日子里，黄苗子是地位日显重要的政界人士，但他却未曾一日专心于此。他真正迷恋的是艺术，是艺术家们的活动。随着未来生活的展开，人们将会看到，真正决定他命运的是一个艺术家的使命感，而非其他。但是，人们同样又将看到，政治生涯会是他生命必不可少的衬托，使他在不同时期不同环境中，扮演不同的角色，成为文化圈中一个极其特别的人物，从而，为他的人生挥洒下一笔笔时而绚丽时而阴郁的色彩。

在吴铁城的手下担任职务，并没有影响黄苗子与艺术界朋友的往来。相反，他的身份和背景，使他在后来的日子里，更有条件在资金、打通关节等方面，积极帮助文艺活动的展开。

黄苗子眼前的上海，并不是一个我们过去在教科书上了解到的单一的社会。

这是在特殊年代中国最为特殊的一个城市。中国文化的中心，已经从北京南移这里。来自四面八方的文人、革命者以及漂泊青年，尽管理想不同抱负不同生存方式不同，都纷纷涌到黄浦江畔。几年前发生的 1927 年的恐怖场景，还很难从人们记忆里消失，现实中时而传来的共产党人失踪、被捕、遭枪杀的消息，不断提醒人们，这座城市里的生活并非像霓虹灯闪烁的那样，只是耀眼的繁华。街头行人或者来去匆匆，或者悠闲，似乎混为一体，可是，谁也无法清楚他们各自的政治面貌，更无法猜想，他们正在或者即将做出什么样惊天动地的举动。

然而，社会革命也好，文化革命也好，它们绝非这座城市的全部，甚至可以说在一定时间里，它们可能只占据着这座城市生活的一个角落。于是，历史也并非如后来有些人所描写所归纳所想象的那么简单，更不是绝对的非此即彼阵营分明的划分。

那是一个复杂的世界，一个因为有租界存在而形成的巨大活动空间。

有人充满热情投身于政治活动之中，为理想而奋斗而献身，他们的生活是壮烈的，洋溢诗意甚至显得浪漫；也有人只满足于做一个旁观者，他关注现实，却并不愿意将自己卷进尖锐激烈的社会斗争之中，在各自喜爱的科学、艺术领域里实现个人价值。更多的人，则可能沉溺于个人实实在在的平常生活，让琐碎的生活填满自己的每一天。在很大程度上可以说，所谓革命和反革命的概念，不会如同后来历史教科书或者电影所描述的那样简单、分明、清晰。这样的城市，呈现出它的庞杂：伟大、渺小、壮烈、委琐、轰轰烈烈、平平淡淡……

不同的艺术家便在这样的城市生活中扮演着不同角色。他们用自己不同的方式介入政治、介入生活，在艺术发展的道路上走自己的路。

"我不管什么是左派右派。我对共产党没仇恨，对国民党也没有好感。但我喜欢帮朋友的忙。"这便是只有二十来岁的黄苗子当时的想法。这一想法从此决定了他在文化界的特殊性。在朋友眼里，他是最可信赖的人。同时，他又是交际最广的人。不管什么政治态度政治倾向，不管身处何种地位，他最为看重的是人品。所以，他的朋友最多，左中右都有。只要朋友找他帮忙，他都会乐意去做。

一次《良友画报》编辑郑伯奇打电话来，告诉黄苗子有个作家穆木天被捕，郑伯奇希望他能帮忙救出来。黄苗子当然清楚这与左联有关，但立即通过关系找人说情，后来穆木天被释放出来，而并不清楚为何被释放。

在画家庞薰琹的决澜社里，一位叫周真太的画家，受到特务追捕，下落不明。庞薰琹找到黄苗子，希望能够打听到消息。黄苗子便到公安局侦刑队询问，打听到周真太没有被捕，根据情况分析他已经逃脱了。

特殊的位置和背景，不由分说地将一个初来乍到的年轻人，抛进极为复杂的社会漩涡之中。但是，黄苗子从一开始就牢牢把握住自己的人生走向，他始终以他的真诚、善良和对弱者的同情支配着自己的行为。他介入政治，却不愿意迷失在政治之中；他身处要位，却一直乐于做一个不属于任何党派的纯粹意义的文人。做自己觉得应该做的事情，走自己认定的路。半个多世纪过后，他仍然可以毫不愧疚地回望自己最初的上海之行。

日子一天天过去，上海艺术界也渐渐撩开雾纱，在黄苗子面前清晰地呈现出来。它如同一块巨大的调色板，五光十色，明暗闪灭。它又是一个巨大的舞台，生末净丑，悲欢离合，出演着一个时代的悲喜剧。有时，黄苗子是演员，置身于这个舞台上。有时，他又分明是个观众，在观看，在思考。不管怎样，一旦走进上海，他也就成了中国艺术界的一员，他的才华也好幸运也好苦难也好，都是在这个天地里铺开。

几年前，当十六岁的黄苗子接到叶浅予热情、鼓励的信件时，何曾想到会有一天在上海与叶浅予站在了一起，从此开始两人长达半个多世纪的友谊。叶浅予永不衰老的艺术激情，他那富有变化的创新意识，他在纷繁生活中所表现出来的乐观、豁达，特别是"待人以诚"的真诚和胸襟坦白，都深深影响着黄苗子。一个编者一个作者，最终成为无话不谈的知己。这便是缘分，一种艺术家之间必不可少的兴趣、性格的共鸣。在以后半个多世纪的风风雨雨中，不管各自生活发生何种变化，他们从未中断过往来。

黄苗子晚年回忆说，他一生受朋友的好处特别多，这是他命中的幸运。而在黄苗子的人生旅程中结识的友人里，叶浅予无疑处在最为重要的位置。

黄苗子的才华、学识和活动能力很快被美术界特别是漫画界人士所认识，他陆陆续续在《生活》杂志、《良友画报》、《时代漫画》、《上海漫画》等刊物上发表漫画作品。他与叶浅予张光宇等人一起组织漫画界活动。他认识了陆丹林、叶恭绰和张大千、傅雷、庞薰琹、郑午昌等著名人士，在美术史方面得益很大，并从这一时期开始发表《八大山人》、《郑板桥》等文章。

一些过去熟悉或者陌生的人，现在都以活生生的性格出现在黄苗子的生活中。

当年在香港，《上海漫画》上张光宇的那些"戏的素描"和装饰性极强的封面作品，曾让黄苗子感到艺术的明净和优雅。此刻出现在面前的张光宇，胖胖的脸庞，总是挂着和善的微笑，让人感到亲切而自然。熟悉之后才知道，张光宇是从为剧团绘制舞台布景而开始艺术生涯的，这也就是他之所以能够创作出"戏的素描"这样一些作品的原因。

似乎还没有别人能够比黄苗子更能认识张光宇艺术的价值。在他的眼里，张光宇是一个具有杰出艺术感觉的人。"对艺术的吸收能力异常强烈的张光宇，从小就生活在这个色彩、造型、文学、戏剧、音乐像美梦一样交织成的艺术之国中，由于这些奇特的艺术孕育，光宇后来完成他自己装饰性和韵律感很强的艺术风格，这就不是很奇怪的了。"

后来 50 年代在北京，张光宇一家和黄苗子一家一直相邻而居，在反右和历次运动极其艰难的日子里一共走过。维系他们的是友谊，是艺术。

张正宇和哥哥张光宇一样，也具有极高的艺术天赋，更有一种艺术家的狂狷之气。黄苗子在一篇回忆文章中对张正宇晚年行止的记述，恰好可以印证这位性情中人的可爱可亲。黄苗子写道："张正宇的书名日高，他逝世前的两年，到他家求书者踵接，他喜欢对客挥毫，喜欢一面写一面自己说好，如果求书的客人也在一旁喝彩称赞，那就更高兴，字也写得更为飞舞。朋友熟人，喜欢正宇的天真放达，传说正宇有一天在画家黄永玉家谈天，他们谈起古今的书法家，正宇伸出左掌的五个指头，右手逐一数去，他把食指一屈，说：'王羲之！'再把中指、无名指、小指屈下去，数道：'颜鲁公、怀素、米南宫。就是这几个了。'永玉奇怪地问：'那么大拇指是谁呢？'正宇把拇指一屈，抬头瞪着永玉，理直气壮地说：'我！'"

这自然是艺术家的笑谈。不过，作为一个书法家，黄苗子对张正宇晚年的书法有极高的评价。认为张正宇的书法为龙翔凤举，矫矫不群。篆书独创一格，参以草书和八分，气概非凡。而草书，不但遒劲矫健，笔力纵肆，布局尤为奇伟。如此风格的形成，得益于张正宇有着深厚的装饰艺术修养，能够以画入书，所以突破藩篱。其实，黄苗子在这里也是在抒发自己晚年对书法艺术创造的切身感受。在友人的艺术中，他分明看到了自己的影子。

黄苗子还走进了上海艺术界颇有名气的文艺沙龙——丁悚、丁聪父子之家。老丁丁悚是美术界的前辈，是 20 年代最早的美术学院上海美术专科学校的创办人之一，小丁此时还在中学念书，但受到家庭影响，已经开始最初的艺术创作。每到周末假日，不少演员、歌星、作家、画家便会来到丁家相聚，这里，俨然是上海一个引人注目的沙龙。

从此，小丁成为黄苗子患难与共的友人。后来在重庆、在北京，他们都是"二流堂"的主要人物，他们还一同被打为右派，一同在北大荒的冰天雪地里伐木，度过最为难熬的日日夜夜。同时，他们又都在"文革"之后，进入各自新的艺术创造。

叶浅予、张光宇张正宇兄弟、丁悚丁聪父子、庞薰琹……就这样，在短短时间里，一些在他未来生活中将不断出现的人物，一些注定要在文化史上留下名字的人物，走进了黄苗子的视野，走进了黄苗子的生活。

黄苗子来到上海最初接触的这批艺术家，既不同于共产党文人又不同于国民党文人。他们关注的是社会而非革命，他们钟情的是艺术而非政治。在他们的笔下，革命不是主题，那该是左翼文人的任务，纷繁的社会现象才是他们关注的题材。从政治角度来看，他们当然不是文化的主流，可是，假如翻开当年的报刊，便得承认他们的作品和影响，又的确构成了当时上海文化特别是美术界的奇观，在人们文化消费生活中具有举足轻重的作用。

这样一些艺术家，有自己评判是非的标准。他们不介入国民党共产党之间的冲突，但这不妨碍他们有着强烈的爱国热情，以手中的笔投入到全民族的抗日浪潮之中。他们不热衷于政治活动，但对生活中的不公正、罪恶，有着严肃的批判精神。更多的时候，他们是社会万象的笔录者，大到国家事件小到市民习俗，都在他们笔下一一形象地勾画出来。也许可以这么说，30 年代的上海文化，因为有了这样一批艺术家的创造，革命主题之外又增加了许多与人们日常生活有关的主题，历史的呈现从而更加具体而丰富。艺术本身，由于不同心态不同志趣的艺术家参与其中，形成了多种方式多种途径，便有了充分发展的可能。

30年代的上海，不是一条孤零零的河流，在某种程度上说，它真正是容纳百流千川的大海。

四

黄苗子记忆中他第一次见到郁风是在叶浅予家里。

那天叶浅予和他正谈到新近非常活跃的郁风，郁达夫就带着郁风进来了。一进门，郁达夫一边上楼梯一边大喊："叶浅予，叶浅予！"黄苗子认识郁达夫，没有注意到后面还跟着一个姑娘，就对达夫说："达夫，你还不管管你的侄女！"郁达夫回答："你瞧，我带她来了！"

黄苗子愣了一下，颇有些尴尬。接着，大家开怀一笑，事情也就过去。

可是郁风说她不记得有这么一回事。

这也难怪。在他们之间，第一次见面只是普普通通的一般朋友性质的相识，如同众多艺术界的朋友由陌生到熟悉的过程一样，远远不是一种感情的碰撞，或者是令人终身难忘的异性相吸的冲动。没有一见钟情的浪漫，自然也就谈不上刻骨铭心的记忆。

在黄苗子眼里，面前的郁风无非是个风头正盛的年轻姑娘，除了从别人那里听到她的一些故事外，对她并没有过多的了解。在郁风眼里，面前的黄苗子，小个头，一双调皮的眼睛，虽然比自己大几岁，也发表过作品，但毕竟不像叶浅予这样大名鼎鼎的人物更让她瞩目。

除了这次见面之外，其实他们之间有过一次另外一种形式的相遇。那是在《良友画报》上。

在发表郁风的自画像《风》的同一期《良友》上，还发表了黄苗子的一幅作品。这是他为劳心的小说《大减价》画的插图，署名苗子。这恐怕是他们最早一次艺术上的共同亮相。只是他们当时谁都不可能意识到，也不会预想到，大约十年之后，他们会走到一起，成为夫妻，然后，相濡以沫地共同走过风风雨雨。

坦率地说，对担任吴铁城秘书的黄苗子，此时的郁风很自然有些距离感。她越来越表现出自己的独立性和革命性了。阶级、阶级压迫、阶级斗争，诸如此类的概念，刺激着她的神经，活跃着她的思想，为此她兴奋地投入到一种新的、与以往不同、也与黄苗子这类艺术家不同的生活，对担任国民党要员秘书的人，她当然会是一种别样的目光。

尽管自己生活在一个大法官家庭，住的是上海的小洋楼，穿着时髦，生活无忧无虑。可是，她似乎对此并不留恋，相反，她找一切机会离开家庭，希望自己能够独立，自由自在地安排生活。和许许多多当时走出家庭的富贵子女有所相似，他们更关心周围的世界，特别对生活贫困的人们表示特别的关注，而这，常常导致他们与家庭决裂，走与父辈完全不同的道路。郁风与之不同的是，她有开明的父母，他们对她的举止并没有干涉。他们未必赞同她做出的选择，但不反对她走自己的路。只是，常常有所担忧和焦虑，他们仍然不想让她过多地卷入所谓的革命之中。

郁风不然。现在她已经沉醉于革命带给她的兴奋、刺激乃至新奇之中。

在南京中央大学时，郁风结识了担任教员的中共地下党员王昆仑。回到上海，她按照王昆仑的指示，找一位在一所教会学校担任教务长的人。他叫曹亮，实际上是中共上海文委的成员之一。

住在上海吕班路（今重庆南路）上靠环龙路（今南昌路）的拐角的人，如果好奇，从1935年秋天起，一定注意到了每天都会有一些固定的年轻女子，从这里的一家洗染店里进进出出。她们显得匆忙，神色带点儿严肃、紧张甚至庄重，但又似乎因兴奋而快乐。她们走进洗染店，顺着拐角的楼梯爬上去，便到了一个临街的厅堂。厅堂很大，布置简单，除了桌椅之外，没有别的什么设施。

就是在这样一个简陋的不起眼的地方，一个由中国共产党地下组织所策划、组织的外围组织——上海青年妇女俱乐部，有声有色地活动着。

喜欢看电影看话剧的人，不难从她们中间发现几个熟悉的面孔。一个是陈波儿，刚刚出演电影《桃李劫》而正走红。一个是蓝苹——后来的江青，刚刚因在话剧《娜拉》中扮演女主角而备受赞誉。喜爱文学的人，虽然不一定认识她们中间的一些面孔，但如果说出她们的名字，那也一定不会感到陌生。一个是白薇，因小说《打出幽灵塔》、《受难的女性们》等作品的成功，在文坛享有盛名。另外还有吴似鸿、欧查等。

人们当然会注意到一个个头高挑、穿着入时的姑娘，她便是郁风。郁风参与创办青年妇女俱乐部。走进这里，与这样一些女性在一起，从事抗日救国的活动，郁风在上海的生活顿时增加了分量。这是与艺术有所不同、甚至完全不同的刺激。

为组织这样一个妇女团体，郁风和伙伴们想尽各种方法筹措资金。有段时间，郁风热衷于演戏，并且有很好的北京话的特长，便有人介绍她去联华公司为电影《母亲》配音。那时上海电影刚从无声发展到有声，任主角的林楚楚是广东人，说不好标准国语。而郁风出生和读中学、艺专都在北平，1933年来上海后，为了赚零花钱还当过教师教国语，有能力配音。她只用了两个通宵，一直干到天亮，颇为胜任地赚了一百多块钱。这笔收入，被用来为青年妇女俱乐部租房子。

最为刺激而激动的莫过于到女工中间去。这项活动不属于青年妇女俱乐部，而是秘密地接受中共地下党的安排。每周大约一到两次，郁风和一些人士，分别到不同工人夜校去，名义上是教会组织的慈善活动，实际上他们借给女工普及文化，暗地教唱革命歌曲，讲授阶级、阶级斗争、抗日等等，甚至还鼓动工人罢工。

郁风的任务是到浦东的工厂。找一个地方换上女工服装，然后她摆渡过江，便走进了女工夜校。她面对的是和她年龄差不多甚至更大一些的女工，她们大多是来自苏州、无锡等地的农村姑娘。可以想象，她们以一种新奇、羡慕的目光注视着这位与她们地位、教养、志向完全不同的姑娘。她们不知道，从她嘴里怎么会说出那么多或者诱人或者令人费解的词汇。不管怎样，她们喜欢她的爽朗笑声，喜欢她那副认真而虔诚的样子。

郁风有时发现周围有国民党的便衣特务，但并没有遇到过危险。半个世纪后，当年在上海担任过国民党特务负责人的沈醉，有一次对黄苗子说：我很对不起郁风，那时候还派人跟踪过她。

既然没有遇到过危险，类似的情形，便成了郁风革命热情的一种燃烧，也不妨看作她的艺术生活的另一种补充和点缀。

如果有人围绕青年妇女俱乐部的成员写一本书，那一定会非常精彩。时代风云中，五四运动熏陶和孕育下成长的一代新女性，以各自的面貌和姿态，出现在大上海的社会舞台上。她们关注社会，热心抗日救亡，革命以一种特别的魅力，让她们陶醉，让她们泼辣辣地走上街头，走进工厂，在社会大合唱中发出尤为美丽的声音。

也许说不上思想深刻，甚至还说不上成熟、老练。但是，她们有激情，有引以自豪的社会责任心。这是与传统女性大大不同的一代新人，这是在社会动荡推动下行进的知识女性。她们每个人的一生，都可以构成一部书。但是，她们中间，性格最为丰富、经历最具戏剧性、对中国当代历史产生影响最大的人物，无疑是蓝苹——江青。

郁风怎能预料，那个熟悉的、在她面前总是摆出姐姐模样的蓝苹，在未来中国社会，竟然会扮演一个举足轻重的历史角色，影响着中国社会的进程。对于她本人更为重要的是，在后来的"文革"风雨中，正是因为和蓝苹的历史渊源，导致她和黄苗子多年的牢狱之累。

此时，在30年代的大上海的马路上，亲热地走在一起的郁风与蓝苹，远远顾不上眺望未来想象未来，身边每日正在发生的一切——话剧、电影、革命、游行，等等，将她们吸引，让她们沉醉。

蓝苹这个名字，郁风并不陌生，《娜拉》上演时，她观看过蓝苹与赵丹精彩的表演。这段时间，她也曾有意在话剧表演上有所发展，对蓝苹来到俱乐部，又多了一个兴趣相投的伙伴，她的确感到高兴。

印象中的蓝苹，是一个热情的没有架子的好演员。郁风在青年妇女俱乐部的成员中，年龄比较小。最初出现在她面前的蓝苹，梳两条小短辫，蓝布旗袍，不搽口红。蓝苹虽然只比郁风大两三岁，但在来上海之前，在青岛已经参加过革命，并且早就开始独自一人的漂泊生涯，在社会经验等方面，远比郁风老到。蓝苹似乎也意识到自己在郁风面前的这种优势，总是习惯于指点郁风，从话剧表演，到如何摆脱特务的跟踪等等。

在此期间，上演宋之的创作的话剧《武则天》，对郁风有着特殊意义。

新结识的青年妇女俱乐部的朋友中，有陈波儿、蓝苹这样的明星，郁风热心于话剧的兴趣更加浓厚了。她成为业余剧人协会中的一员，而在历史剧《武则天》中担任武则天Ｂ角，就成了郁风演剧生活中的一个高峰。担任该剧导演的是沈兹九的弟弟沈西苓，经由陈鲤庭介绍，郁风与他结识。当时业余剧人协会演员阵容很强，但沈西苓还是选择了郁风这位从未上过大舞台的新人，担任五幕大戏的主角。大概他看中了郁风身上所表现出来的激情。

宋之的创作的五幕《武则天》，恐怕是现代中国第一部正面描写武则天的话剧。用作者自己的话来说："在写作《武则天》这剧本的时候，我只集中了一点来描写：便是在传统的封建社会下——也就是在男性中心的社会下，一个女性的反抗及挣扎。"（《写作〈武则天〉的自白》）

上演《武则天》汇聚了上海艺术界颇为壮观的阵容。导演沈西苓，作曲贺绿汀，舞台监督应云卫，乐队指挥江定仙，魏鹤龄、顾而已出演唐高宗Ａ、Ｂ角，严恭、陶金出演唐中宗Ａ、Ｂ角。扮演武则天Ａ角的是明星英茵。在这样一个很有实力的阵容中出演武则天 B 角，和名声赫赫的魏鹤龄合作，与陶金等这样一些后来在演艺界叱咤风云的人物同台，无疑令郁风兴奋而满足。

她担心父亲对自己如此抛头露面感到不快，便没有用本名，而是新起一个艺名"闻郊"。于是，闻郊———一个人们陌生的演员名字，出现在当年关于该剧上演的宣传品和广告上。

《武则天》1936 年在上海卡尔登大戏院上演，宣传广告上称该剧为"伟大谲奇宫闱史剧"，业余剧人协会的业余实验剧团被誉为"中国第一大规模职业话剧集团"。广告上刊登了两幅剧照，一幅是 A 角英茵、顾而已出演的武则天和高宗，一幅是 B 角闻郊（郁风）、魏鹤龄出演的武则天和高宗。画面上的郁风，画着舞台妆，穿着唐朝服装，头微微歪着，一双大眼睛含情脉脉，注视着高宗。这该是今天可以看到的唯一一张她当年参加话剧活动的剧照。

蓝苹没有参加《武则天》的演出，却极力支持郁风去担任 B 角，并帮助郁风背台词。可以想象的是，武则天第一次作为一个悲剧性历史人物被重彩浓墨描写出来，会给蓝苹留下难忘的印象。一个出身低微的女子，最终成为叱咤风云改朝换代的英雄，其悲壮、其雄心勃勃，其傲视男性世界的自信、残酷等等，令人感叹，同时，也令人向往。后来成为江青的蓝苹在"文革"期间，大力提倡武则天，为武则天鸣不平，甚至以武则天自居，似乎可以从最初这次《武则天》的上演，寻找到心灵触动的蛛丝马迹。

后来蓝苹成为江青，的确是郁风从未想到的。40 年代在重庆，50 年代在北京，她们还将重逢。而她们之间的故事，则一直要延续到"文革"。

90 年代，远在澳大利亚的郁风，听到江青自杀的消息后，没有太大的震惊。人世沧桑，尘埃落定，她愿意以一种客观、平静的心情来回想往事，来评说蓝苹，来评说江青。

也许作为一个女人的原始性格的某些特点，如虚荣、泼辣、逞强、嫉恨、叛逆……始终存在于她的血液中。

但是，蓝苹远远还不是江青。从蓝苹到江青，从 1939 年成为毛夫人直到成为"文革"小组组长、旗手，是有个复杂的渐变过程的。

在写下这些文字时，郁风心中掠过历史烟云，有一种苍茫的感觉。

五

黄苗子与郁风重逢，是在 1942 年的重庆。虽然抗战前在上海黄苗子对郁风早有好感，彼此之间的关系也一直良好，但发展到恋情是在此时。他从和郁风的交往中，感受到她内心的疲倦，甚至感受到她的渴望。在这之前，他尽管也曾和一位小姐有过交往，但无论如何，郁风的影子在他心中是难以抹去的。多年的交往，她的性格，她的才华，他为之倾慕。

郁风离开重庆到青城山和成都之后，黄苗子与她的通信越来越频繁。郁风一直收藏着这些信，二十多年后，在文化大革命期间，这些信被专案组抄走，准备从中发现线索，成为打击夏衍乃至周恩来等人的证据。当时没有复印机，为了整理的方便，这些信件根据需要被剪成一段一段，并在有关字句上画上了标记。幸运的是，其中的一些信在"文革"后还给了黄苗子和郁风，可惜都已变为片断，难以确定写信的具体日期，也没有了上下文的衔接。

但是，这些残存的信件，仍然是珍贵的史料。在这些信里，黄苗子谈生活谈艺术，谈自己身处官场的苦闷，谈被批评的冤屈和不解。他把郁风看作是可以敞开心扉交谈的恋人，他毫不掩饰自己对她的思念，无论在什么场合，他感觉到她就在自己身边。这些坦诚、热烈、缠绵、优美的文字，是黄苗子与郁风恋爱期间的感情与生活的实录。

黄苗子与郁风的恋爱，很快不再是秘密，也不仅仅是他们两个人自己的事情。他们所有的共同朋友都热情地参与进来。他们是夏衍、丁聪、吴祖光、冯亦代和夫人郑安娜、金山、盛家伦、唐瑜、凤子、高汾等，除了他们之外，还有在上海早就熟悉的叶浅予等一批漫画家。

选择黄苗子作为终身伴侣，郁风最初还是有所迟疑。

迟疑的不是黄苗子这个人，而是他的职业，是他和吴铁城等国民党高官要员的关系。经过多年的接触，这个最初在郁风面前并不起眼的黄苗子，越来越令她另眼看待。他有才气，风趣幽默，绝顶聪明，性格开朗，待人宽厚诚实，在许多方面与自己相近。难得的是他还具有另外的特点，如办事周到，心细如发，脾气温和，不急不躁，这恰恰是郁风所需要补充的。自从在香港她得到黄苗子在工作和生活上的帮助之后，她对他可以说已经是非常好的朋友了。

但是，与黄苗子结婚，两个人成为一家人，与友谊却完全是另外一回事。尽管郁风也了解黄苗子多年来一直和她所熟悉的左翼文化界有着密切关系，但他毕竟是在国民党政府机关担任要职，并且与吴铁城有那么密切而特殊的渊源。这不能不让她这个总是以革命者自居、以革命者自豪的人感到难以做出决断。

黄苗子是在郁风一次从青城山中途回到重庆时，当面郑重向郁风提出结婚的请求的。

郁风一点儿不觉得突然，因为在此之前黄苗子写到青城山的那些信中，已经非常明显表露出他对她的思念和迷恋。可是，她无法一时回答，既不能同意，又不愿拒绝，她当即匆匆离开重庆，跑到重庆郊区盘溪，这是徐悲鸿的中国美术院所在地。她需要静心想一想。

黄苗子见状，便去找到夏衍，希望夏衍能从中予以疏通。郁风一直将夏衍视为亲人，向来听从他的意见。于是，夏衍带着吴祖光专程从市区赶往盘溪，为黄苗子当说客。郁风被说服了。

1944 年 5 月 20 日，黄苗子与郁风的订婚仪式在重庆郭沫若家中举行，由夏衍主持，宴请"二流堂"的一些朋友，参加者还有其他一些人士。

这一年，黄苗子三十一岁，郁风二十八岁，在当时这算得上晚婚。

柳亚子为他们的订婚题词："跃冶祥金飞郁凤，舞阶干羽格黄苗。"这里，柳亚子巧妙构思，灵活地运用一些典故和文字技巧来祝贺黄苗子与郁风的订婚之喜。

郭沫若也为他们题诗相贺。他是在柳亚子赠诗基础上而作的："跃冶祥金飞郁凤，舞阶干羽格黄苗。芦笙今日调新调，连理枝头瓜瓞标。"这里，芦笙即苗族的乐器，而"连理枝头瓜瓞标"，为祝结婚以后瓜瓞绵绵、多生贵子的吉利之语。

黄苗子与郁风的婚礼在重庆著名的嘉陵饭店举行。婚礼由国民党要员吴铁城主持，男女傧相由两对夫妇担任，他们是叶浅予和戴爱莲夫妇、冯亦代和郑安娜夫妇，黄苗子的母亲特地从香港赶来参加。一张当年新婚夫妇和男女傧相、黄苗子的母亲的合影，记录了那一瞬间。

那一天，嘉陵饭店里灯火辉煌，各界名流云集此间，为这对夫妇祝福。著名诗人、书法家沈尹默担任证婚人并题诗相赠："无双纱颖写佳期，难得人间绝好辞。取譬渊明远风日，良苗新意有人知。"

黄苗子和郁风的婚事，也受到在重庆的共产党领导人的关注。高集、高汾夫妇回忆：

他们结婚那天，曾家岩五十号的人不便去，董必武便派人将他们俩请到五十号宴请。我们还去作陪。随后，周恩来从延安又来到重庆，说是为他们庆贺，专门邀请了三对夫妇去吃饭，有金山张瑞芳一对、高集高汾一对、黄苗子郁风一对。可见对他们相当重视。（1996 年 9 月 5 日与李辉的谈话）

由国民党要员吴铁城主婚，由共产党领导人周恩来、董必武宴请，可见黄苗子郁风的婚姻在当时历史条件下所处的特殊而微妙的位置。

在上海，在香港，他们分别履行过自己的历史责任。如今在重庆，他们最终走到了一起。他们将共同面向错综复杂的时局。

不同政党派别的要员一同参与他们的新婚，这也许可以看作是一个象征。这表明，从他们结为夫妻这天起，他们就注定要一起走进历史漩涡，在未来的日子，相濡以沫，白头偕老，一同走向未来。至于未来会以什么样的面貌在他们面前呈现，是无从预想、也顾不上预想的。

如果将政治选择看作是生活中的泾渭分明，那不啻一种脱离现实的简单思维。而且，对于黄苗子郁风来说，从来把做人看得高于一切。在他们那里，政治是一种未来道路的选择，政治是一种对历史走向的判断。但是，政治不是一切，政治更不能淹没个性，淹没人际间应有的交往。更何况，处在一个复杂的现实环境里，许多事情，绝对不是简简单单的是与非、对与错所能表述的。

人，谁都不可能脱离时代与环境而存在，这当然是一个非常简单但又未必总是被接受的道理。

这就毫不奇怪，在已经做出政治选择之后，黄苗子郁风一家仍然在重庆、后来在南京与不同政治人物都保持着正常往来。黄苗子还是那个受吴铁城、俞鸿钧器重的才子，在他们的关照下，他在财政部的位置也越来越重要，也就在情理之中了。

黄苗子的妹妹黄宝群，至今还收藏有一封母亲从重庆写给她的信。黄母在日寇侵占香港时跟着长子、香港中华中学校长黄祖芬，逃难到广西。日寇随后进攻广西，她又从柳州逃到重庆。她和黄祖芬一家，在轰炸、饥饿、贫困中经历着战争的痛苦。来到重庆，在黄苗子郁风结婚后她们住在一起，这才得到喘息。这是目前所发现的唯一一封涉及黄苗子郁风与俞鸿钧、吴铁城之间关系非同一般的信件。黄母的信如下：

群儿：四小孩子很好吗？

芬儿来信，说您身子很好，我十分欣喜。我生日很高兴，俞部长、铁城先生太太亲至到贺。定子（即郁风——引者）有粉盒一个，小孩子衫一套给您。他又给国闲衣料一件，国闲有奖金三千三百元。我回来带他。坊儿民儿有信来，说您有利是给他。请您给一封大雷孙仔。十六日托胡木兰带来一封信给芬儿，收到未呢？张光宇在成都买皮，现在未回。耀儿（即黄苗子——引者）现在未去南京，我所以现未回港。定子叫我去上海住，我不去，回港时打电您接飞机。祝您

快乐。

妈妈字

二月二十六日

从信的内容看，可能写于 1946 年 2 月。这时，重庆的官员们都等待着陆续离开这里，到首都南京或者上海去。

黄母的信表明，俞鸿钧、吴铁城对黄苗子的母亲过生日，十分重视。以他们的高位，他们和他们的夫人分别前来祝贺，不可不谓隆重。这里，既有吴铁城看重早年与黄苗子父亲的友谊，也有他和俞鸿钧对黄苗子才华的欣赏。

吴铁城和俞鸿钧的关系十分密切。在 1932—1937 年吴铁城担任上海市市长期间，俞鸿钧为市政府秘书长，并且接吴铁城而出任市长。从官场背景来说，黄苗子无疑属于"吴铁城派"。据查《中华民国国民政府军政职官人物志》（春秋出版社），财政部 1945—1948 年期间的要员名单中，所列名单，除了部长、次长之外，就是为数不多的几个秘书，而黄祖耀的名字赫然在列。俞鸿钧是 1944 年 11 月 20 日接替孔祥熙出任财政部部长，黄苗子 1945 年 4 月到职，1948 年 8 月 20 日辞免。黄苗子辞免时，俞鸿钧已于 1948 年 5 月被免职，改由王云五任部长。黄苗

子回忆，此时他们都已调任，俞鸿钧任中央银行总裁，黄苗子则是央行总行秘书处副处长，负责总裁室事务。这也大致可以说明黄苗子与吴铁城、俞鸿钧的良好关系。

与军统要员王新衡所保持的关系，同样反映出黄苗子与众不同的社会关系。

早在上海时期，黄苗子便与王新衡结识。从个人而言，他对这位军统要员并无恶感，相反两人私交还不错。大家都是场面中人，尤其黄苗子和国民党、共产党双方都有朋友，这样，他和郁风，常常无形之中扮演着特殊角色。

郁风曾回忆过这样一件往事：一个夏日，她、黄苗子和王新衡三人吃过午饭后去有冷气的电影院休息。郁风走在前面，王新衡在中间，黄苗子最后。走进影院，电影已经开演，他们摸黑找到座位。坐下后，郁风才发现，紧挨着郁风右边的是潘汉年，他早已在那里用帽子盖着脸睡觉。发现是郁风，两个人便交谈起来，接着又发现郁风左边是王新衡，两个人也搭话，郁风则夹在中间。谈了一会儿，潘汉年先站起来离开。"他们两个人好从容，我夹在中间却很紧张。"回忆起这样的往事，郁风至今仍然如此感慨。

一个复杂的现实世界。

据有关史料介绍，王新衡1948年到香港，后来国民党特务想谋杀他。蒋经国当权后，才接他到台湾，据说他和蒋经国、张学良、张群过从甚密。黄苗子听说，在80年代，王新衡还向人们打听他的近况。可见，任何时代，人们之间都是有超出政治之外的友情。在这一点上，黄苗子与聂绀弩有相似之处。聂绀弩身为左翼人士，却一直与他的留苏同学、军统要员康泽保持着良好的个人关系。

历史从来不是想象中的简单划一，不总是剑拔弩张的厮杀。尤其在国统区这样一个特殊地域里，许多人与人之间的关系，许多事情的演变与发展，不会如同后来某些时期某些人所认为的那样，必须是清清楚楚明明白白的来龙去脉。其实，在政治风云中，相互利用相互周旋是情理之中的事情。同时，在风云变幻的政治动荡之中，作为个人，人们也时常不可避免地要流露出性格的本色来。

这是一片茫茫无际的森林。参天大树与荆棘草丛交错其间，弯曲小径覆盖着落叶，人们无法判断小径通往沼泽地还是根本没有出口，甚至没有小径。那么，行人只能小心翼翼地在落叶与青苔上缓缓摸索，试图走出密林。

重要的是不停地走。

黄苗子和郁风便是以他们的方式，在历史漩涡中走着。

六

假如问黄苗子郁风，他们这一生最为满足的是什么？他们一定会是同样的回答：最为满足的是有一群性情相投的朋友。

不错，设想一下，如果没有一批文化界的朋友伴随一生，黄苗子、郁风一定会觉得生活过于单调乏味。在众多朋友中，与他们关系最为密切、历史分量最重的无疑是抗战期间在重庆形成的"二流堂"。

"二流堂"是在抗战期间的陪都重庆形成的一个文化界人士的自由组合。夏衍是革命家兼艺术家；唐瑜是电影界赫赫有名的报刊编辑和热心人；丁聪是风格已独成一家的漫画家；吴祖光是被称作"神童"的剧作家；叶浅予是著名画家；黄苗子是漫画家、才子；郁风是画家和记者；金山是享誉话剧、电影界的大牌明星；冯亦代是喜爱海明威的翻译家，尽管他的身份是中央印铸厂副厂长，负责钞票的印制；盛家伦是歌唱家，他为《夜半歌声》演唱的主题歌，风靡一时；凤子是话剧演员，也是记者和散文家；高汾是年轻记者，永远风风火火，精力旺盛……

没有唐瑜的热心慷慨，就没有所谓的"二流堂"。他被戏称为"二流堂"堂主。这是一个旷达、幽默、豪爽、热心的人，即便到了晚年，历经沧桑之后，他也仍然如故，完全一副性情中人的洒脱。

唐瑜本是缅甸华侨，据说因为反对家庭包办的亲事，逃婚到上海。30年代初到上海后，他结识了潘汉年、夏衍和孙师毅，并在潘汉年和夏衍的引导下主编一系列报刊：《电影新地》、《小小画报》、《联华画报》。唐瑜也用"阿朗"的笔名发表文章。到重庆后，他担任中国艺术剧场经理，帮助出版吴祖光、张骏祥等人的剧本。唐瑜最看重的是友谊，是文人间那种无拘无束、自由自在的气氛。

唐瑜似乎注定要成为一批流亡在重庆的朋友的中心。他的胞兄是缅甸的一位富商，对他常常予以慷慨资助。抗战期间滇缅公路通车之后，唐瑜曾经回缅甸仰光一次，返回重庆时，胞兄送给他两部大卡车和一部小轿车，一部卡车上装有当时可以畅销的物资，一部卡车上装上食品，供重庆的朋友们享用。需要用钱时，唐瑜就拿出一部分物资去出售，最后把车都卖掉。

唐瑜几乎成了重庆这批朋友们的"摇钱树"和后盾。此时从香港、桂林流亡到重庆的文人，大多穷困潦倒，衣食住行是最大困难。唐瑜便似乎一夜之间成了"建筑师"。竭其所能，为熟悉的朋友提供住所，是他表现其古道热肠的最好方式。

夏衍带着妻子儿女一家四口来到重庆，唐瑜便在临江路附近的一个大杂院里挤出一间小屋。夏衍回忆，随后，唐瑜卖掉哥哥送给他的半只金梳子，在中一路下坡盖了两间"捆绑房子"（战时重庆穷人住的泥墙、竹架的一种特殊建筑）。唐瑜和夏衍各住一间，没有门牌，为了寄信方便，夏衍在屋前竖了一块木板，上面写了"依庐"这样一个很好听的名字。前面黄苗子信中所说"依庐"即唐瑜和夏衍的家。

见到来到重庆的朋友愈来愈多，唐瑜索性盖起一幢两层楼的大屋子。他将在昆明与人合资经营的一家电影院的股本转让他人，用这笔钱在离"依庐"不远的坡下租上一块地，自己绘图设计，亲自监工建造，盖起了一间可以住十多人的屋子。用夏衍的话来说，唐瑜"呼朋引类"，让当时没有房子住的朋友都住了进去。唐瑜新盖的这所房子，起名为"碧庐"，取"壁炉"谐音。因为唐瑜喜欢壁炉，在大客厅里专门砌了一个漂亮的壁炉，在当时的重庆，这样的建筑并不多见。

碧庐建成，曾举行过一次舞会庆贺，重庆文化界名流云集，中共方面的人士如乔冠华也和几位朋友前来助兴。他对唐瑜的这一建筑杰作颇为欣赏，盛赞其具有西班牙建筑的特色。从此，碧庐成了重庆文化界的一个热点。

先后在碧庐住过的有吴祖光、吕恩夫妇，金山、张瑞芳夫妇、戴浩、盛家伦、方菁、萨空了、沈求我等。至于夏衍、黄苗子、郁风、戴浩、冯亦代等，则是这里的常客。

他们是一个特殊的群体。

这是战争期间特殊条件下文人之间一个特殊汇聚。既非自由组合的艺术团体，也非艺术趣味和追求相同的某一艺术流派，不过是艰难情形下的一种"物以类聚"而已。他们不属于那种甘于寂寞偏爱孤独的艺术家，而是喜欢热闹，喜欢轻松自由的气氛。他们是天生的乐天派，即便生活条件再艰苦，他们也乐意汇集一起用暂时的快乐来忘掉生活中的烦恼。他们各自的领域和成就有所不同，但才华均以不同形式显露出来。对于这样一些人，无拘无束恐怕是最好的生活方式。该笑就笑，说哭就哭，悲悲喜喜，蹦蹦跳跳，随情形而定，随心境而发，一切顺其自然，绝不强求。

唐瑜的散淡、风趣姑且不论，这里另外一个重要角色盛家伦，则是又一个典型的自由散漫的艺术家。在朋友眼里，盛家伦是他们中间难得的通才。他有一副独特的嗓音，用吴祖光的话来说，既非高音又非低音，有着特殊的味道。他中外文俱佳，常常抱着一摞摞的外文书阅读，床头、地上都堆满着书。这世界上他似乎对什么都感兴趣，似乎什么都精通。世界史、音乐史、美术史等等，他都有系统研究。乔冠华来，他可以与这位国际问题专家就国际形势战争走向侃侃而谈，令乔冠华也为之叹服；徐迟来，他可以和他谈现代派艺术……来往于这里的人大多有各自的专长，但很难有人像盛家伦这样在不同领域都有很深造诣。

可是，盛家伦却是最为懒散最为散淡的一个。他疏于著书立说，甚至连一篇文章都不曾写过。后来在他去世之后，他的朋友们都为他的才华和学识没有得到表现而感到莫大遗憾。可是，他从来不在意别人怎么说，依然我行我素。他甚至还和黄苗子比赛，看谁在书店里偷的书最多。别人睡觉他看书工作，别人工作他睡觉，时间没有固定，生活没有规律。

不仅仅他一个人，住进这里的艺术家大概是职业缘故，也都习惯了这种没有规律而自由散漫的生活。正是这样一些性情散漫、不拘小节、却又颇具才华的艺术家，构成了"二流堂"的主体，形成了"二流堂"与众不同的特色。

"二流堂"人士在重庆，最终做出了他们一生中的重要历史选择。他们的政治天平，偏向了共产党。

做出这样的选择，原因当然是多方面的。

他们目睹国民党政权的腐败、无能、尔虞我诈。抗战初期人们所表现出来的那种激情、无私、无畏，随着战争的一天天延续，渐渐淡去。越来越多的官员，如同行尸走肉一般，热衷于饱食终日，中饱私囊。没有理想，没有创造激情，无疑是这些艺术家最为鄙视的人生。生活在国民党政权统治之下，他们赞成共产党对国民党专制、无能的批判，赞成共产党不断提出的关于民主、自由的主张。和许许多多当时的中国知识分子一样，他们将共产党的存在视为民主与自由的一种象征，视为最终能够实现多党制的可能性。

"二流堂"人士能够选择共产党，还有一个更为重要的原因，这就是他们是通过所熟悉的共产党人来接近、接受共产党，而非单纯的书本上、思想上的皈依。

从30年代上海时期开始，他们所接触的共产党党员，都以不同方式在他们面前展示人格的魅力。从王昆仑、廖承志、潘汉年、夏衍、乔冠华等人身上，他们感受着智慧、幽默、才华与真诚。这些共产党人，有着坚定的政治信念与热情，但又与他们一样拥有艺术家的潇洒，有超乎常人的学识。这些共产党人，不是冷冰冰的面孔，不是不食人间烟火的超人，而是与他们一样有种共同兴趣共同爱好，甚至有着相似的性格缺点的人。这样的革命者，令他们尊敬，令他们亲近，进而也就有可能将自己的命运与他们的事业紧紧联系在一起。

不能忽视这样一种个人魅力的影响。特定历史环境中，在影响人们的政治选择方面，它甚至会起到举足轻重的作用。

"二流堂"中的这些艺术家，乃至他们周围的其他许多人，都有相似的经历和感觉。难以想象，没有廖承志、潘汉年、夏衍这样一些中共领导者的存在，会有那么多文化人，相继将政治天平偏向了共产党。

"二流堂"的故事从此开始。50年代，还是"二流堂"中的这些人，又汇聚在北京，又一起住在东单栖凤楼的一个院子里。1955年潘汉年被捕之后，"二流堂"就摇摇欲坠了。栖凤楼的人士陆续搬离分开，但黄苗子和郁风一家、张光宇一家，又搬到了文物专家王世襄的私家小院一起居住。到1957年，他们中的好几位人士，吴祖光、戴浩、丁聪、黄苗子、高汾、王世襄等成了"右派分子"，吴祖光、丁聪、黄苗子、高汾更是受到严厉惩罚，被一起发配到北大荒劳改。

"文革"爆发后，"二流堂"则是"全军覆没"。夏衍被打成总后台，潘汉年也被说成是其中的一个重要人员。郁风与黄苗子1968年同时受到审查。后来，又因江青的直接过问，他们两人同时关进了秦城监狱。长达七年时间里，他们关押在同一个监狱，却相互不知下落。直到1975年才释放回家得以团圆。"堂主"唐瑜后来感慨地说："其实二流堂也就是这么个战时重庆文化人临时寄居聚会闲谈的场所，得名也不过是一时的偶然玩笑，不曾想几十年后风云变幻，堂主受累不说，堂员却无端倍增，直闹得纷纷扬扬，轰动四方，株连无数，酿成大祸，实在也是我多事之罪也。"（《二流堂纪事》）

唐瑜以多事来自责，那自然是要到"文革"浩劫之后。

但友谊永远是他们情感世界中最珍贵的东西。

90 年代的一个春天，在夏衍去世三周年忌日，"二流堂"的朋友们又来到了夏衍的故居相聚。他们中间有旅居澳大利亚刚刚归来探亲的黄苗子、郁风，另外还有吴祖光、丁聪、冯亦代、高汾、吕恩。张光宇的夫人已有九十多岁，居然也兴致勃勃坐公共汽车前来。其他一些文人朋友王世襄、范用、姜德明、邵燕祥等欣然参加。除了远在美国的唐瑜之外，"二流堂"人士中的健在者差不多都到了。

难得的聚会。他们说着，笑着，依然嬉笑怒骂，依然妙趣横生。坐在他们中间，我感到了历史的流动。我为他们经磨难而不渝的友谊而感动。

SARS 肆虐的这个春天，对于"二流堂"来说更是不幸的季节。吴祖光、高集二位先后在此期间去世。悲伤之际，黄苗子为"二流堂"同仁、北大荒难友吴祖光写下了《祭吴祖光文》："天夺才人，吾失至友。呜呼祖光，神明何有？……噫唏噫唏，生正逢时，夫复何言，老泪如丝！"

无限苍茫尽在心中。

七

对艺术的爱，永远是黄苗子与郁风生存信念的支柱。不管处在何时，也不管身处什么环境中。

1959 年春天，年已四十的黄苗子，以一个"右派"的身份，与吴祖光、丁聪、高汾等人一起从北京走向北大荒，走进苦难。

在北大荒，黄苗子参加了修水库和伐木。伐木生活，黄苗子只有一段简短却非常概括的描写。他在怀念聂绀弩的文章中写道：

我有幸和绀翁都属于"五七届北大同学"，1957年送到北大荒去的。完达山深冬伐木，大队人马入山，拉动手锯，砍下红松。北风怒号，锯声凄厉的情景还历历如昨，得道归来，是颇不容易的。

在伐木期间，黄苗子闹过不少笑话。一次，在吃饭时把窝窝头拿到雪地上，用树枝点火烤着吃，其中有个窝窝头一口啃下去气味特殊，再定神一看，旁边又多了一个窝窝头。经过检查，原来是雪地里埋了个大狗熊屙的屎，他在饥饿之中，匆忙间将它误当做了窝窝头。顿时，引起大家大笑。笑后，生命的苦涩味才从心头涌出来。

在伐木时，黄苗子也目睹过伙伴被树砸死的惨剧。一次，一棵树倒下来，他反应机敏，跳着躲开了。但另外一个人却来不及躲闪，树压在头上。他死了之后，大家心里非常难受，将尸体抬到一个空马架子上。第二天，他们吃惊地发现，死者身上的零钱、手表、钢笔，却被人偷走了。他们心中，顿时又增添更深的悲凉。

然而，对文化和艺术的爱，从来没有在黄苗子心中消失过。即便在那样艰难的条件下，他仍然没有忘情于文物研究和艺术。他在写给妻子郁风和孩子的信中，不止一次提出希望订阅《文物参考资料》和《考古》杂志，希望能有类似这样一些书和杂志寄到北大荒。

愿意尽可能地温习自己所倾心的文物研究（即对美术史的研究），正是表明黄苗子在内心中从未失去生活的信心，更没有淡忘一个文人最根本的使命。一种令人钦佩的人格力量，便在这样一些文字中呈现出来！

北大荒的春天到得很迟，但却很美。冰雪开始融化，野花渐次开放。对大自然充满着热爱的黄苗子和难友们，在经过漫长的冬日之后，此刻对田野的花草，倾注着更大的热情。黄苗子和组里的另外几个人利用十天一次的休沐日，在马架子前面开辟一个种花的小园子，将在野地里挖来的野花全都培养起来。他们还用树根、树段做些桌椅，作为工余休息之用。他们的这一创举，颇受大家欢迎和赞同。

一个简陋、然而却融进他们丰富情感的花园！看着这样的花园，坐在自制的木椅上呼吸春天的清新与温馨，他们在重温旧梦。

然而，在小花园"落成"几天后，一个下午，他们从工地回来时，惊奇地发现，他们的"花园"被捣毁一空，罪名是"小资产阶级情调"。不仅花园被毁，黄苗子等为首的几个人还不得不连夜写出检讨。

作为一个艺术家，无法泯灭的是对美的追求，还有那种与生俱来的创造欲望。从那之后，对大自然的喜爱不敢轻易流露出来，但这并不能阻碍黄苗子在写给郁风的信中，毫不掩饰地表现出他在自然界感受到的喜悦：

今天是北大荒最好的天气，我今天在路上看到第一朵开了的马兰花，摘下来寄给你。（去年寄到家里的花种上了没有呀？）云山水库旁一片嫩绿，各种野花已经开始开放，……早晚上下班走一小时的路，欣赏朝晖和晚霞，牧场的牛群有各种的颜色，更增加美丽情调，可惜没有时间和技巧用画面表现。（1959.5.20）

就在写这同一封信的时候，黄苗子还在信纸的背后，欣喜地告诉郁风，今天他看到了一只美丽的鸟："今天上工时路上捉到的一个美丽水鸟，翅膀受伤后被我发现的，本来想把它养起来，可是没有工夫捉鱼给它吃，我就送给养鱼队了。"写完这句话，他还特地用钢笔，认认真真地画出了这只鸟的样子。这也许是黄苗子在北大荒期间留下的唯一一幅绘画作品。

"文革"七年的孤独、痛苦的监狱生活，对于黄苗子来说，无疑又是一种对生存信念、对艺术精神的最严峻的考验。

他是一个艺术家。无论处在何种情形下，对艺术的渴望，永远挥之不去。在监狱，这种渴望，则是一把锐利的刀，刺痛人的心。但是，它又是一种无形的力量，让人充实，让人坚韧不拔地生存下去。

自幼从师名家学习书法的黄苗子，在书法上颇有造诣，早在30年代，朋友们对之就有过很高评价。但他从未发表过书法，也从不以书法家自居，因此，很长时间里，人们只把他视为漫画家和美术史论专家。但他从未停止过书法的研习与探索，此刻在监狱里，同样如此。没有纸，没有笔，但他用意念继续着书法的揣摩。看着墙上滴下的水痕像个字，他就仔细观察其中的结构、线条。他在想，出去之后，应该用这个方法写字。有时，兴之所至，他会如醉如痴地挥舞着手指，在空中划来划去，寻找一种感觉。在那样的时刻，他的内心充溢着活力。

他从未忘记苏东坡。苏东坡说过："书必有神、气、骨、血、肉五者，缺一不为成书也。"这句话，黄苗子一直记在心间。现在，在一种特殊处境下，他在体会着中国书法的精粹所在：神与气。过去技艺的训练，学识的积累，被一种与众不同的方式调动起来。没有纸笔，他反倒感觉到无拘无束的自由，进入以意驱之的境界。

同时身陷监狱的郁风，与黄苗子一样也从未熄灭过艺术的想象。

　　在秦城监狱的囚室里，透过窄小的窗户，她仰望着天空，云的飘动和光亮的变幻，让她想到一个个熟悉的画面。她是那么渴望回到大自然的景色之中。在放风时，她偷偷抓一把草放在口袋里，然后又抓上一把带土的青苔放进挽起来的裤腿里，将它们带回房间。回来后，她将青苔和小草放在肥皂盒里养，浇上水，静静地注视它，看着发蔫的草叶慢慢恢复生机。这该是她最为兴奋的时刻。

　　小草生长着。她又利用放风的时候，找到一点青苔，上面带着土，把它和小草放在一起。每天发的手纸她节约一些，用小纸做一个小蒙古包，放在肥皂盒里。小草是树，青苔是草原，还有蒙古包，在郁风想象中，这就是她在50年代去过的内蒙古海拉尔大草原。有时，她用纸再折一个小房子，肥皂盒顿时又成了她的故乡江南。

　　这便是一个画家在狱中的想象。色彩、情调从来没有因为生活的单调和寂寞而在她的心灵里失去过。她的绘画习惯，从来就是将记忆里的景色予以情感的过滤与补充，然后才予以精心描绘。现在，在狱中，记忆中的各种各样的景色，一一呈现于眼前，成为她重温艺术的唯一方式。唯有如此，对艺术的感觉才不至于迟钝麻木。她，永远拥抱着艺术。

　　当"文革"后黄苗子和郁风重新开始创作时，人们会惊奇地发现，他们与过去已经大大不同。不仅仅在于黄苗子的书法达到新的境界，也不仅仅在于郁风的绘画在艺术形式的探索上进入一个崭新阶段，更在于他们的思想和情感变得更为深沉。

　　性情依然故我。但磨难还赋予了他们更多的沧桑感和沉郁。

八

能够有一个平稳、充实、丰收的晚年，实在令他们庆幸。可以想象，如果没有"文革"后这些年的生活与创作，他们的一生就会显得残缺，将会留下无穷的遗憾。

不仅仅他们两人，对于同时代人来说，劫后余生在各自人生旅程中，都具有极为重要的意义。苦难，尽管让人难以承受，尽管消磨生命，但有时却又能成为思想和情感的催化剂。也许很少有人能够具有陈寅恪、顾准以及俄罗斯知识分子身上的那种坚毅气质，敢于直接挑战苦难，在苦难中傲然屹立。但是，只要心灵没有麻木，只要思想没有死去，任何人都有可能在苦难中沉思，在苦难中孕育新的创造。一旦苦难最终过去，复苏的生命，便会以新的状态出现，走出沉沦，走出阴影。他们不再会沉默，不再会无谓地抛掷时光，而是愿意在天地之间发出自己的声音。重新开始的创造，往往会是一生追求的延续。于是，在可能的情况下，他们以各自的方式，完成人生塑造，从而在晚年进入生命的又一个丰收阶段。

人们欣喜而又钦佩地发现，在经过了多年的痛苦之后，黄苗子和郁风居然性情依旧。还是那么爽朗，还是那么乐观。很少能听到他们叹息哀怨。年过花甲，年过古稀，年近耄耋，时光一年年过去，而他们总是保持着一种与年轻人一般的朝气，在他们身上，人们看不到精神的衰老。思想是新的，流动着的，情感是活跃的，敏感的。夏衍在 1987 年这样说过："我已经八十八岁了，所以在我看来，苗子和郁风还是属于'老少年'一类。他们发不白，齿不豁，依旧是那样乐观，依旧是那样'顽皮'，老当益壮，穷且益坚，当之而无愧矣。"比较而言，郁风的单纯甚至天真，更是没有多少变化，用朋友黄永玉的开玩笑的话来说：还是那么啰唆，不过是成了一个啰唆的老太婆。

性情没有变，但思想却显然与年轻时、中年时有所不同。岁月沧桑使他们的内心深处，发生了极为深刻的变化。人生大起大落，民族大悲大喜，都让他们可以用一种过去所不具备的目光审视自己，思考周围发生的一切。重新提起笔，黄苗子写杂文，郁风写散文，与过去相比，文字便多了许多凝重、深沉。他们很少谈到自己的磨难，但曾经经历过的那些漫长的日日夜夜，却不可避免地成为他们思想的背景。

正因为有个人的亲身体验，1988年黄苗子才以沉郁笔调写出一首《口袋歌》，对个人档案造成当事人的悲剧，予以讽刺和批判。

应该思考应该反省的东西实在很多。封建主义的泛滥、"文革"中的法西斯阴影、个人崇拜、文化专制、人格缺陷等等，度过七年监狱生涯之后，黄苗子郁风对这样一些问题的感受便显得尤为深切。虽然他们不是思想家理论家，更不是政治家，不会系统而深入地去总结历史，但这并不意味着他们对刚刚经历过的一切漠然视之。至少，他们有着强烈的愿望，希望悲剧不再在中国这片土地上重演。对于从来把人格视为做人根本的他们来说，风雨过后，对人格的思索也就很自然成为他们常常提及的话题。

当1976年10月江青等"四人帮"刚刚被推上历史审判台不久，黄苗子写信给广州的朋友、漫画家廖冰兄，谈论的一个问题，就是关于人的品质。他说：

多次运动看得出人的品质。有些人为了向上爬，不择手段，不分路线方向，结果摔了大交，身败名裂。……因此想到郑板桥的道情："几多后辈新科中，门前仆从雄如虎，陌上旌旗去似龙，一朝势落成春梦，倒不如蓬门高卧，教几个小小顽童。"这十年多像《红楼梦》所说的"眼见你起高楼，眼见你高楼倒"的，还不是少数，这就说明利欲熏心的人，只要有了私有制，不管是封建社会，资本主义社会还是未进入共产主义以前的社会主义过渡时期也都是有的。对于他们，也只好惋惜地说一声"何苦来哉"了。（1976年10月29日致廖冰兄，由廖冰兄提供。）

这些话发自黄苗子郁风两个人的内心。

作为芸芸众生中的一员，他们很普通。他们自知，在风雨坎坷之中，他们称不上英雄，有时甚至还显得幼稚、卑微。但是，他们可以引以自慰和自豪的是，他们从来没有丧失过自我，没有出卖过良心，没有把污水泼在别人身上。哪怕在最为艰难最为危险的时候，他们都保持着做人的准则。也正因为如此，他们赢得了朋友们的信任，大家愿意将他们视为知己。

他们这样走过漫长旅程，仍将这样向前走去。

他们终于可以全身心拥抱艺术了。

从80年代开始，黄苗子似乎是一下子突现于人们的视野里。他从来没有刻意去做书法家，更没有意识到他在晚年会以此而著称，甚至书法家的名声超过了美术史专家、漫画家。

一般认为，才华、毅力和时间是造就一个出色书法家不可缺少的三要素。黄苗子幸运地具备了这三要素。国画大师潘天寿老师曾经说过："有才气，下工夫，如果绘画须二十年，那么书法要三十年。"如果从师从邓尔雅学书法开始算起，到"文革"后以书法家著称于世，黄苗子几乎在书法之中浸染了半个多世纪。正因为在美术史、文学、漫画、人生中滚了个遍，他才可能以丰厚的文化修养、人生体验为背景，在书法领域里独树一帜。

风格即人，这句话用在黄苗子身上再合适不过。他是性情中人，喜欢无拘无束，而黄苗子尤显得幽默、洒脱。这样的性情，使得他的书法艺术充满着活力。一位美术评论家认为，黄苗子的作品是发自性灵之作。不拘绳墨，由工而不工，达到书画的最高境界。贵在发自性灵，把自己的感情倾吐，纸笔墨颜色不过是媒介，写的是自己所喜爱的东西，不为框框所缚束。

画家吴冠中说过，他是先读黄苗子关于美术的文章，后来才看到黄苗子的字。但一见倾心，十分喜爱。他强烈感受到的是黄苗子书法中的构图美、虚实美、节奏美，也就是造型美。作为一位画家，吴冠中欣赏字如同看画一样，他首先着眼于构架，在他看来，黄苗子的字就特别讲究构架，因此能够一眼吸引住他。而他认为，对构架的讲究，实际上基于对造型艺术的体会的广度和深度。画家眼中的黄苗子，书法便是一种抒情，同时，还表现出有着深厚艺术素养的积累，最终达到了厚积薄发的程度。

美术史研究、诗、文、书法，一个在诸多方面显露才华的文人，最终在晚年得到应有的评价。岁月中的磨难，磨难中的吟唱，如今已成为他的艺术生命的永恒。过去，他坚毅而沉着地面对苦难，现在，他完全有资格用自己的艺术创造微笑着回望过去。

过去的一切，尽在艺术中。

也许郁风内心反省的痛苦要远远大于黄苗子。

刚出狱时，谈到将来想干什么工作，郁风意味深长地说出她的心里话："我会缝补衣服，我将来想当一个缝穷婆，或者，在副食品商店当个店员，也就满足了。"这当然是在特殊时刻的无可奈何。

出狱之后，许多事情在她眼里仿佛具有了另外的含义。她在渐渐认识自己的一生，认识自己性格与行为的矛盾。她是那么喜爱艺术，可是，又那么热衷于社会活动。当不到二十岁就在绘画上展现才华并受到人们关注时，可她并没有真正认识到自己在这方面发展的潜力，或者说，她更看重革命的重要性，更强烈地感受到革命的诱惑。当时光流逝，尘埃落定之后，她回首一生，才猛然发现，自己一辈子都是在政治与艺术的矛盾、交叉之中走过。

回首过去，她感到自己兴趣过于广泛，她的性情使她没有潜心于最初获得成功的绘画之中。时而油画，时而漫画，时而速写，更多的时候，这些本来让她倾心的艺术，却往往让位于社会活动、新闻，后来，从50年代到"文革"前，主要精力又都用在为集体或个人筹办展览上。虽然从事绘画艺术的时间很早也很长，可是，真正排除外界干扰，真正将绘画作为第一事业的时间并不多。

监狱七年以及"文革"刚刚结束时的短短日子里，郁风从来没有如此强烈地感受到时光的紧迫，从来没有如此清醒地意识到，绘画其实才是自己一生真正应该全身心投入的。当然，过去的一切，她并不后悔。革命也好，抗日也好，她都会为自己曾经奋斗过、努力过、有声有色生活过而骄傲。但她却又不能不有所遗憾。她，包括丈夫和朋友，不能不遗憾地发现，她其实不适合从事政治，而政治更不适合她。她本应走她最初走的路。

这并不是简单的那种失去信仰的虚无，也不是因为磨难而导致的对政治的厌烦，而是她对自己的重新认识，是人到晚年心境趋于平静的一种表现。

于是，在长时间的沉寂、磨难之后，在遗憾、反省之后，郁风终于开始把主要精力放在绘画上，如同当年在北平艺术专科学校，在南京中央大学。回到起点，却是更高层次的超越。因为，有漫长人生的体验，有文学、新闻多方面修养的积累，使她对中国绘画艺术的发展有着深刻和清醒的认识。更因为，一个与过去大大不同的时代，她可以走自己的路。

一个艺术家最为重要的是艺术本身。没有创作，没有发展，一切都是虚妄。当朋友潜心于艺术天地的时候，她却不得不陷在没完没了的事务之中，进而陷入此起彼伏的政治运动中，宝贵的生命就如同落叶，一片一片在风雨中飘零。

她终于又一次充满激情地拿起了画笔。

从 1978 年起，郁风开始画水墨中国画，潜心于探索最适合于自己的风格。和那些朋友们一样，在东西方艺术之间，她同样有信心走一条相互交融的路。

评论家注意到了郁风艺术的发展。一位论者在看了郁风的画之后，认为她的作品："是画，不是中国画，也不是西洋画，但又可从她的作品中找到这些东西。她是把中的西的都驱在笔下，创造她自己的风格。"1987 年 2 月 7 日，"二月九人美展"在中国美术馆举办。这九位女画家中，只有郁风是年过古稀的老人，其余都是中青年。可是，与年轻人在一起，却让她显得格外激动。终于，在自己的展览中，她找到了失去已久的感觉。她在这次美展的请柬上，印上她写的一首诗，再恰当不过地表露出她那种重新拥抱青春的信念与兴奋：

她们有——
追求
创造
爱恋
恒心
对于她们
多难的世界仍然多姿采
艺术的海洋永远富魅力
她们的生命将延续

至于我——
是一个过来人
在这早春二月
却愿从头和她们在一起

说得好，他们的生命在延续。

郁风与黄苗子，微笑着在悠悠岁月里一直向前走着，走着……

完稿于 2003 年 7 月，北京

丁聪：画卷就这样展开

一

与丁聪走在上海老弄堂——黄陂南路847弄。

深秋，天下起小雨，敲打着雨伞，声音听起来很惬意。弄堂的路面坑坑洼洼，干一脚，湿一脚，小心翼翼走在上面。雨淋湿了老房子，斑驳墙壁上露出一块又一块黯淡印记。丁聪一点儿也不介意下雨，兴致勃勃地指点着石库门的屋顶、墙壁、砖雕。雨中漫步，对于身边的这位老人来说，大概是怀旧的最好场景。

"你看，还是老样子。"

"这里过去叫天祥里31号，我们家住第五弄第九家，后来又改叫恒庆里，然后叫现在的名字。"

"我生在南市，八九岁时父母搬到这里。"

转眼已是七十五年。他的弟弟在这里出生，如今还住在这里，却已成了年过花甲的老人。

我们穿过窄小的弄堂，找他的家。丁聪走到家门口，指着右边门墙说："父亲当年组织了中国的第一个漫画协会，招牌就挂在这里。50年代才捐给博物馆。"好像回到当年。说完，才醒悟前门已封住，过去的后门成了进家的门，我们得绕过去。

雨不停地下。我们不停地走。边走边看，边看边说。他走得很稳健，说得很开心。两旁的窗户里，伸出一根根晾衣服的竹竿，窄小的弄堂显得凌乱。前面不远处有一座跨街楼，横在视野里。

"你看，那个跨街楼，叶浅予当年就住在二楼。那个窗户就是。楼下住过陆志庠。特伟住在后面。"

"这是张光宇住过的。当时叫 19 号。"一看，现在是 54 号。

走走看看，看看停停。兴致一来，索性离开雨伞，贴近门墙，要看个仔细，任雨淋湿头发。八十四岁了，还是满头黑发，让人惊奇的黑发。他凝望着门和窗。一扇门一扇窗，在他注目下，就像一个个老朋友熟悉的面孔在他面前闪过。也许他觉得当年的快乐和兴奋，如今还在弄堂里漫溢，在他心中漫溢。难怪他会如此，后来的一切：修养、兴趣、性情，都是在这里开始形成并定型。任何一个人，只要走在故里土地上，都会有同样的感觉，丁聪当然毫不例外。

推开家门，他走了进去。就像当年放学回家一样；就像第一次拿到稿酬回家一样；就像阔别多年重又出现在父母面前一样……当然很多情形根本不可能一样。在离开这里半个多世纪之后，在体味了艺术创作的酸甜苦辣之后，在经历了风风雨雨悲欢离合之后，这位老人再度走进这里，诸般感受当然会有所不同。黑发依旧，谈笑依旧，别的一切，却无法依旧了。

走进家门，爬上楼梯，驻足庭院，与弟弟漫谈。就这样，早已远去的场景又一一再现于丁聪记忆中。

墙上挂着丁聪父母的照片。父亲丁悚慈祥地注视着丁聪兄弟。

"小时候，父亲带我到故乡去看祖父的坟，可是没找着。是在嘉善枫泾，地处江浙两省交界，现划归上海市。父亲十二岁就背着包袱来到上海，当了十年当铺学徒。在此期间自学画上了画。后来既画讽刺社会现象的政治漫画，也画月份牌上的时装女人，成了当时出名的画家。20年代刘海粟创建中国最早的美术学院上海美术专科学校时，请父亲担任教务长，教过素描。接着，成家立业，生儿育女，为养一家老小，在烟草公司上班画广告画。"

丁家一时间成为明星、艺术家们会聚的场所。每到周末假日，这里俨然是上海一个热闹的沙龙。张光宇、叶浅予、王人美、黎莉莉、周璇、聂耳、金焰……

黄苗子回忆过1932年他第一次走进这里的情形："那天大约是个星期六晚，一大堆当时的电影话剧明星分布在楼下客厅和二楼丁家伯伯的屋子里，三三五五，各得其乐，她们有的叫丁悚和丁师母做'寄爹''寄娘'。由于出乎意外地一下子见到那么的名流，我当时有点面红心跳，匆匆地见过丁家伯伯，就赶快躲到三楼丁聪的小屋里去了。"

作为长子的丁聪，当时虽然还在上中学，却已成了这些明星们喜欢的小成员。他坐在他们中间，听他们谈笑风生。聂耳来到丁家，与年少的丁聪成了好朋友。一次他曾这样对丁聪说："你想过没有，为什么你姓丁，我姓聂，写起来，一个最简单，一个最麻烦。"丁聪也曾缠着聂耳走进他在"亭子间"里的小房间，给他讲一个个恐怖的故事。"有一次聂耳喝醉了酒，走到天井里，顺着墙爬到阁楼上去睡觉。"走到天井，丁聪指着墙角告诉我：聂耳就是从这里爬上去的。

在那个秋雨淅沥的上海，站在老家的客厅里，站在秋雨淋湿的天井里，丁聪不停地讲述着这间房子里的故事，讲述父亲的故事。

"母亲不到十六岁生我，九十四岁过世。生我那年，父亲二十五岁。他们一共生了十来个孩子。我长大后，家里每多添一个孩子父亲就要给我道一次歉。他的意思是我是老大，以后要负担他们。1935年中学毕业后，家里困难，有一大堆孩子要养，我就没有继续上大学。第二年由黄苗子介绍我进了《良友》。我挣的钱，统统交给父亲。离开上海后，固定往家里寄钱。"

"父亲是个很善良的人。从来不打孩子，不训孩子。他采取无为而治的办法。不得罪人。战后1946年我回上海，到文化电影公司画广告，父亲支持我参加左翼的活动。那时，我经常去马思南路的周（恩来）公馆，帮共产党做事情。有共产党领导背景的中国美协、漫协的图章就放在我家客厅的抽屉里。"

说着，他带我走进天井，指着放在角落的一个破旧柜子说："你看，就是这个柜子。"

"1946年叶浅予和戴爱莲准备去美国，住在我们家的三楼，我就睡在大餐桌上。"我们走进厨房，他指着一个大条案说："这就是那个大餐桌。"

丁聪还说到了父亲的死。

"'文革'中，我父亲被打成'反动学术权威'、'鸳鸯蝴蝶派'，我们家也被说成是'特务联络站'，因为我的一个大妹妹在国外。有次抄家，父亲很生气。他吃完饭后上楼洗脚。过了一会儿没有动静，上去一看，人死了。他患有肺气肿。叫了辆黄包车送去火化。我和弟弟当时都在干校。"

"父亲去世时我在北京的'牛棚'里，没有和他见上一面。"说完，他长叹一口气。

感叹中，丁家的故事融进了历史。

弄堂里，秋雨还在下。

二

早就从书中、从与丁聪的聊天中知道了上海丁家当年的热闹。每次谈到父亲的沙龙，他都显得格外激动。所以，那天当我和他一起走进这幢不起眼的老房子时，我的想象也就丰富起来。想到七十年前上海艺术界那些风云人物就是在这里嘻笑怒骂，在这里自由交流，并不太宽敞的客厅和庭院，也似乎是一个巨大的空间。

中学期间丁聪便开始以向报刊投漫画稿，1936年毕业后和朋友一起编电影画报等赚稿费，帮父亲养家。次年，走进了《良友》编辑部，成了人才荟萃的美术界中的新锐。这一年，他十九岁。

丁聪无疑是上海文化的产儿。

30年代初的上海，呈现在人们眼前的无疑是最具多元化的社会与文化的景象。在这座光怪陆离的大都市里，伟大与渺小、艰难与安适、激烈与平和，都以各自的方式存在着。战争、革命、商业、时尚等，不同的主题在不同程度上影响着人们的生活。而对那些热爱艺术、从事艺术的人来说，这里无疑是最适合于他们成长、发展的天地。

这是一个仿佛特地为年轻人提供的时代。无论革命，无论文学，无论艺术，年轻人如鱼得水地开始自己的创业。在那个时代，所谓年龄根本不是社会是否承认、事业是否成功的重要因素。激情、才华、闯劲，才是每一个试图开创人生的年轻人必不可少的因素。对于活跃在上海艺术界的人来说，这一点尤为重要。

和年龄一样，所谓学历对那些试图走进艺术殿堂的人来说也显得不那么紧要。重要的在于你是否拥有才华，是否有能力在实践中一展身手。除了极少数几位科班出身的人之外，活跃于 30 年代上海的艺术家，从音乐家到演员、到画家，几乎都是靠实践中的自我摸索而得到发展的。叶浅予、张光宇、张正宇、张乐平、黄苗子、华君武……丁聪熟悉的前辈或同辈艺术家，都是走着这样的道路。

说到自己艺术修养和风格的形成，丁聪总是会一再提到在上海旧书店阅读那些欧美时尚杂志、电影画报的经历。正是这样一些杂志，还有不断上演的好莱坞影片，使年轻的丁聪的思路活跃起来，眼界开阔起来。他回忆说：

我在上海时常常看外国画报，学人家的。但不是照抄。没钱买，就到城隍庙，到河南路汉口路一带有个弄堂里有卖旧书的。在四川路桥下面有个外国书店，卖过期杂志。把上面刊头撕掉就算旧杂志。在那里我看到了高级杂志，像美国的 *Vanity Fair* 杂志，摄影、绘画，都是高级的。在 *Vanity Fair* 上发表过作品的墨西哥漫画家柯代罗比亚斯来上海访问时，张光宇、邵洵美都招待过他。张光宇很喜欢这本图文并茂的杂志。这些杂志原价卖一元二毛大洋一本，旧的也就二三毛。我买这些杂志，剪贴了好几本。

电影画报更多。我的东西是从这些杂志上偷来的。编文艺杂志也学会了图文并茂。像后来的《清明》《人世间》等，封面、插图我都自己画。我无所师，就是东偷西偷。你找不到我的出处，我自己消化了。看电影把镜头角度记得很牢。像我后来画阿Q，构图就受电影的影响。张光宇、叶浅予我们这些人都是这样。张光宇学美国、德国电影的构图。他画的京剧脸谱，我们都喜欢，我也受他的影响大。我也画脸谱。古今中外的艺术他都看。他很聪明，彻头彻尾的艺术家。他不断追求形式美，有新的就感兴趣，接受快，中国古代的东西他也学。

对丁聪的生活和艺术影响最大的漫画家就是张光宇、叶浅予。他们的画，勾勒出上海这个大都市经济的、文化的、市井的诸般形态。他们性情各不相同，风格也各有差异，但相同的是艺术上的无拘无束，是对上海市民文化的亲近与敏感。这些画家成了《良友》《时代漫画》的顶梁柱，以他们为中心活跃着一批艺术家，他们可以说是 30 年代上海文化不可忽略的、甚至堪称生力军的一个群体。他们关注的是社会而非革命，他们钟情的是艺术而非政治。在他们的笔下，革命不是主题，那该是左翼文人的任务，纷繁的社会现象才是他们关注的题材。从政治角度来看，他们当然不是文化的主流，可是，假如翻开当年的报刊，却应承认他们的作品及其影响，又的确构成了当时上海文化特别是美术界的奇观，在人们的文化消费生活中具有举足轻重的作用。

这样的艺术家，有自己评判是非的标准。他们不介入国民党共产党之间的冲突，他们有着强烈的爱国热情，以手中的笔投入到全民族的抗日浪潮之中。他们不热衷于政治活动，但对生活中的不公正、罪恶，有着严肃的批判精神。更多的时候，他们是社会万象的笔录者，大到国家事件小到市民习俗，都在他们笔下一一形象地勾画出来。也许可以这么说，30 年代的上海文化，因为有了这样一批艺术家的创造，革命主题之外又增加了许多与人们日常生活有关的主题，历史的呈现从而更加具体而丰富。艺术本身，由于不同心态不同志趣的艺术家参与其中，形成了多种方式多种途径，便有了充分发展的可能。

当丁聪在丁家小楼里长大成人时，他面前呈现的便是这样一个容纳百川的大海。显然，他和同龄的黄苗子、张乐平、特伟他们一样，属于沙龙里的这个群体中的青年一代。他的未来的道路选择、艺术追求，从这里起步。

写到这里，我觉得自己的想法变得清晰起来：丁聪为何对父亲的沙龙情有独钟？不只是因为他在这里度过快乐的少年时代，也不只是因为那些名流在这里留下过欢乐的笑。更让他留恋的，显然是30年代初上海呈现的文化多元形态，而父亲的沙龙不过是一个生动的写照。从在这里起步的那天起，他也许就开始形成了这样的观念：画自己心中所想，画身边眼睛所见。丑恶者鞭挞之，美好者颂扬之。

对一个艺术家，还有什么比能够自由挥动画笔更美丽呢？

三

丁聪有一个很别致的笔名：小丁。从不到二十岁，一直到八十几岁的今天，他一直是"小丁"。

建议他用这个笔名的是张光宇。

记得我开始画漫画时，签名曾用过真名"丁聪"。但繁写的"聪"字笔画很多，写小了，版面做出来看不清，写大了，在一幅小画上占了很大一块地位，看上去很不相称，于是张光宇就建议我署名"小丁"。我以为有理，就采纳并沿用至今。第二个原因是：我不在乎"老"、"小"之间的表面差别。第三个原因是，中文的"丁"有"人"的意思，"小丁"即"小人物"，这倒符合我这一辈子的基本经历——尽管成名较早，但始终是个"小人物"，连个头儿也是矮的。

就是这个自称为"小丁"的人，很快就表现出了他的艺术才能。父亲并没有教他画画，甚至不愿意儿子今后也走他的路。但丁聪却自己喜欢上了这门艺术。当他只有十六七岁时，有一天，他忽然把自己画的京剧速写拿出来给前辈们看，他们不由得感到吃惊，他的笔触竟然如此生动而准确，能够把舞台上戏剧人物的造型、神态和动态感表现出来。他们没有想到，经常跟着父亲观看京剧的丁聪，不仅学会了拉京胡和吹笛子，还拿起了画笔。

丁聪保存下来的画于上海美术专科学校大教室里自学期间的生活速写，以及发表于 1936 年前后的生活漫画，让我们看到了他在艺术上最初起步的姿态。

丁聪在上海美专虽只抽时间自学了不到一年，却为他的绘画兴趣打下了更为坚实的基础。他的笔从未停过，一双眼睛机敏地观察着周围的人与事。理发店、电车、教室、麻将桌、公园、动物园，所到之处，都成了他捕捉速写对象的场所。教室里围观的学生们，头戴礼帽横坐在电车条凳上的乘客，麻将桌上专注的妇女和好奇凝望的孩子……在他年轻的笔下，一一留下了生动身影，永远也不会消失了。

父亲丁悚本不情愿儿子丁聪也像他一样走美术之路。为养家糊口，他画月份牌上的"百美图"，他画广告招贴画，深知画画的艰辛。丁家人丁众多,长子丁聪今后得担负养家的重担,可画画的微薄报酬,恐难以支撑。但对丁聪来说,没有别的职业比绘画更能吸引他。他既然迷上了绘画,既然感受到了画自己所见、所想的快乐,他就再也无法离开。

丁聪走上了自己选择的路。从20世纪的30年代,到21世纪的现在,这一走,就是将近七十年!

丁聪的性情决定他不会去走靠幽默取胜的路子。我的印象中,在与朋友的聚会中,老年丁聪并不擅长讲笑话,也很少看到他开怀大笑过。一般他总是坐在一旁,静静地听别人海阔天空神采飞扬地说古论今。偶尔他也开讲,大多是让人心酸的、苦涩的个人经历。讲这些事情时,他正襟危坐,不苟言笑。但正是他这样的人,对社会现实观察细致入微,对身边每日发生的种种现象极为敏感。他保持着一个艺术家的灵敏的嗅觉,他愿意自己讽刺和批判的目光,不会因种种原因而变得模糊和呆滞。

从最初走上画坛初显身手的时候起,年轻的丁聪便学会了用批判的目光观察社会。身处光怪陆离的上海滩,丁聪与他的前辈和同辈漫画家一样,专注于描绘贫富之间的强烈对比,勾画那些社会暗角的丑陋。

面对瘦弱的工人,大腹便便的老板,身后正将大把大把的钞票偷偷往抽屉里放,嘴上则叼着烟吐出一句话:"厂里实在一个钱也没有了。"这是他在十八岁时画的一幅漫画。

大街上满脸刁蛮和专横的小流氓,与若无其事的妓女站在一起,这是《白相人与野鸡》的画面。

一位舞女搂着外国老头跳舞,亲热地说:"我顶喜欢你老先生了!大林。"这是年轻的丁聪在舞厅现场观察所得。

丁聪最初显露出的这种社会讽刺的特点，在后来的创作中蔚为大观，它与政治讽刺往往密不可分，融为一体。成为他的创作中最有分量的作品。

就现实战斗性和社会震撼力而言，丁聪在抗战时期和内战时期的政治讽刺画，无疑最为突出，也最能反映出他的锐气。一幅《现象图》长卷，形象勾画出抗战后期的政府腐败和社会惨状。贪官、伤兵、淑女、官商、穷教授、沽名钓誉的画家……形形色色的人物，构成了现实生活真实的画面。三年后创作的另一长卷《现实图》成为《现象图》的延续。内战风云中大发战争财的中外商人、饥饿中的穷人、被迫上阵的炮灰……在丁聪的笔下，不同性质的人物排列一起，便成了那个时代的缩影。

和同时代的许多知识分子一样，当年的丁聪呼唤着民主和自由，对法西斯式的独裁统治有着天然的批判精神。一幅《无所不在的"警管制"》，把现实生活中的阴影形象地描绘出来；一幅《"良民"塑像》，以嘴巴被锁住、思想被当局检查限制、耳朵被收买的形象，辛辣地讽刺没有言论自由的当时中国现状；一幅《"公仆"》，讽刺社会的不平等，骨瘦如柴的民众驮着自称"公仆"的达官贵人们匍匐前行……

一般说来，漫画被视为属于小品文性质的美术样式。它不事张扬，也非黄钟大吕，于是人们也往往容易将之当做茶余饭后的消遣之作，以其幽默、巧妙或者机智，带来会心一笑，如此而已。的确，这种因幽默而带来的阅读快感，是漫画必不可少的功能。这也是当今那些轻松、消闲类的漫画作品不断走红的原因之一。然而，丁聪却注定不属于这类漫画家。他的重点在讽刺，无论社会讽刺，还是政治讽刺，他的笔是凝重的而非飘逸的，他的心境是严肃的而非轻松的。

如今文艺理论上早已不时兴谈诸如现实主义、浪漫主义之类的命题，但当我把丁聪一生中的所有作品放在一起欣赏时，当我把他的早年与晚年放在一起考察时，我油然想到这个传统的理论术语：现实主义。我愿意用这个概念来界定他的艺术生涯：他是20世纪中国一个真正意义上的现实主义的画家。无论在30、40年代，还是在80、90年代，青年与晚年，一脉相承，冷静而尖锐的目光背后，是对现实的丑恶现象的批判态度，是强烈的现实参与性。

在成为右派被迫停笔多年之后，晚年丁聪又挥动起他的笔。

今天的读者，大多通过《读书》每期必有的丁聪漫画而熟悉了他的名字。人从磨难中走来，岁月沧桑与环境不可避免地消磨掉一些他曾拥有过的锐气和勇气，但他仍具有活力，尽其所能地发出一个艺术家个人的声音。他的画所体现出来的强烈的社会责任感和批判精神，仍让人赞叹不已。二十余年来，他的数以千计的漫画涉猎广泛，政治风雨、世态万象，尽在笔下。心酸的，兴奋的，苦涩的，无奈的，现实生活带来的百般心绪，也在画面中。他的笔端，有时也有幽默，但更多的时候，是辛辣的讽刺，是入木三分的解剖，情感也是沉甸甸的。

自称"小丁"，挥动的却是一支如椽大笔。

四

丁聪的命运幸运而又不幸地与"二流堂"紧密地联系在一起。

"二流堂"这个名称，对今天的人来说大概已显得陌生。但在抗战时期的重庆，反右前后的北京，"文革"爆发时的文化界，它却名扬四方，如雷贯耳。对丁聪和他的许多朋友和来说，它是难忘的友谊，是无忧无虑的快乐，是刻骨铭心的痛感，是不堪回首的记忆……它实在是他们生命中不可分割的组成部分，远不是一种感受所能概括的。

除个别性格孤僻的人之外，艺术家大多喜聚不喜散，古今中外，恐怕都是如此。丁聪从丁家的沙龙开始，就喜欢生活在朋友相聚的环境中。他喜欢交朋友，而他的坦诚、忠厚和天真，更使朋友们感到亲切，感到可以信赖。多少年来，友谊带给他快乐，给予他灵感。在与朋友的往来中他的艺术兴趣越来越广泛。从初登画坛时的崭露头角，到抗战爆发后的流亡与救亡，他从不是寂寞一人徜徉在人生路上，乃至后来的漫长岁月，他身旁总是有一批坦诚相见的朋友，他们同呼吸，共命运。

剧作家吴祖光被视为北京时期"二流堂"的主角，当年在重庆，他正是由丁聪介绍而结识了后来成为"二流堂"成员的一批文艺界朋友。吴祖光回忆说：

认识丁聪以后，他带我到他住的地方，地处临江门下，一个小院，两间平房，一间屋里住的是绮年玉貌的女作家、演员凤子，另一间住的是三个独身的男子汉：除了小丁之外，还有音乐家盛家伦和仰光华侨唐瑜。这间房里没有床铺，三个人合睡在一条非常漂亮的高级地毯上；地毯是唐瑜买来的，房子也是他租来的。

随后不久，唐瑜花钱自己盖起一幢房子，用"壁炉"的谐音而起名为"碧庐"。于是，这里便成了流亡而来的文艺界朋友的落脚处。他们或者住在一起，或者来往频繁，赫赫有名的

"二流堂"由此而形成。与碧庐关系密切的是这样一群人：唐瑜是电影界赫赫有名的报刊编辑和热心人，自上海时期起就在潘汉年领导下工作；丁聪是风格已独成一家的漫画家；吴祖光是被称作"神童"的剧作家；金山是享誉话剧、电影界的大牌明星；冯亦代是喜爱海明威的翻译家，尽管他的身份是中央印铸厂副厂长，负责钞票的印制；盛家伦是歌唱家，他为《夜半歌声》演唱的主题歌，风靡一时；凤子是话剧演员，也是记者和散文家；高汾是年轻记者，永远风风火火，精力旺盛；黄苗子是国民党高官的秘书，却也是漫画家；郁风活跃在美术与新闻领域……

一个特殊的群体。

这是战争期间特殊条件下文人之间的相聚。既非自由组合的艺术团体，也非艺术趣味和追求相同的某一艺术流派，不过是艰难情形下的一种"物以类聚"而已。他们不属于那种甘于寂寞偏爱孤独的艺术家，而是喜欢热闹，喜欢轻松自由的气氛。他们是天生的乐天派，即便生活条件再艰苦，他们也乐意汇集一起用暂时的快乐来忘掉生活中的烦恼。他们各自的领域和成就有所不同，但才华均以不同形式显露出来。对于这样一些人，无拘无束恐怕是最好的生活方式。该笑就笑，说哭就哭，悲悲喜喜，蹦蹦跳跳，随情形而定，随心境而发，一切顺其自然，绝不强求。

他们对万事万物有着自己的独立见解，有对现实状况的敏感观察与反应。虽然他们中除了个别人之外，大多数人很难说思想多么深刻，目光多么犀利，但是，他们近乎于透明的性情，使他们有着强烈的是非，该恨就恨，该骂就骂。他们大多数人无党无派，但政治倾向是明确的，这就是反对国民党，向往共产党。一些重要的共产党人，本身就是他们的朋友。与他们关系最为密切的夏衍，因其性情相投，被他们尊为师长，廖承志、乔冠华、陈家康等，与他们来往也很频繁。

"二流堂"名称的产生，与来自延安的秧歌剧直接有关。吴祖光回忆说：

给大家较深印象的是从延安来了一个小型的秧歌剧表演，演出的节目是《兄妹开荒》，两个演员是欧阳山尊和李丽莲，这种表演形式大家都未之前见，感觉十分新鲜。在剧中的对话里，听到一个很新鲜的未之前闻的陕北名词，就是妹妹送饭，原在开荒的哥哥假装在地里睡觉，妹妹生气了，骂哥哥是"二流子"，就是光吃不干的懒汉。这个有趣的名词把大家打动了。文艺工作者生活大都没有规律，夜里不睡，早晨睡懒觉，吃饭不定时都是常事。尤其是盛家伦，生活太没规律，而且读那么多的书，却一个字也不写，大家说他"光吃不拉"，叫"二流子"是从他开始的。

有一天郭老（郭沫若）和徐冰同志等到碧庐来，听见大家在互称二流子。郭老说："好，给你们取个堂名吧，就叫二流堂好不好？"大家都说好。徐冰叫大家拿纸笔来，请郭老当场题字做匾。但是找了半天，无笔无墨，更无大张宣纸只得作罢。但是"二流堂"这个名字却从此叫开了。

丁聪与吴祖光后来虽然离开了重庆前往成都，但只要一到重庆，仍落脚在碧庐，也就自然而然被视为"二流堂"的主要成员。

重庆时期"二流堂"里漫溢而出的友谊与快乐，成了丁聪和他的朋友们美好的记忆。

"文革"之后的这些年来，"二流堂"的成员除少数几位辞世外，大多仍健在，虽年事已高，但他们还是喜欢相聚。唐瑜、吴祖光、丁聪、黄苗子、郁风、高集、高汾、吕恩、冯亦代等，是重庆时期的老朋友；王世襄、杨宪益、黄永玉、范用、黄宗江、黄宗英、姜德明、邵燕祥等，则是北京时期先后结识的新老朋友。在这些聚会中，丁聪是必不可少的人物，因为他的妻子已被大家尊为"家长"，每次的聚会几乎都由她热情张罗安排。

　　近几年我多次参加他们的聚会，从那些幸运地走过漫长岁月而依然显得活力充沛的老人那里，我想象着当年他们在重庆的景象。有几次聚会，是安排在夏衍家中。他虽已故去，但"二流堂"的老人们，仍感觉他还是活在他们中间。我在想，无论丁聪也好，还是别的"二流堂"的成员也好，怀念夏衍，留恋过去的日子，实际上也就是在珍惜一个人曾经拥有过的精神自由。晚年，在历经沧桑之后，他们终于又有可能相聚一起，说古论今，臧否人物，在时而忧患重重时而开怀大笑的气氛中，度过他们难忘的时刻。我很喜欢参加这样的聚会，因为我多了感受历史的机会。一次次的交谈，一次次或喜或悲的情绪起伏，这些老人们性格中可爱的一面在我面前呈现出来，我有一种仿佛亲身走进了当年场景的感觉。也正是这样的一些接触，使我觉得我对他们的了解和理解，就不再限于粗线条的历史线索的勾画，而是在触摸一个个丰富的生命。

　　一次在聚会中我与丁聪交谈。他回忆说抗战胜利后的1946年，欧阳山尊、李丽莲从延安来到上海，在一次联欢会上，他们像在重庆时一样又表演起秧歌《兄妹开荒》。这次为他们吹笛子伴奏的正是丁聪。看着他们的舞姿，他自然会想起在雾都重庆度过的艰苦却又愉快的日子。

但是，丁聪和他的朋友们从未想到，有一天，文人间的这种自由交往，却因中国政治的突变而招致磨难。

五

老人都喜欢回忆，丁聪也不例外。如今，过去许多日子，早已是无法再现的风景。但有些亲历的往事却无法忘怀，时时给他带来记忆的温馨。

丁聪和他的不少朋友一样，他接近共产党乃至赞同共产党的主张，不是接受抽象的理论的教育，更不是受生计所迫，而是他所结识的一个个具体的共产党人，有着和他们同样的性情，同样的喜怒哀乐。他们让他感到亲切，感到踏实，这就难怪，每当谈及当年往事时，丁聪总是流露出深深的留恋和向往。他曾这样对我说："从重庆、上海起，我熟悉了夏衍、廖承志、乔冠华、陈家康，他们是我认识的共产党人，的确是让我敬重和感到亲切的。"

一次，他向我讲述他与周恩来交往的故事：

我1949年3月来京，和张瑞芳、阳翰笙同一条船离开香港，还有于伶、史东山、陆志庠。我们住前门外的永安饭店，在大栅栏的一个小胡同里。在戏院旁边，不是虎坊桥那个。周恩来来看我们，与我们聊天。那是在淮海战役之后不久，他挺忙。都是老朋友，随便聊。介绍辽沈、淮海战役的经过，俘虏的情况等等。还问我们定都定什么地方。他问我作为一个画家有什么看法。我就说，照我个人讲，在南京好，但作为首都还是北京气派。那是我第一次到北京，感到气魄大。我们那个时候和总理讲话很随便，大家都是朋友。

记得1954年有一次在北京饭店开联欢会，总理也参加了。叶浅予扮齐白石，在苗子郁风住的西观音寺那里画好妆，郁风去借来齐白石的衣服和拐杖，扶着叶浅予走进来。我就通风报信，告诉总理，齐白石来了。开始他相信了，后来才露馅，没骗过他。那个时候就那么随便。开舞会，总理请张瑞芳、秦怡等人跳。我找总理喝杯酒，都是很普通的事。

这样的场景，的确是丁聪和朋友们深深感怀的。时代虽变，但他们多么希望所热衷的生活方式、所看重的人际往来，仍如同从前。

丁聪和"二流堂"的朋友们，都拥有这样的梦。

开始也曾有这样的希望。唐瑜回忆，当1948年他还在香港的时候，乔冠华曾这样对他说过：将来在北京，"二流堂"可以再搞起来的，继续做团结文艺界人士的工作。可以搞成一个文艺沙龙式的场所，让文艺界的人有一个休闲的地方。

吴祖光回忆，50年代初在一个场合中，周恩来也曾开玩笑地这样问道："二流堂的人都来了吗？"

一时间，旧时朋友又在北京相聚。"二流堂"中的一部分人一起住进了位于北京东单的栖凤楼。他们中间有黄苗子、郁风夫妇、戴浩、虞静子夫妇，以及盛家伦、唐瑜、吴祖光等。丁聪、唐瑜等人虽未在此居住，但也常来，俨然其中一分子。夏衍、潘汉年、田家英、陈家康、乔冠华等共产党官员朋友，也是常客。

丁聪和他的朋友们非常满意又有这样一个条件远比重庆时期要好得多的相聚场所。时代不一样了，生活环境不一样了，但他们似乎还是愿意如同以往那样，一起热热闹闹说说笑笑，一起舞文弄墨，甚至一起恶作剧。更重要的是，他们觉得这是一个他们双手迎来的新时代，他们有资格也有可能挥洒各自的个性，自由自在、无忧无虑地唱歌、弹琴、绘画、读书、聊天……

办一个同人刊物，正是丁聪和朋友们50年代渴望的事情。从十九岁走进《良友》画刊开始，许多年里，丁聪从未停止过编辑刊物的工作。抗战爆发后上海的《抗战漫画》，流亡香港后的《良友》、《大地》、《耕耘》，抗战胜利后上海的《清明》……每一次都是新的体验，新的收获。从封面到题花、插图，从广告设计到版式安排，丁聪一人操办。他有想象力，他对形式美有自己的追求，而办刊物，为他提供了施展才干的机会。不仅仅如此，刊物总是为他和朋友们提供发表自己声音的阵地。个性的自由挥洒总是与民主息息相关。

丁聪和"二流堂"的朋友们，1956年下半年的一个具体举动就是想筹办一个同人刊物。在经历了反胡风和肃反的严峻斗争之后，1956年下半年开始出现的政治与文化的松动气氛，仿佛给所有人提供了表现的机会，而文化界人士纷纷提出创办同人刊物，是当时的一个热点。这些文化人，在三四十年代，早已习惯了自己编辑刊物，对建国后所有刊物机关化、政府化，他们感到颇为单调。在他们看来，一个刊物，本应体现编辑群体的意愿与兴趣，自由组合在这里远比强行"拉郎配"要更为重要。从自由和多样化的角度来说，他们当然更愿意有一些同人刊物重新出现。30年代初，张光宇、叶灵凤曾经办过一个图文并茂的《万象》杂志，40年代在上海孤岛时期，柯灵等人也曾编辑过《万象》杂志，现在，丁聪和"二流堂"的朋友们，把他们想创办的刊物仍定名为《万象》。

不管他们是否清醒意识到，他们这一愿望，实际上是在寻求着与传统的连接。

申请递交上去，他们等待着批准。等待的同时，筹办工作也紧锣密鼓地进行。编辑人员也大致确定，除了张光宇、丁聪、冯亦代、黄苗子、郁风等人外，画家张仃等人也积极参与。

后来局势的急转直下，令所有人目瞪口呆。鸣放中丁聪对"外行领导内行"提出的批评，连同筹办同人刊物的构想，成了他反右高潮中的罪状，而"二流堂"的历史，则转眼间成了几乎所有相关人员无法摆脱的厄运。这个文人之间的自由往来的组合，被说成是反革命集团性质的小集团。

摇摇欲坠的"二流堂"，终于坍塌在这场风雨中。从重庆到北京，先后在"二流堂"居住过的人士中不少人都成了右派。除丁聪外，有吴祖光、戴浩、黄苗子、高汾、冯亦代等。曾在栖凤楼办过公的《新民报》负责人、新闻界名人陈铭德、邓季惺夫妇也未能幸免……即便不把因为他们的影响和牵连而打成右派的人数计算在内，这个数字在"二流堂"中所占比例也是相当大的。

丁聪终于感到了冬天的寒冷。他从悬崖峭壁上跌落进深渊。他曾有的荣耀不再存在。他和他的朋友们在历史中所做过的对这个时代的来临大有裨益的事情，也不再被人提及。至于他们身上所具备的难得的文化才能，在一阵高过一阵的政治讨伐面前，从此变得分文不值。在他们的感觉中，大概个人的存在，还从来没有像此时这样可有可无，无足轻重。他们的人生，就这样一夜之间被政治漩涡冲撞得支离破碎。

1958年的一天，丁聪和黄苗子一起乘上一列开往东北的火车。他们将远离北京，远离亲人，被送到荒凉的北大荒，在垦荒过程中来使之从灵魂到身体得到脱胎换骨般的改变。丁聪回忆报名前往北大荒的经过：

反右开始后，批判"二流堂"，要我交代苗子，我交代不出什么。定案后，我也成了右派。那天去听报告，要我们报名去北大荒。会后，我和苗子两个人商量，是不是报名去。商量结果，我们想反正我们错了，就去吧。那时只知道错了，但不知道错在哪里。这样，我们就一起去了北大荒。

他们走到车站，丁聪突然发现高汾也在人群中。他不知道高汾也成了右派，只是好奇地问她来送谁。高汾回答说，她也是右派，和他们坐同一辆车到北大荒。就这样，从重庆开始这几位在"二流堂"里热情拥抱生活和艺术的朋友，又走到了一起。大家一同陷入无法预测的逆境。

离开北京时，丁聪刚刚结婚一年，妻子生孩子还在医院。他来到育婴室，隔着玻璃看了一眼妻子和新出生的孩子，然后，便与许多同命运的人一起走向遥远的北方。

在那些日子里，对于车上和车下的许多人来说，人生转折的变故，显得那么突然而茫然不知。他们是错的，这一点他们不会有多少质疑。问题却是，他们该如何看待这样的错误，该以什么样的方式和途径，达到正确的彼岸。他们中的绝大多数人，都显得那么真诚，晶体般透明，尚未学会在复杂情形下掩饰内心的一切。在突兀而至的风雨面前，他们既不是思想家，可以深邃洞察未来；也不是勇者，敢于藐视周围的一切。他们只是普普通通的知识分子。在这个特殊的年代和环境中，他们只能用毫不惊人，甚至让后人难以理解难以接受的方式，走进苦难。他们是那么善良、朴实、天真、单纯，他们只学会了彻底否定自己，而不可能去想其他。就这样，这些在中国堪称文化精英的一群落难者，并不悲壮地走上了流放之路。

于是，从历史意义、文化意义、人生意义诸方面来看，那些日子开往东北的列车称得上是最为特殊的列车。除了丁聪、黄苗子、高汾外，吴祖光、聂绀弩、丁玲、刘尊棋、谢和庚、荒芜、胡考等一批文化界的右派分子，都将乘车前往改造之地……他们将一起在北大荒度过一生中最为艰难的日子，有的甚至将长眠那里，永远不会回到北京、回到亲人身边了。

六

流放北大荒在丁聪的一生中虽然时间不长，只有三年，但却占据着极为重要的位置。那是刻骨铭心的体验。

在一个新的环境中，他的画笔居然派上了新的用场。

来到北大荒后，丁聪、黄苗子、高汾等分配到密山县正在筹建中的850农场。同在850农场的还有聂绀弩、刘尊棋、荒芜等。吴祖光分配到宝清县853农场。刚刚住下，他们就投入到修建水库的施二之中。黄苗子曾谈到他和丁聪修水库的情况：

一到不久，就宣布在我们住地下坡挖一个大水库，为了纪念五一劳动节，定名为"五一水库"，以表示这些人都拥护劳动改造。这水库是白一位土工程师设计的，经常修改计划，挖了又填，填了又挖。从5月到9月底，终于算完成了。七一前夕，为了动员大家向党"献礼"，提出"白天晚上不停干"、"夜战一星期"等口号，督工的生产队长（穿军装的）随时用"板报"表扬批评。提出"分组、分班大竞赛"。记得我和小田庄（比我少20岁）抬一副筐，搭档得很好。但事后他病倒了，躺了好几天。记得一个满是星光的夜晚，在吹哨休息的时候，田庄望着天空喃喃自语说怪话："共产党员是特殊材料制造的，制造右派分子的材料则更加特殊。"……丁聪当年是参加过五一水库的劳动的，但未完工前，他就调离密山，到虎林去编《北大荒文艺》杂志。

在修建水库的时候，丁聪、黄苗子、高汾这几个"二流堂"的成员，还担负办墙报的任务。丁聪画起了报头和插图，黄苗子和高汾则负责组文字稿。丁聪记得，他还画过一幅漫画《力争上游》，讽刺连队的一个人，每天早上起来，总是抢着到溪流的最上方刷牙、洗脸，因为那里的水最干净。不过，没过多久，他们办墙报的事情被反映到上面，说他们是反党小集团，仍然在一起活动。结果，墙报很快就停办了。

没有什么比放下手中的画笔更让丁聪难受的。从小时候爱上画画之后，他从未忘情过画笔。走到哪里，画到哪里，抗战期间的流亡途中，他也未曾放下手中的笔。在同行中，他被视为最为勤奋、最为刻苦的一位，即便到了八十几岁，他仍如年轻时一样几乎每天都在画。

在北大荒，偷着画画，让丁聪感到生命的充实，感到精神有所寄托。用他自己的话来说："正是这些画，帮我度过了最艰难的时刻，使我恢复了自信和乐观。"

他速写他们住的草房，当地把它叫做"拉哈辫子"，过去是做马厩的。"'拉哈辫子'就是用当地产的长草拧成粗绳子和上水和泥一层层垒起来的墙。我们把马厩打扫干净，在地上放上碎树枝，上边铺上稻草，再放上被褥，一个挨一个地睡在地铺上，一点儿空隙都没有，像个沙丁鱼罐头似的挤在一起。如果谁要起夜，回去后再要挤进原来的铺位，没有一点技巧和力量是很难办到的。"后来丁聪这样描述自己的住所。

他速写修水库的劳动场面。"这种生活虽然很累，但又感到新鲜，认为自己是在参加一项'伟大的工程'，理应把它记录下来。正好别人送我一卷锦纸，我每天画一点，偷空儿画下了修水库的长卷。当完成大半的时候，有人发现并告了密，于是只好停画。所以这个画卷至今仍是一个草图并且是未完成的。"丁聪这样讲述难忘的经历。

等到了《北大荒文艺》当美编之后，丁聪画画的时间更多了。每个月他要将刊物的稿件从虎林送到密山，在那里的农垦局的印刷厂里负责设计版式、排版和校对，一待就是半个月，等刊物印出来后，用牛车运到火车站，装上货车，然后由他押运到虎林。这样，在密山的半个月时间里，他便有时间画画。

他画开发北大荒的勘探和劳动场面；他画印象中的当地农户与猎户；他画劳动者的生活风情，他画自己经历的故事……材料有限，他往往在牛皮纸上用白粉和毛笔画出木刻效果的作品，当年阅读美国版画家肯特的印象，重又活跃在脑海里，细腻的线条，勾画出人物的力度。他也用颜料画一些彩墨画，画面洋溢着浓郁的生活气息。

今天再看丁聪画于特殊年代特殊环境下的这些作品，心里是无法平静的。按照如今某些慷慨激昂的批评家的观点，丁聪的笔可能缺少分量，因为他没有对知识分子劳改的现状进行全面的、深刻的、批判性的描绘。如果那样，当然很好。然而，在我看来，这却是不现实的，不符合当时他们生存的现状实际的，是后来人一厢情愿地故作惊人语。当我们审视他们那代人走过的道路时，需要的倒应该是设身处地地了解他们、解读他们，然后从中总结历史经验教训。重要的是今天的人们应该怎样做得更好。

我愿意以这样的态度解读丁聪画于北大荒的作品背后所反映出的历史悲凉。

得知聂绀弩也在北大荒后，丁聪设法将这位已经六十岁的长者借调到编辑部，两人朝夕相处。后来他曾特意画出一幅聂绀弩上工的漫画。在他的笔下，聂绀弩这位大文人，一身补丁衣服，脚穿胶鞋，肩扛铁锹，手持香烟，满脸无奈。这样一幅肖像画，其实包含着非常丰富的内容，远非几句话就能道尽。

丁聪当年从积极意义角度描绘的生活画面，其实也真实记录了他们这批被改造的知识分子当年的窘状。《听北京的声音》和《写家信》，画出了他和难友们对家人的思念和他们对回到北京的期盼；《我住的宿舍外景》和《宿舍内景》，如实记录了他们的生活条件，为今天的人们了解当年的情形，提供了形象而具体的材料。而当我们稍稍静下来思索，想到那些中国文化精英们，当年就是在这样的环境中改造自己，消磨生命，那种历史的沉重感，其实更胜过一句两句的呼喊。

这便是我眼中北大荒时期丁聪的真正价值。

因此，如果将丁聪一生创作的数千件作品作为一个整体来看，它们无疑如同一幅历史长卷，记录着不同时代中国的社会现状。30年代的上海滩、抗战、内战、抗美援朝、政治批判、北大荒劳改、改革开放……除了"文革"外，他所经历的不同历史时期，或多或少都在他的作品中有所反映，留下不可磨灭的痕迹。

在这一意义上，我认为丁聪是一位具有历史感的画家。

七

认识丁聪是在 80 年代初我来到北京工作后不久。当时我在《北京晚报》编辑副刊，有好几年时间，都是请他为"居京琐记"专栏中的名家文章配插图。一次，我陪同一位以撰写报告文学著称的同学去采访他。我们来到他在魏公村的住房。房间窄小零乱，但历尽磨难的丁聪却留给同学一个美好的印象。

后来，在同学完成的报告文学中，他这样描述初次见到丁聪的印象："漫长的岁月似乎很难征服他。向后边梳去的乌黑头发，宽阔的额头，红润的脸色，讲话时总带有内涵丰富的笑意和不停的手势，显示了他的爽朗、豁达。鼻翼下，两道深深的、呈弧线的皱纹，与不时紧抿的嘴角浑然连在一起，又给人以正直、倔强之感。只有那睿智、深沉的目光，脸颊上的几点深色的寿斑，胡茬上落下的一片清霜，透露了这是一位长者，并且具有五味俱全的人生阅历。"后来又读过不少写丁聪的文章，但似乎都没有我的同学写得形象生动。他曾是诗人，他在用充满激情的心感受着丁聪，在用漫溢诗意的笔触描写丁聪。

我记得，那次带同学走进去丁聪家里之后，我便很快就离去。当时胡风刚刚去世不久，我告诉丁聪，我要去胡风家里看望梅志。丁聪听后，关切地问起胡风逝世后的一些情况，还这样说到在 50 年代那场批判胡风的运动中自己的经历："开始我和胡风还一起在怀仁堂开会，没过几天，他就成了'反革命'。我相信了，还画了不少幅他的漫画，后来才知道……这真不好……"他想说的话很多，但看得出，他一时又不知从何说起。

他摇摇头，脸上半是内疚半是无奈。随着时间的推移，随着对他们那代人了解的深入，我觉得我逐步开始读懂他的表情中所包含的复杂内容。

"文革"后，在谈到自己的漫画创作道路时，丁聪说过这样一句话："革命之后，我发现有一些事可以讽刺，但有人告诉我，如果我要画漫画，不要去讽刺，只能赞颂。"这便是一个早已习惯了用自己的眼睛观察社会、用自己的自由精神反映世界的丁聪，走进新时代的困惑。当然不只是歌颂，漫画一时间更是政治批判中必不可少的工具。漫画似乎还存在，但漫画家个人的独立思考却没有了踪影。演绎政策，空喊口号甚至不惜对被批判者进行人身攻击，这便是历次政治运动中漫画这一形式所表现出来的尴尬模样。丁聪没有摆脱这样的命运。只是他自己没有想到，虽然他曾想适应新时代，做到不被新时代抛弃，但一转眼还是同样成了被批判者，遭遇与胡风同样的命运。这样，他本人就和"二流堂"的其他人一样，也成了报刊上用漫画来丑化的对象。

多少历史的内疚、悔悟与反省，留给了晚年的丁聪。

晚年的丁聪，仿佛重新找回了早年的自我。他依然年轻而富有朝气。

永远年轻的是小丁——丁聪，这是80年代后几乎所有见过他的人的感叹。

每逢聚会，只要丁聪在场，关于他的黑发，关于他的永远年轻，总是成为少不了的一个话题。当大家这两年感叹他的年轻时，只有他自己颇有今不如昔的感觉。他会这样说上一句："不行了！前两年坐公共汽车没有人让座，现在倒是有人让座了，可见还是老了！"话是这么说，还是有人建议，别看如今市场上挖掘出那么多所谓永葆青春的宫廷秘方，还不如丁聪现身说法令人信服。可是，问他有什么秘方，回答是：不锻炼！吃肉！

其实，真正让丁聪永远年轻的还是他的达观精神。一生的风风雨雨，着实让他经历了不少磨难，可是，他从来没有改变过他对生活和艺术的热情。我常常听他说起那些不堪回首的往事，他激愤，他惋惜，但同时也显得尤为平静。他以一种积极的人生态度看待面对过的一切。他庆幸自己走过了"文革"，在晚年获得了难得的平稳。因为这样一种精神状态，他在这些年里，始终保持着对生活的敏感，思想从来没有衰老，他的漫画，将历史反思和现实感触巧妙地融合起来，显得更为老到和精粹。

丁聪画得最多的还是他的社会讽刺画和政治讽刺画。他的近千幅作品，犹如二十年中国社会之现状的形象画卷。

一幅《余悸病患者的噩梦》，把心有余悸的文人心态表现得淋漓尽致；一幅《危险的职业》，是对多年来文人的命运的高度概括；一幅《噪音》，把留恋"文革"、反对改革开放的某些人的形象，刻画得活灵活现，至今仍让人警醒不已；一幅《不倒的轿夫》，则把中国官场难以消除的溜须拍马盛行的形象揭示得入木三分……这样一些主题鲜明的政治讽刺画，表现了一个知识分子的历史忧思，与巴金、冰心、萧乾等人的文字作品一起，构成了80年代思想解放时期至为重要的文化景观。后来，他与陈四益连袂推出的"世象写真"，图文并茂，尽现近十几年中国社会的世态万象，更是成了这段历史不可或缺的记录。从未衰老的丁聪，就这样用他的目光，一直关注着每日变化着的中国，用他的画笔，表达着一个画家的良心与思考。

这样的人，不会衰老。

有一年，丁聪给我寄来了新作《我画你写——文化人肖像集》。他画的大多数都是他的朋友，在文化气质和人生体验上，他与他们有着许多相通之处，因而，他能够很传神地将他们勾画出来。与他的画相得益彰的是那些文字。自说与他说，言语不多，或深沉，或幽默，或调侃，颇能概括每个主人公的性格特征。时而翻阅这样一本书，我常常很开心，开心一笑，便领略了许多熟悉的文人的风采。

书中的不少肖像，我早就欣赏过，并且对于我有着特殊的意义。巴金的一幅肖像，是1984年他应我的请求，为我和陈思和的第一本著作《巴金论稿》设计封面时创作的。在他的笔下，巴金是一种痛苦沉思的神情，很集中地概括出了巴老的特点。还有一些作品，则是80年代他为"居京琐记"栏目中文人作品配的画。那时，几乎每周我都要他配上一幅。冰心、冯亦代、萧乾、凤子、吴冠中等等，他笔下的肖像画，为版面增色许多。每次我总是匆匆将文章和照片寄去，并要求他几天后就画好寄回。现在想来，当时的合作真是非常顺利和愉快，我所保留下的他的信件，也大多属于那一时期。

他的信一般是"公文往来"，但也不时略略表现一下漫画家的风趣。一封信写道："今天画端木（蕻良）的'作揖'插图，清理桌面，在你寄来的信封里，发现张洁的文稿原来未寄还，真是太荒唐了！近日来，事情太杂乱，顾此失彼，看来脑子也有点老糊涂了，实在太抱歉（肯定你已经为找这篇文章伤透脑筋），特在此作检讨，望念我初犯，从轻发落，给个改正的机会吧！"

将近二十年后，在描述他的一生时，能够一方面欣赏他的画，一方面读他的这些来信，我感到格外亲切。他以稳健步履走过的日子，在我眼中也就具有了更多的含义。

这个人的人生画卷，便这样在我面前渐次展开。

完稿于 2001 年 3 月，北京

王世襄：自己的天地

一

每次走进上海博物馆新馆，我都要在明清家具展馆驻足再三，细细打量那些由王世襄收藏过的家具。我说不清哪一件曾在他家里见过，但却有一种特殊的好奇和亲切。他的藏品，能够从北京芳嘉园胡同的那个院落，堂堂正正端坐在典雅庄重的崭新展馆，在最能体现文化永恒价值和魅力的场所占据一席之地，实在是不错的结局。

不过，我还是颇感遗憾。我曾设想，如果将他家的四合院辟为博物馆，把他的所有藏品：明清家具、字画、葫芦、鸽哨、竹刻等集中起来展示，供人参观，供后人研究，一定会是京城颇有特点的家庭博物馆。然而他无能为力。一座属于私人的自家院落，因"文革"的特殊原因，而变成了一个多家混居的大杂院。后来，他实在无法忍受周围的嘈杂，只得搬进公寓楼房。何况旧城改造规模越来越大，范围越来越广，他所熟悉的胡同在房地产开发的机器轰鸣声中消亡，恐怕也为时不远了。

对于他来说，院落的一切都已成为过去，成为永远的遗憾了。

遗憾归遗憾，这却是无法补救、更是难以重现的事。我想，对于王世襄本人来说，重要的或许在于收藏过程本身。几十年来，他陶醉其间，细细咀嚼，把兴趣与研究联系起来。谁会料到，那些并不起眼的东西，如金鱼、蟋蟀、鸽哨、葫芦、竹刻，等等，也能如同明清家具一样，走进他的视野，成为饶有趣味的文化话题，最终有一天写出一本本令人喜爱的著作。可以这么说，他在细细咀嚼它们的同时，实际上就在回味着自己的生命。

　　于是，他本身也就成了一个耐人咀嚼的文化话题。

　　第一次产生这种感觉是在几年前的一个冬日，那时他还住在芳嘉园的院落，我走进零乱简陋的房间里与他面对。火炉不旺，屋里有些冷。但是，听他谈熟悉的友人，听他谈自己的往事，一时间，我感到物质的因素在这个居室仿佛处在极不起眼的位置。他那种对文化的执着，那种与众不同的对艺术收藏所持的迷恋，漫溢出精神的暖意。

　　忘记在哪本书中读到过一段话，大意是：居室是艺术的避难所，艺术收藏家便是居室的真正主人。艺术品收藏者有自己的梦想，当他醉心于他的藏品之中时，他在时空方面仿佛处于一个与世隔绝的遥远世界，对他来说，这是个多么美好的世界。在这个世界里，物质摆脱了实用的枷锁。

　　这样的话放在王世襄身上实在贴切得很。他钟爱那些似乎不起眼的物件，他四处搜集只有自己青睐的东西，他这样做，完全是出自兴趣，毫无功利目的。"我是不务正业。"每次说到自己的经历，这位 30 年代燕京大学的学生，总是这样自嘲。可是，正是这种"不务正业"，却于不经意间履行着一个文化人的历史使命。

人们常常说"使命"。使命是什么，在我看来它并不是大而无当的东西，实际上就是兴趣与志向的结合，是情感的投入，是九死而不悔的执着。一个人，一旦他有缘与某一事物相识并产生兴趣，那么，他就有可能将兴趣变为生活中必不可少的内容，他的生命便有了寄托，有了活着的动力和意义。

使命也是一种缘分。对于王世襄来说，或许更是如此。我曾这样想过，当岁月流逝而去，往昔不再可能重现时，王世襄毕生工作的意义才会愈加凸现出来。他本人，他所关注的事物，对双方来说都是一种缘分。回望一生，王世襄会感到安慰。他有幸结识它们并产生浓厚兴趣，倾全力予以研究，这样，他的生命才没有因战乱和磨难而荒废，而虚掷。同样，他所关注和研究的对象，也会因有缘遇到王世襄这样一个偏爱它们、关注它们的人而感到满足。如果没有这样一个人，它们也许早就被人淡忘，它们各自所包含的艺术价值和民俗价值，很可能随同许许多多事物一起消亡，永远无法为后人所知晓。

如果没有他默默地挖掘与整理，人们该有多少遗憾？

多亏有他。

二

王世襄有缘生于书香门第，在弥漫着浓郁文化艺术气氛的环境中成长，这为他后来文化兴趣的形成和实现提供了良好的条件。

一次在与我的谈话中，他这样回忆道：

《清史稿》中有高祖王庆云的传。他为前清翰林，曾任陕西、山西巡抚，四川、两广总督、工部尚书等职，还著有《石渠余纪》一书，又名《熙朝纪政》，讲清初至道光时期的财政，至今仍为研究清代经济必须参考之书。祖上于明代从江西迁至福建，是福州的大家族之一，当时有名的家族是沈、郑、林、陈、王等。

祖父的哥哥、我的伯祖王仁堪光绪三年丁丑科状元，任镇江知府，是有名的清官。他曾上条陈劝阻慈禧太后修颐和园。后调任苏州知府，一年即去世。祖父王仁东曾任内阁中书、江宁道台。父亲的弟弟王允恭参加同盟会，与黄兴一起参加了辛亥革命，后在驻苏联使馆担任过武官。死在南京。

王家在王世襄祖父那一代来到北京，从此定居于此，到王世襄1914年出生时，已是第三代。这样，王世襄算得上是地地道道的"老北京"。与这个"老北京"相随的，便是他后来居住几达八十年的位于北京东城芳嘉园的住宅。

王家院落是一座传统的独门四合院，有四层院子、四进房屋，后门开在新鲜胡同。当时虽不算大，却也属中等规模。王世襄即将出生时父亲买下院子，等修葺完毕，王世襄正好降生，全家搬了进来。

父亲王继曾在南洋公学毕业后，1902年随中国驻法公使孙宝琦前往法国进修，并开始了他的外交生涯。1909年回国后，曾一度担任军机大臣张之洞的秘书。民国后，1920年父亲派任驻墨西哥使馆公使兼理古巴事务。本来全家要一起随父亲赴任，但此时王世襄的哥哥王世容不幸夭折，只有七岁的王世襄本人也患猩红热初愈，不宜远行，母亲为此只好留在上海。王世襄十岁时从南方回到北京。此后，除抗战期间几年流亡四川外，王世襄的一生都在这座古都度过。老北京的风土人情浸染着他，令他着迷，令他沉醉。

王世襄母亲的娘家也是望族。王世襄曾说："母亲家有钱。外公在南浔镇。发了财的是他的父亲，做蚕丝生意。外公没有出过国，但很有西洋新派思想，办电灯厂，投资开西医医院，把几个舅舅和我母亲一起送出国，到英国留学，那还是19世纪末。"

有这样的家庭背景，实在是王世襄的幸运。一方面他可以从小受到传统文化的熏陶，另一方面他又可以在颇为开放的教育环境中成长。譬如，他从小就有机会学习英语，并熟练掌握了英语：

父亲驻墨西哥两年，回国后的职称为"待命公使"，随时有可能出使。考虑到要带我们出国，就把我送到干面胡同的外国学校念书。那是一家美侨学校。这样，我从小就学了英语，讲得很流利，用英文演讲没有问题，别人还以为我是在外国长大的。

父亲后来在北洋政府孙宝琦执政时担任过国务院秘书长，没有再出国。

父亲不让我进官场，认为没有意思，不如学一门技术。他让我学医。我从小学到大学毕业，全玩了。从小学英语，讲得流利，但写不好，名著也读得少，比起专修英文的同学来要差，我不用功呗。但每天从学校回家后，家里给我请最好的古汉语老师，学什么经学、史学、小学、音韵，但我学不进去，只喜欢古诗词，连历史我也是没好好学。

对英语的熟练掌握，为王世襄提供了了解外面世界的机会，并对他的工作和事业带来很大帮助。譬如，正是因为他具有外语能力，抗战后期他才有可能翻译费正清夫人费慰梅所写的有关武梁祠的文章，在《中国营造学社汇刊》上发表。同时，他也因具有这方面的能力，战后被委派陪同联合国来访的文物官员从重庆前往各地考察，提前飞往北京，履行清理战时文物损失委员会平津区助理代表的重要使命。不过在我看来，他具备的外文能力，对他最大的帮助乃在于使他能够在广泛了解西方文化的基础上进行自己的研究，把中国传统工艺置放于东西方文化相互比较、相互交融的大背景下予以考察，从而便超越了传统意义上的民间收藏家和工艺专家，真正把收藏研究、工艺研究发展成一门跨学科的大学问。读他的专著，常常会感受到这一点。

对王世襄的艺术兴趣产生直接影响的恐怕要算他的母亲和舅舅。大舅金北楼是 20 世纪初北方画坛的领袖人物，其发起组织的湖社在美术界影响甚大。受其影响，王世襄的母亲金章也成为著名鱼藻画家，二舅金东溪、四舅金西崖还是著名竹刻家。王世襄难忘母亲的作品带给他的快乐。抗战后期，在川西小镇李庄的艰苦环境中，他在梁思成带领下从事古建筑研究，同时，他抽时间一笔一笔在油灯下用小楷认真抄录母亲撰辑的画鱼专著《濠梁知乐集》四卷，用母亲的雅兴来充实自己。人到晚年，他仍不忘精心编辑出版母亲的作品集。他重新品赏一幅幅精美画图，看那些美丽的金鱼呼之欲出，儿时在母亲指点下欣赏金鱼的情景仿佛就在眼前。70 年代，王世襄曾受舅舅金西崖的委托整理他的专著《刻竹小言》予以出版。王世襄在此基础上扩展而成的《竹刻鉴赏》，也就成了明清以来竹刻艺术精华的荟萃。

正是家族中前辈的艺术爱好，孕育出王世襄的艺术兴趣，从而也就让他把一个文人的文化使命有意无意之间担负起来。

三

如果在少年时代的王世襄面前说担负使命之类的话，他大概会像所有调皮贪玩的男孩子一样，撇撇嘴，不屑一顾地嘲笑两句，转身便消失在胡同之中，去斗蛐蛐，去遛狗，在郊外田野里度过最开心的日子。

这便是早年的王世襄。假若没有大学后期开始的学术研究，假若没有后来数十年的倾力收藏和著书立说，他可能真的只是一个贪玩的富家子弟，在与诸多京城的玩家们来往应酬中消磨时光。晚年时他自己曾这样说过："我自幼及壮，从小学到大学，始终是玩物丧志，业荒于嬉。秋斗蟋蟀，冬怀鸣虫，鹰逐兔，挈狗捉獾，皆乐之不疲。"他说这番话当然带有自谦成分，但也道出了几分实情。

上小学前后，王世襄玩兴十足。他先养鸽子、捉蛐蛐；稍大，用葫芦养冬日鸣虫，并学会在葫芦上烫花。进燕京大学后，王家在校园附近拥有的一大片菜园子，居然成了他种葫芦、养鹰、养狗、养鸽子、邀请玩家们来此相聚的世外桃源。可以说，在十多年的时间里，王世襄这位家境殷实的孩子，活得无忧无虑，快活自在。动荡的时局，似乎与他无关，与众多京城玩家们无关。他们沉浸在自己的快乐之中。

玩的快乐令人难忘。

还有什么能比秋日里跑到郊外田野里捉蛐蛐更让男孩子开心？哪怕路途遥远，哪怕饿肚子，捉到蛐蛐时的那种兴奋感觉是无法替代的。"蛐蛐一叫，秋天已到，更使我若有所失，不可终日，除非看见它，无法按捺下激动的心情。有一根无形的线，一头系在蛐蛐翅膀上，一头拴在我的心上，那边叫一声，我这里跳一跳。"到年近八旬，回想秋日快乐，王世襄的笔一下子变得年轻许多，就像又回到少年。

还有什么能比斗蛐蛐时战胜老行家更让一个中学生感到兴奋？

王世襄讲述过他和蛐蛐行家李桐华之间的故事。

我和桐华相识始于一九三二年他惠临我邀请的小局。次年十月，在大方家胡同夜局，我出宝坻产重达一分之黑色"虎头大翅"与桐华"麻头重紫"交锋，不料闻名遐迩"前秋不斗"之"山"竟被中学生之虫咬败，一时议者纷纷。十一月，桐华特选宁阳产"白牙青"与"虎头大翅"再度对局，"大翅"不敌，桐华始觉挽回颜面。"不打不成相识"，二人自此订交。一九三九年后，我就读研究院，不复养虫，直至桐华谢世，四十余年间，只要身未离京，秋日必前往请候，并观赏所得之虫。先生常笑曰："你又过瘾来了。"

还有什么能比放鹰、看鹰抓奔兔更让人刺激？

还有什么比与同好携狗出围捉獾凯旋更让人骄傲？

出围时间最长的一次，居然长达十余天，从 8 月下旬到 9 月中旬的十来个夜晚，他和玩家们守在山上，直到猎物到手才回城。

还有什么比自己亲自养狗更有情趣？

王世襄讲过的一个故事，颇能表现他的爱狗情结和玩兴。这是在大学已经毕业之后：

一九四二年我由学校搬回家中，獾狗已经不养了，而爱狗之心未灭。一日去参加同学的婚礼，在东华门附近遇见一条黑狗，浑身圆骨头，已长到三号出头，毛糙而深黝，只胸口有一撮白毛，活泼非凡，无一处不具备獾狗条件。婚礼我不参加了，到"宝华春"买了酱肝，把狗喂到了家，成为我最后一条观赏狗。为了纪念这个值得纪念的日子，我从一对新人的名字中各取了一个字，名黑狗曰"小宝"。

少年王世襄的玩兴、悟性、勇气等等，当年一定让那些比他年长的行家们感到吃惊。那些行家，大多是专注一项，而他则兴趣广泛，好像凡是能带来快乐的事物，都能引起这位少年的兴趣。对于王世襄来说，能够在玩耍中结识众多京城前辈玩家，的确使他快乐和充实。特殊的知识、生活阅历，乃至潜移默化的性情影响，是课堂和书本里无论如何也没有的。从这一角度来说，早年的玩，真正成了他文化修养的深厚基础。

四

其实，从中学时代开始沉溺于养狗养鹰之时起，年轻的王世襄就表现出不同于其他玩家的特点。毕竟是在现代教育环境中长大，毕竟是位有心人，当童趣得到满足时，一种爱琢磨的习惯使他无意之间步入了积累学识的大门。不然的话，仅仅是玩，即便是大玩家，也未必最终会将民俗与工艺、与美术互相融会贯通，旁征博引，使之变为不可多得的学问。

鹰吃猎物时连皮毛一起吞噬，羽毛不能消化，也无法排泄，最终只有在嗉、肠里紧成一团吐出。从东汉编撰《说文解字》的许慎，到宋代科学家沈括，都注意到了这一现象。而北京养家们都知道，在喂鹰时一定要特地加上类似羽毛功能一样的线麻。为什么呢？

记得一九三二年前后在美侨学校读书时，校长请来一位美国鸟类专家做演讲，题目是"华北的鸟"，讲到了大鹰。讲后我提问：鹰吃了它不能消化的毛怎么办？养鹰为什么要喂它吃一些不能消化的东西来代替毛？他因闻所未闻而瞠然不知所对。

有意识地收集口传史料，在养狗时第一次突出表现出来。

我十七八岁时学摔跤，拜善扑营头等布库瑞五爷、乌二衮为师。受他们的影响，开始遛獾狗、架大鹰，并结识了不少养狗家。为了学习相狗，请荣三口授，把《獾狗谱》笔录下来，后又请其他几位背诵，把荣三口授所无的及字句有出入的记了下来，合在一起，在分段上稍做整理。经过记录，我也朗朗上口，能背上几段。

每当读到这段文字，我总会不由自主地想象到中学生王世襄倾听老玩家背诵狗谱，然后一笔一笔记录下来的情景。

獾狗有谱自古传，如何挑选听我言。
后腿有撩（儿）名叫犬，撩儿不去惹人嫌。

《獾狗谱》从这里开始。何为犬，何为狗，其细微差别，只有真正的玩家才能区别。至于如何选狗，如何饲养，都在这一《獾狗谱》中有生动的描述。六十年后，在发还的"文革"时被抄走的一捆资料中，王世襄意外发现中学时代认真记录整理的《獾狗谱》。旧物重睹的喜悦，远非外人所能想象。翻阅它，他仿佛重又回到背诵和记录的当年。于是，他兴致勃勃地开始整理，详尽地注释和解说。理论阐述，史料钩沉，再配以汉代陶俑和砖刻上的狗的图案，这部当年完全凭兴趣而笔录的《獾狗谱》，便成了民俗学、动物学与艺术相映照的生动篇章。少年时代的爱好，就这样与晚年的学识形成了一个完美的连接。

早年的生活，最内在的影响恐怕还是在精神方面。

读王世襄忆往文章，听他讲述一个个生动的故事和一个个活灵活现的前辈玩家，我感觉到，他后来表现出来的文物收藏、文物研究的痴情，实际上是承继了前辈的传统，早年一些不经意之间见到的人与事，深藏于记忆之中，影响着他的文化性情的形成与发展。

他讲述的下面三位前辈表现出来的痴情，给我的印象最为深刻。

一是影响他爱上蛐蛐的赵李卿。赵李卿是王世襄父亲的老同事，是看着王世襄长大的。

在父执中，我最喜欢赵老伯，因为他爱蛐蛐，并乐于教我如何识别好坏。每因养蛐蛐受到父母责备，我会说"连赵老伯都养"，好像理由很充足。他也会替我讲情，说出一些养蛐蛐有好处的歪理来。赵伯母是我母亲的好友，也很喜欢我。她最会做吃的，见我去总要塞些吃的给我。至今我还记得她对赵老伯说的一句话："我要死就死在秋天，那时有蛐蛐，你不至于太难过。"

一是钟爱蝈蝈如醉如痴的古琴家管平湖。

三十年代，管平湖先生过隆福寺，祥子出示西山"大山青"，其声雄厚松圆，是真所谓"叫顶"者。惜已苍老，肚上有伤斑，足亦残缺，明知不出五六日将死去，先生仍欣然以五元易归（当时洋白面每袋二元五角），笑谓左右曰："哪怕活五天，听一天花一块也值！"此时先生以鬻画给朝夕，实十分拮据。一九五五年与先生同职于中国音乐研究所，每夜听弹《广陵散》。余于灰峪捉得"大草白"，怀中方作响，先生连声称"好！好！好！"顺手拂几上琴曰："你听，好蝈蝈跟唐琴一弦散音一个味儿。"时先生已多年不蓄虫，而未能忘情，有如是者！

一是鸽哨收藏家王熙咸。

王熙咸年十五，始养鸽，由鸽及哨，爱之入骨髓，搜集珍藏成为平生唯一癖好，竟以"哨痴"自号。他禀性迂直，不善治生产，虽曾肄业国民大学，而在小学任教，所入甚微，生活清苦，惟遇佳哨，倾囊相易无吝色，甚至典质衣物，非得之不能成寐。

就是这样一些痴得可爱的人，成了王世襄成长过程中不可多得的营养。这就难怪，到了晚年，他仍以充满着感激的心情回忆他们，并以色彩丰富的笔调把他们勾画出来。

显然，王世襄钦佩他们。而他本人后来也表现出了同样的痴情和执着。一生的兴趣未因生活坎坷而抛弃。他专注于被人忽略的领域。他遍访民间艺人，整理古籍史料，收藏各类实物。

从幼时的这些"玩意儿"，又延伸到古代雕像、明清家具等。他的家成了一个收藏家的乐园，许多被人遗忘的、被人为破坏的东西，在他那里成了宝贝，有了栖身之地。

50 年代时，朋友到他家里时会惊讶地发现，许多精美的明代家具，居然堆满了他的房间。高条案下面是八仙桌，八仙桌下面是矮几。有的明代家具，就成了家中的用具。光滑而纹路美丽的花梨长方桌上，放着瓶瓶罐罐，紫檀雕花、编藤面的榻上，堆放几床被褥，就是主人的床。大书案边上的座椅，是元代式样带脚凳的大交椅，结构精美的明代脸盆架上，搭放着待洗的衣服。除了家具，还有整盒的鸽哨，由大到小排列成套。这些鸽哨有的用葫芦制成，有的上面还有火绘花纹，是他自己烙的，堪称精美的艺术品。

王世襄的这种兴趣延续了一生，尽管其间经历了"文革"的文化浩劫。年过古稀之后，他才有可能出版一本又一本专著。当一种文化不断被破坏、不少传统工艺面临消亡危险的时候，人们欣喜地发现，还有一个王世襄在。

一种难得的痴情和执着。

五

造成青年王世襄生活道路转变的重要原因是母亲的逝世。

一九三九年母亲去世，对我打击很大，觉得家里这么重视我的学习，我愧对他们。于是，我开始研究《画论》。燕京大学没有美术系，我在文学院做的算是跨学科题目，学校同意了，三年级获硕士。我一直到进研究院才开始认真念书。

《画论》是一生中最难写的一个题目，涉及哲学、历史、艺术许多学科。研究院毕业时只写到宋代，离开学校后父亲鼓励我把书写完。一九四一、一九四二年两年靠父亲养着把全稿写完，但自己还总觉得不满意，太幼稚。一直想修改，未能如愿。后来又害怕被说成是唯心主义，故至今未出版。

一旦"改邪归正"，潜心于中国画的研究，王世襄爱玩的天性有所抑制，但他却在古代绘画和画论中找到了挥洒精力的新天地。生活中业已熟悉的诸多事物，在古代艺术作品中可以找到它们往昔的踪影。《画论》未出版，我们无法了解其原貌。但从他后来的专著和文章中，丝丝缕缕透露着这种关联。

他喜爱盆景，曾探索盆景的起源。他以南北朝名画家宗炳的山水画理论，来说明盆景与绘画之间的关系。"这种对大自然的酷爱和小中可以见大的体会，使艺术家产生了创作的热情，既能促使他把山水树石缩在绢素上成为山水画，也可以启发他缩入盆盎中成为盆景。盆景不是和绘画一样，可以足不出户，高枕卧游吗？"从唐代李贤墓的壁画，西安唐墓中出土的三彩砚，到宋、明、清历代绘画，他款款道来。由于有广博的古代艺术知识作背景，他对盆景源流的论述，虽仅仅两千字，却言简意赅，举重若轻，颇有见地，充分体现出他熟谙不同艺术门类的深厚功力。

他喜欢养鹰的刺激。由生活而艺术，中国画中鹰的形象，便成了他关注的对象。宋人赵子厚的《花卉禽兽图》细细描绘的兔起鹘落的画面，再现出他曾目睹过的瞬间；一幅元代古桧苍鹰图，让他感叹古人将鹰的神俊尽然传绘出来。

他习练过摔跤，对清代绘画《塞宴四事图》中相扑画面的解读，也就多了几分亲切。

他研究明清家具，从实物到古代绘画，相互印证，融会贯通。宋人苏汉臣《秋庭婴戏图》中的漆木制坐墩，宋人《西园雅集图》中的扶手椅，宋人《宫沼纳凉图》中的桌，辽墓壁画中的坐墩……从这些古代绘画中，他勾勒出明代家具的源流。

不仅仅绘画，熟读古代文人的诗文也是王世襄研究古代工艺必不可少的文化背景。一部《中国葫芦》，不限于所收集的实物和图片，也包括他从浩如烟海的古诗文中寻觅而来的篇章。如唐代韦肇的《瓢赋》、宋代陆游的诗句等。"葫芦虽小藏天地，伴我云山万里身。收起鬼神窥不见，用时能与物为春。"不难想象，吟诵着陆游诗句的王世襄，心中充溢着多少快乐。

也许可以说，撰写《画论》的过程，也就是王世襄真正完成未来道路选择的过程。处在沦陷区的北平，未来局势并不明朗，民族与个人的生存仍在危机之中，但学术性格既然形成，学术方向既然确定，像王世襄这样的文人就会义无反顾地往前走去。

完成《画论》之后，王世襄1943年辞别父亲，离开北平，到西南大后方去，开始了辗转求职的行程。

父亲让我找工作。我绕道河南、陕西到了西南。行程一两个月。我到成都燕京大学分校，校长梅贻琦留我当中国文学助教。我不愿意，到了重庆。在故宫的办事处见到了故宫博物院院长马衡。马先生与我父亲是小学同学，他在故宫接待外宾时，还请我父亲来任翻译。马先生是看着我长大的。马衡给我一个秘书职位。南迁的文物，分别放在乐山、安顺、峨眉山的山洞里。我提出想要看文物，但战时不能看，我就不愿意当这秘书。我想到历史语言研究所，当时所长是傅斯年。梁思成带我去见他。傅斯年对我说："燕京大学毕业的学生，不配到我们这儿来。"

未能被傅斯年选中，虽有所遗憾，但王世襄庆幸的是他最终被梁思成选中，到营造学社工作。

一九四四年一月我和梁思成先生同乘江轮从重庆到李庄，开始在营造学社工作。当时社内的人员有林徽因、刘致平、莫宗江、卢绳、罗哲文等人。

在见到梁思成之前，王世襄就已经非常熟悉这个名字，也非常敬重他。王世襄的哥哥在清华大学与梁思成是同班同学，住同一个宿舍。梁思成的姐姐是他母亲的好友，在北京时他就和梁思成的妹妹、外甥熟悉。

梁先生便要我参加营造学社工作，待了两年。当时李庄集中了不少高级知识分子，同济大学、营造学社都在那里。我到了李庄，研究古代建筑，也就与之有了关系。

营造学社是梁思成自美国留学归来后，由朱启钤创办、梁思成主持的古建筑研究机构。战争打破了梁思成、林徽因和同事们最初的计划，但梦想没有破灭，即便在大西南极其艰难的环境中，他们仍然不顾战事的干扰，孜孜以求地从事着自己的工作。这是一群令人钦佩、令人敬仰的知识精英。有他们在，有他们的精神渲染，远离重庆四百多里的寂寞偏僻的川西小镇李庄，如同一个温暖的家园，让漂泊的王世襄，找到了最好的栖身之地。从这些精英那里，他感受着中国知识分子最美丽的精神世界。而最终，他也会以自己的步履，走进他们的行列。

在李庄，王世襄开始研究古代建筑，和营造学社的同人们一起进行野外调查。如参与李庄宋墓的调查，由他绘图并撰文研究该墓的结构、雕饰等。他对佛像的搜集和研究，对明清家具的偏爱，也始于此时。在北京撰写《画论》时确立的学术方向，现在有了更加广阔的背景，因而根底也就更加扎实而深厚。

在李庄诸多知识精英中，王世襄印象最为深刻的无疑是梁思成。抗战期间，梁思成已经身患脊椎钙硬化，多年来靠铁架子支撑身躯。但他却从未停止过古建筑的考察和研究。这位学识渊博、功力深厚同时又具有忘我精神的学长，对王世襄未来的发展影响颇大。一是梁思成那种专注于事业的执着忘我的精神，使王世襄终生难忘，成为激励他奋发有为的动力；一是由于梁思成等人的举荐，王世襄在战后得以出任收复文物机构的要职，使他完成了功勋卓著的国宝追寻，而这被他视为自己一生中所做的最重要的两大事情之一。

抗战胜利在即，梁思成交给王世襄一项工作，由他负责校对中英文《战区文物目录》。

当务之急是如何才能让中国的士兵和美国的空军知道需要保护的文物有哪些处，确切的位置在哪里。如果能使他们多少知道一点鉴别知识则更好。只有如此，反攻时文物古迹才能避免遭受炮轰和轰炸。具体的办法是必须在较短的时间内编出一本文物古迹目录，并在地图上标明名称和方位。中英文各备一份。

时隔半个世纪，王世襄才在"文革"后发还的一捆资料中意外发现了这本《战区文物目录》。他细细翻阅，当年的战火硝烟，后来的风风雨雨，都历历在目。他眼前又浮现出李庄的日日夜夜，也浮现出梁思成和营造学社的同人们忙碌的身影。往昔的一切使他难以忘怀。重读这本油印的小册子，联想到自己后来走过的漫长路程，他更加感慨于梁思成这样的学者的精神力量。用他自己的话来说，他一直是在前辈们这种精神的感召下做着自己想做的事情。这些前辈，当然也包括梁思成。

纵观全目录，深感梁先生能把这一繁重而急迫的任务完成得如此出色，全仗他思想缜密，考虑周详，方法科学，语言简明，非常适合对文物接触不多甚至从未接触过的人员使用，真是用心良苦！现在重读反比我当年校对时更加亲切，觉得有一股巨大的力量在推动他那不能站直的身子顽强忘我地工作。那股力量来自他那颗热爱祖国、热爱文物的心。每一页，每一行都闪耀着从那颗赤诚的心发射出来的光辉！

王世襄著文一向不喜欢用感情洋溢的语调，但在这里，他无法掩饰自己内心的激动。由此便可以看出，梁思成在他心目中的位置。为什么如此？当我们对他未来的生活道路和学术生涯有了进一步了解后，可能会对这一点有更加深切的体会。

六

我曾有过一个设想，把故宫历来的专家、收藏家、鉴定家作为一个群体来描写，书名就叫《国宝》。马衡、张伯驹、唐兰、张珩、徐邦达、王世襄、朱家溍……他们该是沉甸甸的一串名字。他们为追寻国宝、鉴定国宝、保护国宝，殚精竭虑。因为有他们，故宫才有了活力；因为有他们，国宝才不至于淹没于积尘之中。几乎每一件国宝的追寻与鉴定，都有一个生动精彩的故事，一个个故事串联起来，一个个为文化而生存的痴迷者的生命串联起来，该是一幅多么精彩的人文画卷！

遗憾的是，至今我也未敢贸然闯入自己陌生的领域。我真希望能够有人来写这样一本书，一本大书；来写这些人，这些国宝级的人物，他们本不该被忽略，然而，他们中有的人却在被淡忘。

与前辈马衡、张伯驹相比，王世襄是后起之秀。在保护国宝的专家队列中，他追随着他们而来。谈及毕生业绩，王世襄自己最看重的并不是个人学业上的成就，而是他在抗战胜利后从事的为国家追回和收购一批批文物的工作。这一点也不奇怪，他经手追回了数以千计的文物，不少属国宝级，其中有的至今仍被视为故宫博物院的镇院之宝。

多么令人难忘的日子！战火硝烟尚未散尽，身负重任的王世襄，便开始了追寻国宝的行程。

1944 年，国民政府教育部在重庆成立了一个"清理战时文物损失委员会"，由教育部次长杭立武担任主任委员，马衡、梁思成、李济等担任副主任委员。王世襄负责校对的《战区文物目录》，即是以该委员会名义编印的。该委员会还计划随着进军步伐，配备相应的文物工作人员，随行保护文物。梁思成征求王世襄的意见，是否愿意参加类似工作，王世襄表示同意，并希望能到北方去。一来北京一带他比较熟悉，二来老父一人在家，可借此机会回家看看，三来希望能回家完婚。

王世襄思念中的恋人是他燕京大学的校友袁荃猷。袁荃猷比王世襄要低几级，且是在教育系，大学期间两人并不认识。当王世襄1940年在研究院攻读研究生撰写《画论》时，袁荃猷准备编写一部中国绘画教材作为大学毕业论文。燕京大学没有美术系，教育系主任便介绍袁荃猷来找王世襄，请王世襄指导编写。他们的爱情从此开始。王世襄到营造学社后，两年时间里从未停止过给留在北京的袁荃猷写信，虽未收到多少回信，但他已下定决心，非袁荃猷不娶。

后来的日子证明，他的选择非常正确。他们有着共同的文化兴趣和性情。袁荃猷充分理解和支持王世襄倾心收藏的举动，哪怕经济拮据时、哪怕身陷逆境时，她从未有过半点怨言。袁荃猷喜爱刻纸，熟谙古琴。她虽未学过绘图制图，但王世襄后来所有著作中的线图和彩色绘图，如明清家具、鸽哨等，都由她精心绘制而成，其细致、简洁、准确，令人赞叹不已。可以说，他们的生活和事业已经紧紧连在一起，融为一体了。

战火熄灭了。终于可以回到北京了。

1945年9月，在抗战胜利之后，王世襄离开李庄，来到重庆，经马衡、梁思成引见，杭立武同意委派王世襄到该委员会平津区办公处工作。教育部特派员沈兼士（曾任故宫博物院文献馆馆长）当时兼任该委员会平津区代表，考古学家唐兰、傅振伦任副代表，王世襄是平津区助理代表，这一年，他三十一岁。

王世襄1945年底回到了北京。从离开到归来，仅仅两年多时间，世界已变了模样。当年辗转颠沛的漂泊者，如今也肩负重任返回故里。他于当年年底与袁荃猷结婚，与此同时，他也开始了追寻国宝的工作。经过一番了解后，办公处感到应把力量放在清查日本人、德国人隐匿的文物上才能有所收获。于是，王世襄开始广泛走访京城古玩商，还在中山公园董事会设宴招待北京四五十位知名的古玩商，王世襄早就熟悉北京古玩界，如今置身其中，他如鱼得水。

据王世襄回忆，从1945年11月起到1946年9月止，约一年时间里，他在京、津两地经手清理的文物主要有以下六项：没收德人杨宁史青铜器二百四十件；收购郭觯斋藏瓷；追还美军德士加定少尉非法接受的日人瓷器；抢救面临战火威胁的长春存素堂丝绣；接收溥仪存在天津张园保险柜中的千余件文物；接收海关移交的德孚洋行的一批物品。

这些追寻回来的文物，不少堪称国宝。杨宁史的青铜器中，有唐兰定名为"宴乐渔猎攻战纹壶"的战国铜壶等，艺术价值极高；郭藏瓷器中清官窑古铜彩牺耳尊，为故宫所缺；存素堂丝绣是朱启钤民国前期的藏品，张学良收购后存于长春银行内，曾被伪满洲国定为"国宝"；溥仪张园藏品中，有商代鹰攫人头玉佩无上精品，宋元人手卷四件等。

每一次追寻，都有一个精彩的故事。杨宁史青铜器的追还过程颇具代表性。

王世襄从古玩商那里得知，沦陷时期河南等地出土的一些重要青铜器，由禅臣洋行经理、德国人杨宁史（Werner Jannings）买去。他随即开始了追寻。

1945年11月的一天，他来到位于东城干面胡同的禅臣洋行查看，正好看见一位外籍女秘书在打字，文件内容即是一份青铜器目录。他将目录拿到手中，声明就是为此而来。女秘书说，目录是德国人罗越（Max Loehr）先生交给她打的。罗越恰好住在王世襄隔壁，芳嘉园一号，在1943年去重庆前王世襄即与他相识。他马上找到罗越，罗越承认目录为他所编，但器物则为杨宁史所有。

此时杨宁史在天津，战后限制日、德两国人士自由行动，杨不能到北京来。为了让杨承认有这批青铜器，只有把罗越带至天津，持目录与杨对质。经过沈兼士的特批和警察局签发，王世襄带罗越前往天津。杨宁史承认藏有这批文物，全部封存在天津住宅。然而，曲折又起。杨宁史在天津的住宅，当时已被国民党九十四军占用，军长为牟廷芳。当王世襄第二次来到天津，手持教育部特派员办公处的公函前去与九十四军交涉时，却受到冷遇，军方毫不买账。后来，王世襄再持沈兼士的介绍信去找正在天津的教育部部长朱家骅。此次由朱的秘书备文，部长署名，但九十四军仍不予理睬。

此事见到宋子文之后终于有了转机。

十二月间，我正在为办理杨铜、郭瓷的事无法开展而感到苦闷，想到应当去向桂老（朱启钤）请教请教今后如何进行才好。我是十二月二十八日上午去看他的。桂老说你今天来得正好，下午宋子文将来看我。你中午不要回家，在我这里吃饭，赶快把洽办杨铜、郭瓷的经过及当前存在的问题简要地写成两个"节略"，等宋到来时，我当面交给他。

我按照桂老的吩咐办理。下午宋子文果然来了。我在一旁听桂老和宋谈话。桂老先谈到他过去所藏的一批古代丝绣，现在长春，务请查明情况，注意保护。接着谈到郭葆昌及其藏瓷，最后讲到杨宁史的铜器。这时桂老把两个"节略"交给了宋，并指着我说："他是专门派来清理战后文物的，我说得不清楚的地方，他可以补充。"宋把"节略"看了一下，向桂老表示这两件事马上就去办。

随后，宋子文前往天津亲自过问杨铜之事。经与杨宁史交涉，名义上算他"呈献"而不叫没收，并同意杨宁史提出的请求：为他的藏品单辟陈列室；准许罗越等两位德国人完成尚在编写的青铜兵器的彝器图录。国宝终于成了故宫的藏品。后来王世襄才得知，杨宁史早已将铜器送到托运公司，企图伺机外运。所谓藏品封存在九十四军占用的天津住宅内的说法，纯属编造的谎言，无非是想借此增加没收的难度。

除了前面写到的战后文物追寻之外，王世襄还曾受命奔赴日本，负责领取并运回日本侵占香港后劫往日本的一百多箱善本书。这批书最初是南京中央图书馆在抗战初期运到香港，在那里编目造册，加盖馆章，准备送往美国，寄存于美国国会图书馆。后因香港沦陷，被劫往日本。

多么艰难辛苦的日日夜夜。然而，王世襄深知这些文物的价值，对于他来说，一切的付出都是值得的。当看到一批又一批珍品迁入故宫时，它们便成了留在他心中的满足与自豪。这种幸福感是局外人所无法体味的。

七

从开始追寻国宝的那天起，王世襄就把自己的事业与故宫博物院联系在一起。然而，后来在故宫的一段人格被玷污的屈辱经历，却让他刻骨铭心，即便到了晚年，提起此事，他仍是满腹怨气。

王世襄在1946年7月被任命为故宫博物院古物馆科长，此时，他名义上仍是清理战时文物损失委员会平津区助理代表，并不在故宫领取工资，但他把自己所做的一切，都看作是为故宫而努力，为祖国的文化遗产而努力。

前面已经写到，王世襄与故宫的渊源可以从父亲那里算起。王世襄的父亲与故宫博物院的院长马衡是小学同学，也是挚友。舅舅金北楼曾经负责将热河的文物运到故宫前庭，开辟古物陈列所并展出，可以说与故宫有很深的关系。一个热爱文物的人，能够成为故宫的一员，并担任重要职务，这的确是王世襄最理想的选择。1948年5月，美国洛克菲勒基金会曾给故宫一个去美国和加拿大考察博物馆一年的名额，马衡派王世襄前往。一年多后，1949年8月，王世襄途经香港回到北平，又走进了幽深的故宫。他的事业、情感与梦想，都与这里紧紧相连。

尴尬与屈辱在1952年突然降临。这一年，国家各机关开展大规模的反贪污、反盗窃、反浪费运动，王世襄回忆说，由于他有追还大量国宝的特殊经历，运动中便成了故宫的重点审查对象。有关人员说什么：国民党还有不贪污的？你是接收大员，难道没贪污？就这样，他毫无来由顺理成章地成了"大老虎"。与他一起受到同样打击的，还有朱家溍等许多文物专家。

被怀疑、被囚禁的经历让他困惑、愤懑。

"三反五反"时我在故宫。被关押到东岳庙。逼供信，穷追猛打，疲劳轰炸。

有一个叫李连镗的，喜欢收集小丝绣，譬如绣像、经版和各种荷包之类的东西，当时这些东西很便宜。他买时也给我看过。运动把他逼得没办法了，只好交代是偷来的。

我那时对党充满崇高敬意。心想毛主席说要实事求是，他们胡说，我就应该纠正。你看天真到何种程度。看姓李的这样说，我就向组织汇报，说李的那些东西都是买的，不是偷的，因为故宫藏品中没有这种东西，而且他在买后都给我看过。结果说我是破坏运动，单独开大会批判，甚至还摆出要枪毙我的阵势。

我们在东岳庙开全体大会，我不知道要说假话，说真话反而不行，实事求是不行的。许多人都是胡说八道。一个姓季的编了一大套。说有王世襄，有他，一起拿钥匙去开柜子，开开了，最后又捆回去了。还有一个人，实在被逼得没辙了，上厕时只好偷偷地对一个真偷了文物的人说：我实在交代不出来，天天受罪。求您把您偷的东西匀一点儿给我由我来交代好不好。你看，情况就是这样。此事后来成了笑话，逼得向贼匀赃，岂不是笑话。可见逼供信要不得。国家明明规定不准逼供信，事实上是彻头彻尾的逼！

在东岳庙我被关押了四个月，然后又关到公安局看守所，上手铐脚镣。在那里我被关了十个月，得了肺病。他们把北京所有的古玩铺查了，没有找到我的问题，家里的东西全抄走，也查明没有问题，后来才全部退还。我终于被放了，因为我确实清白无辜。但至今没有作任何结论或给个说法。

一时受到怀疑也许还能忍受，因为自己心底坦荡，不惧怕诬陷或误会。但最大的打击却随后来到：

审查结果，没有贪污盗窃问题，释放回家。但同时接到文物局、故宫博物院通知，我被解雇，开除公职，令去劳动局登记，自谋出路。这岂不是把追还大量国宝，认为是严重罪行。否则怎会如此处理！就这样我在家养病一年后，勉强地接受民族音乐研究所李元庆、杨荫浏所长要我参加工作的邀请。失去了视为第二生命的文物工作，离开了曾以终身相许的故宫博物院。

这次变故对我是很大的打击，情绪也受到最大的影响。一九四八年我获得美国洛克菲勒基金会的资助到美国考察，我在国外时几所大学请我去当副教授，我没有考虑，还动员一个堂弟去学习文物保护。他是学习化学的，我也动员他回来搞文物保护。我满腔热忱为故宫工作，可是"三反五反"却给我这样的打击，那么不讲情理。从此，我只好自己干自己的。想想从抗战胜利后，我在故宫不搞研究，而去修库房，做柜子，整理卡片和资料分类等基础工作，一心想搞成一个现代的博物馆，没有半点私心。但结果是这个下场，并从此受到不应有的歧视。很丧气，万念俱灰。

像王世襄这种家庭背景和经历的老北京文人，竟受到无端怀疑和牢狱之灾，实在是他难以忍受的人格屈辱。1957 年，已经在民族音乐研究所工作的王世襄，在鸣放中提意见，对自己在"三反"中的冤屈发表看法：不该没有确凿证据就长期拘押他；不应违反党的禁令，采用"逼供信"；不该查明没有问题，而且是曾追还大量国宝的人，实为有功无罪，却反将他开除公职。这些堂堂正正的意见转而成了王世襄新的"罪状"，他成了"右派"。1962 年，王世襄被摘掉"右派分子"的帽子，调他归队，回文物单位工作。当时征求他的意见是否回故宫。他执意不去，而是去了文物研究所。几十年后，他在一首诗中写道：

人事不可知，无端系牢狱。

只因缴获多，当道生疑窦。

十月证无辜，无辜仍弃逐。

苍天胡不仁？问天堪一哭！

欲哭泪已无，化泪为苦学。

写此诗时，王世襄整整八十岁。

说心灰意懒，当然只是一种忿激之辞，诗中所写"化泪为苦学"，才是王世襄后来生活的真实写照。像王世襄这样有着诸多文化兴趣的人，是不会一蹶不振、万念俱灰的。当一切都成为过去，当时光走到今天，不少人，包括王世襄本人在内，都觉得他当年无奈之中离开故宫，对于他却是因祸得福。因为，他可以摆脱无休止的日常琐碎的工作，可以摆脱无聊的人际纠纷，静下心来，做自己要做的事情：收藏与研究。用王世襄自己的话来说，他本来就喜欢小文物，释放回来后，他反而买得更多了。虽然受经济能力的限制，只能买小的、破烂家具等，但他却更加投入了。

他有了一个属于自己的天地。

八

芳嘉园的自家院落是王世襄感到最为踏实、自在的小天地。从出生到后来搬离，八十年时间里他主要在这里居住，儿时的快乐，成人后的发奋与磨难，都与这座院落息息相关。

王家的庭院在 1957 年后变得热闹起来。

先是艺术家黄苗子、郁风夫妇搬了进来。住进东厢房的五个房间。随后，艺术家张光宇一家也搬到芳嘉园，住进西厢房。于是，王世襄夫妇的小天地，一时间成了京城文人物以类聚的"世外桃源"。

黄苗子、郁风原来居住在东单栖凤楼一座楼房内。据吴祖光回忆，先后在那里居住过的有演员戴浩、虞静子夫妇，音乐家邹析零全家，黄苗子、郁风全家，盛家伦等。吴祖光和新凤霞也是在这里结的婚。另外，楼下的一间大厅和两间侧室，由吴祖光介绍给迁至北京的《新民报》社做过北京办事处，《新民报》总经理陈铭德、邓季惺夫妇经常来这里居住。他们大多是艺术家，性情洒脱，才华横溢，抗战期间在重庆时就曾一起居住，因其生活散漫，他们的居所被郭沫若戏称为"二流堂"。然而，文人的相聚却在 1957 年反右高潮中成为罪状。随着对"二流堂"历史渊源和现实行为的批判，栖凤楼这座楼房变得引人注目，也令居住在这里的人们忐忑不安。曾有一种说法，文化部当时下命令要住在这里的人分开。有人记得，当时在文化部主管"二流堂"专案的一位副部长，在一次批判"二流堂"的大会上说过一番严厉的话。大意是："为了防止你们死灰复燃，我现在宣布，你们必须迁出去，不许再有拉帮结派行为。"

在民族音乐研究所工作的王世襄，时常到栖凤楼拜访盛家伦，和黄苗子、郁风虽相识却无深交。但当他听说黄苗子、郁风想搬出栖凤楼时，就主动邀请他们搬到芳嘉园与他同住，这实际上冒有一定风险。王世襄后来回忆说：

我是个书呆子，从不问政治。我到西观音寺去串门，看盛家伦。听说黄苗子他们正想找地方住，我说我有，到我这儿来。当时已经开始反右了，我的情况也不妙，但我没有想到这些，这说明我这个人头脑简单。不过，物以类聚，其实没有别的什么。

物以类聚，王世襄的这个说法，的的确确是他们这些文人永远改变不了的生活态度与生活方式。在黄苗子、郁风搬来不久，黄苗子便被打成右派分子，而王世襄也在民族音乐研究所成了右派分子。同病相怜也好，命运巧合也好，他们真的成了"同类"。

对黄苗子、郁风来说，王世襄夫妇实在是难得的好邻居。在王世襄、袁荃猷身上，黄苗子、郁风感受到现代社会中文人身上极为难得的沉静、陶醉、投入、执着。在文化追求上，彼此有不少共同的兴趣。在文化逐步贬值的年代，他们以自己的方式沉浸在文化的魅力之中。黄苗子曾这样评价王世襄："他是一个真正了解中国文化生活和民俗学的人。……他做学问爱搞些'偏门'，人弃我取，从不被注意的角度上反映中国传统文化。"

黄苗子、郁风常常看见，王世襄把家具扛出扛进。除了去修复之外，他还将家具扛出大门，雇一辆三轮车运到照相馆去拍照。这些古代家具，都是王世襄数十年间跑遍了旧家具市场和大街小巷收集起来的。郁风清晰记得，刚到芳嘉园时，小院有两棵海棠树，一架藤萝，一棵核桃树。后来东边海棠因太老而枯死，便锯掉留下桌子高的树桩。有一天，王世襄连推带滚弄来一块直径约一米的青石板，放在树桩上，它便成了夏夜朋友们来访时喝茶围坐的圆桌面。

在栖凤楼的房客们作鸟兽散之后，北京又有了王家这个文人频繁往来的场所。经常来往于芳嘉园的有聂绀弩、启功、叶浅予、沈从文、张正宇、黄永玉等。他们互相借书，谈文物、谈古诗文、谈绘画。他们虽事业上各有侧重，但有相同的兴趣，不时地相聚切磋，带给他们满足与温馨。

无法更改的性情。

难以想象，没有朋友间的相聚，没有文化的切磋，文人的生活还有什么意义？

九

政治动荡的年代，文人相聚的场所不可能有长期的平静与自在。最大冲击在"文革"初期的"破四旧"中来临。

铺天盖地的风暴中，王世襄被迫率先起来"自我革命"。他环顾四周，家里都是多年精心收藏起来的珍贵文物。明式家具、佛像、铜器、鸽哨等等，在这场风暴中，它们无疑都属于应该破除之列的"四旧"。或者是封建社会的产物，或者反映出主人没落的生活情调。显然，在这样的情形下，王世襄非常害怕这些他所珍爱的东西，会在随时可能冲进家中的中学生红卫兵们手中化为灰烬。他主动跑到文物局，请文物局的红卫兵前来抄家。这些红卫兵的确与众不同，虽然是抄家，却知道这些文物的价值，运走时非常小心。黄苗子的儿子大刚记得一位同学讲过这样一个细节：一个小学生到院子里来看热闹，在一块古代巨型条砖上踩了一下，一位红卫兵便训斥道："靠边点，踩坏了怎么办？"那个小学生说："踩坏了我赔！"红卫兵说："你赔得起吗？你知道这是哪个朝代的？"吓得小学生赶紧站到了一旁。

王世襄的举动启发了黄苗子、郁风。家里有不少珍贵的藏书藏画，其中有黄苗子为研究古代美术史而购买的一大批明清刻本书籍，有些还是国家图书馆都难以找到的孤本、抄本。他们担心这些书同样会被糟蹋，便由黄苗子主动前往美术出版社，请求造反派来抄家，将这些珍贵的东西一一收走。

对于那些对"文革"感到陌生的人们来讲，王世襄、黄苗子的举动，不免显得不可思议。或者说，人们难以理解，这些视文化为生命的文人，怎么会如释重负地抛弃自己的珍爱之物。书、文物，没有了这些，他们的价值又何从体现？

但是，只要走进当时历史场景之中，只要设身处地地走进他们的内心，就不难理解他们。在一个被"革命"热情燃烧得疯狂的年代，在一个文化被纳入政治范畴予以政治审判的年代，在一个个人权利和兴趣乃至个人隐私被完全排斥的年代，文人又如何能回避现实？他们要么如同邓拓、老舍、傅雷那样，在绝望之中以一种绝对方式告别这个世界，要么就只能无奈地接受现实，强迫自己适应变化了的生活。显然，大部分人只能选择后一种方式。

他们不得不随着潮流贬低文化的价值，不得不高呼口号以表示自己已经与过去告别。甚至有些人也真的认为自己的兴趣、爱好是毫无价值的，是与革命相对立，是自己身上耻辱的标志。在这种情况下，抛弃旧我也就不再是一件艰难的事情。他们乐于这样做。而且，唯恐别人不允许自己这样做。但是，实际上他们内心又怎么可能如此决绝，如此轻松？当看到运走他们文物的几辆卡车驶出胡同口时，他们的心一定在滴血。毕竟是多少年与他们相依为命的伙伴，毕竟是自己生活的主要内容之一，与它们告别，终归难舍难分。唯一聊以自慰的是，虽然他们不再可能与之天天相伴，不再可能著书立说，但这些文物如果保留下来，便能够让更多的人去利用。

有这样一种深藏的愿望，恰恰表明他们无论怎样试图改变自己，无论如何想跟随时代，但骨子里永远保留着对文化的热爱。

王家院落的人就是这样一种文人。表面上看来，他们无法抗拒疯狂年代，显得懦弱、安分、逆来顺受。但是，他们内心从来就是坚韧的。既然上帝已经安排他们从事这样一种事业，他们就永远不会抛弃它。无论处境多么恶劣，他们对文化的热爱依然深藏于心，一旦有可能，他们又会重新将之拥抱，在文化创造中得到快乐，得到满足。

于是，文化尽管会受到前所未有的破坏，却不会泯灭。文化的延续正有赖于一个个普通文人生生不息的文化信念。

怀着这样的信念，王世襄默默地在风雨飘摇之中走着。难以放弃的是自小感兴趣的一切，无法割舍的是对传统、对艺术的钟爱。因为种种原因，多年来他除了偶尔发表一两篇文章外，专著甚至连一本也没有机会出版。但他没有放弃自己的选择。

"文革"期间他在干校三年半，在那里放牛、种菜、种水稻，什么活都干过。让他欣慰的是，所患的肺病居然因在田野劳动而痊愈。在他看来，这是自己命大。尽管前途尚无法预料，但他下决心要养好身体。早已形成的文化情趣，任何情形下都无法抛弃。他留恋着自己的梦，他惦记着许多积累的材料还未写出书来。他发誓一定要把想写的东西写出来。在菜地忙碌时，满目金黄的菜花让他有感而发，写下题为《菜花精神》的一首诗。诗曰：

风雨摧园蔬，
根出茎半死，
昂首犹作花，
誓结丰硕子！

他说这便是他的座右铭。

266

有这样的信念与坚韧，他才没有自暴自弃，没有在最容易无所作为的年代无谓地浪费生命。正因为如此，当劫乱过去，一本本独特的著作相继问世，博得海内外阵阵喝彩。

　　一生的播种，终于到了收获季节。这个季节虽然姗姗来迟，但却美不胜收。

　　丰收的季节，王世襄又在倾听空中悠扬的鸽哨。

　　在北京，不论风和日丽的春天，阵雨初霁的盛夏，碧空如洗的清秋，天寒欲雪的冬日，都可以听到从空中传来央央琅琅之音。它时宏时细，忽远忽近，亦低亦昂，倏疾倏徐，悠扬回荡，恍若钧天妙乐，使人心旷神怡。它是北京的情趣，不知多少次把人们从梦中唤醒，不知多少次把人们的目光引向遥空，又不知多少次给大人和儿童带来了喜悦。

　　从小到老，王世襄无数次怀着这样的喜悦凝望天空鸽子飞翔，美妙鸽哨，在他心中，便是漫溢而出的文化诗意。

　　他一直在倾听。

　　悠悠鸽哨，回荡在天地间。

定稿于 2001 年 3 月 8 日，北京

吴冠中：在黑白灰的世界里

一次欣赏吴冠中的画册，我注意到一幅名为《修女》的油画。这不是传统的肖像画，而是采用立体派风格的笔法，主要以单纯的黑白色块来构成整个画面。海轮上两位修女倚窗而坐，一个完全是黑色的背影，另外一个侧坐的修女，也没有任何细部的勾画。没有眼睛，甚至没有规则的面孔，只有大块大块的黑色，涂抹出修女的长发和衣袍。这里，海只是无关紧要的背景，蓝得几乎近似黑的两小块色彩，仿佛就是修女的延伸。作者显然在追求宗教的、同时也是生活的表达。黑和白，一种静穆，一种安适，但却又显得深沉而悠远。

这幅画作于 1978 年，这一年吴冠中即将步入古稀之年。

像他这种年纪的人，在经历过人生长途跋涉之后，所有的风风雨雨跌宕起伏都贮存记忆之中，所有的酸甜苦辣的体验也装在了感觉之中。画家的每幅画，未必一定都反映出画家的内心，未必都凝聚着他的整个人生体验，但对于吴冠中，这幅画的意义却非同寻常。

这幅画的创作也许可以说是一个故事。一个几乎延续了四十年的艺术意愿，终于在晚年才得以完成，而历史的、人生的、艺术的种种体验，使他的这一完成，融进了更多的内容。

在他的画室里，吴冠中为我讲述着。

这幅画是1950年一幅素描的延续，那一年，留学法国三年的吴冠中从巴黎回国。归国途中当海轮行使在地中海上时，他注意到靠近窗户的一张桌子上，有两位身着黑色衣袍的修女喝着饮料，欣赏着窗外的海景。修女们很漂亮，也很悠闲而安详，没有一点儿忧愁和感伤。他用艺术的目光注视着他们，大海涌动，修女安详，黑色醒目，这无疑是一个很好的构图。他征得修女的同意，拿起笔，画了一幅素描。他计划回国后再在这个基础上画一幅油画。

然而，回国后他很快便发现他在法国所形成的艺术观，他所擅长的绘画方式，不适宜于盛行的时代风尚，甚至被视为"异端"。他不得不放弃自己的形式和风格，转而走进年画、宣传画创作的行列。这样，地中海那一美丽的印象，便没有变为油画，那幅素描也束之高阁，任记忆消失。

作为艺术家的他却不可能抹去一旦形成的深刻印象。于是，当80年代他进入自己创作的自由期时，他又拾起四十年前的那一瞬间，又重新端详那幅素描，他决定延续当年的意愿。不过现在的他，不再会像当年那样按照肖像画的笔法，将记忆中的修女重现。他不愿意那样做。他寻找的是印象，是感觉，而且要把自己的人生体验融汇其中。

他选择了黑白主体。他有意识地隐去人物的面容，突出黑与白的色彩给人的感觉与冲击。

他说过他爱黑，喜欢强劲的黑，黑的强劲。"文革"中虽然经历过所谓批"黑画"的遭遇，但这丝毫也没有割断他对黑的色彩的偏爱。生活中黑被用来象征死亡，但对于他，黑色则意味更为丰富。黑是沉静的，也是深邃的，黑是悲哀的，但也是热烈的。黑色是视觉刺激的顶点，当他的绘画在80年代从具象趋向抽象时，正好与从斑斓彩色进入黑白交错是同步的。

在我看来，色彩既是画家的眼睛，又是他的生命。这就像诗人一样，语言绝对不仅仅只是一种工具，在很大程度上也是他的眼睛他的生命，对语言的拥抱程度，决定着他的作品，从而也决定着他的生命意义。吴冠中正是以一种独特的方式拥抱着色彩。色彩对于他，当然不是五光十色，不是赤橙黄绿青蓝紫交替出现的一种笔墨形式。在回望人生旅程时，他对色彩的理解，已经超出了单纯的技巧范畴，而是将色彩与生命的体验紧紧联系在一起的。

不少人把他视为典型的形式主义的画家，可是，坐在他面前听他讲述自己的故事，画的或者生活的，便会觉得他远不是那么简单，也很难以用"形式主义"这样一个概念来归纳他的艺术。而当你更加深入地走进他的人生之后，就更能发现，所有似乎是形式意义的东西，譬如色彩、线条、结构等等，在他那里原本是自己生命表现的一种方式。

和吴先生进行这样的交谈是很有意思的。一般来说，画与音乐一样，不需要作者的过多限定与解说，关键在于随欣赏者情绪的变化而产生各种各样的感觉。在这里，感觉比认识可能更重要。不过，对一个画家性格和人生的把握，还是需要更为深入的了解。作品背后发生的故事，作者不同时期的精神状态，同样会引起人们的兴趣，至少对于我是这样。

二

认识吴先生是在 80 年代初，是他的文字而不是绘画使我同他开始建立了联系。

画家中擅长文字的人为数不少，但我最欣赏的是吴冠中和黄永玉。前者笔触细腻，写情写景有如作画，说古论今显示出其学识深广。后者文风潇洒而不拘一格，活泼的句式和独特的譬喻，给人深刻印象。我常常认为，这种类型的画家文章堪称当代散文创作的奇葩。

记得当时专门选收文学评论文章的《评论选刊》，有一期破例地转载了吴冠中一组关于画展评奖的文章。文章是日记体裁。他的活泼文风和坦诚吸引了我。他没有常见的人云亦云，也不是死板枯燥的论说，而是细致地分析参展作品艺术的得失，理性与感情出色地结合起来，超出了一般评论文章的水平。说它是评论，却分明如随笔一样轻松活泼，对于长期以来评论文风贫乏单调的文坛来说，这无疑是由画坛吹来的一股清新的风。

我当时正在《北京晚报》编副刊，而且刚开设一个栏目"居京琐记"，专门邀请居住在北京的文人撰写随感，每期文章都请丁聪先生配一幅作者漫画像。读了吴先生的评选日记后，我对他的文章产生了兴趣，便写信约稿。很快他寄来了文章，从此他便成了这个栏目的常客。后来我到了另外一家报社，但这种联系一直延续至今。

最初吴先生的画与人给我的印象是不一样的。80 年代他创作的以江南水乡为题材的画，清新淡雅，给人以平和静谧的感觉。我想，大概经过"文革"的风风雨雨之后，他更加留恋儿时家乡秀丽景色给他的印象，需要用水乡的温馨来慰藉疲倦的心灵。春天的江南，浅绿淡红，雨雾袅袅。在他的眼中，这素淡的色彩，也许很适合此时的心境。于是，他的笔下，平林漠漠，小桥流水人家，一派浅灰色调。他把这称作"浸透着明亮的银灰"。欣赏这样的画，感觉不出激情和热烈，而是清新，甚至还带着淡淡的冷静。

生活中的他却给我完全不同的印象。他很健谈，与他在一起，你甚至不必考虑多说话，或者提什么问题。他会随着自己感兴趣的话题，侃侃而谈。他一点儿不像个古稀老人，即便到了十年之后的今天，我仍然感到他与过去一样，没有衰老，总是那样精力充沛，不知疲倦为何物。他的健谈，并不是絮絮叨叨讲些没完没了的闲言碎语，他从来不这样。他常常很投入地讲着中外艺术，讲着自己一生中经历过的各种事情。这样的时候，我宁愿自己静静地听着，对于我，这是难得的上课，是艺术的，也是人生的。

他完全是一个激情的人。他容易激动，容易被生活中种种不平所刺激，从而发出感情色彩浓郁的评判。近年来他受那幅《炮打司令部》假画拍卖案的困扰和刺激，这种冲动似乎更加突出。每次见到他或者通电话，说到此事，他会气得声音发抖。不仅仅这一件与自己有关的事情，生活中有许多事情，他实在不能理解。不解，便为之苦恼，为之愤愤不平，他的不少文章就是这样写出来的。大到文艺创作规律，小到一张宣纸，都在他的议论之列。他看不惯外行官员对艺术创作的指手画脚，他看不惯画坛肆虐的吹捧风气，他看不惯生活中种种不道德的行为。读这样的文章，我再也不会觉得他仅仅是温和而冷静的风格，而是一团热情的火，还带有几丝辛辣。

后来读到他讲述自己80年代故乡之行的文章，我才深深体会到，他儿时的故乡印象为何那样深刻，也仿佛明白了他为何要用记忆中的温馨来描绘出风格清新淡雅的水乡。他写道："土地不老，却改观了。原先，村前村后，前村后村，都披覆着一丛丛浓密的竹园，绿荫深处透露出片片白墙，家家都隐伏在画图中。一场大跃进，一次共产风，竹园不见了，像撕掉了帘幕，一眼就能望见好多统统裸露着的村子，我童年时心目中那曲折、深远和神秘的故乡消失了。竹园不见了，桑园也少了，已在原先的桑园地里盖起不少两层小楼房。"他留恋自己的童年："孩子们是喜欢桑园，喜欢春天那密密交错的枝条的线结构画面，其间新芽点点，组成了丰富而含蓄的色调。"他的所有描绘水乡景色的作品，都可以使我们从这样一个角度走进艺术家心中的世界。淡雅和平静的背后，其实同样隐含着他的热情、他的惆怅。他热情地拥抱着记忆，拥抱着经过艺术过滤后的印象，他是想用画笔为自己也为我们留住美好的、没有被破坏的风景，而创作的时刻，他的笔端，他感情的世界里，一定飞翔着大自然的精灵。

三

对自己的作品突然间成了美术市场中的"抢手货"，吴冠中根本没有想到。他很平静地看待自己取得的成就，对于市场冲击下画家面临的骚动、挑战，他也认为应该以平常心对待。他对我说过，对于他来说，金钱从来不在他考虑之列。

艺术才是他的全部生命。他说他敬仰的是莫奈，是石鲁，是他们置名利于艺术之外的风范。当法国文化部因为他的艺术成就而向他颁发勋章时，他想到的不是别人，而是莫奈和石鲁。他想起了印象派的猛士莫奈，在被官方嘲笑和咒骂中探索了一辈子，当其艺术被世界鼓掌时，法兰西学院终于提供了一把交椅，请九十高龄的大师进入这堂皇的殿堂，莫奈婉谢了。文化大革命前，北京人民美术出版社已印就石鲁画集，但被迫要抽掉"南征北战"一幅作品，不得不征求作者的意见，石鲁断然拒绝，并退回了稿费。他便是以这样的心情崇敬忠贞于艺术的探索者，并以这样的平静看待获得的荣誉。

他迷恋的是艺术，他从未停止过艺术创新，更多的时候，为了艺术，他会忘掉一切。

"文革"中他久病不愈，体质变得非常坏，他和妻子觉得他是活不太久了，但彼此都不敢明说，怕刺激了对方。在这种情形下，他索性重又发疯地作画，自制一条背带托住严重的脱肛，坚持创作。他说他是决心以作画而自杀。幸运的是他的病居然在忘我作画中一天天好转，这一奇迹令自己也令医生吃惊。现在，当回想当时的情景时，他为自己能够活到今天并继续着艺术创作而庆幸。

不管怎么说，吴冠中承认自己是一个幸运的艺术家。

当通往世界的大门被紧紧关上的时候，他已经在世界美术之都滚爬过三年，已经在古典大师和现代猛士们的艺术殿堂里遍游过，这就使他对世界毫不陌生。这样，当大门一下子打开之后，他就不至于被外来的一切弄得手足无措，晕头转向。他仍然可以镇静、从容，走自己的路。

50年代回到北京后，他在美术学院任教，一开始他的学术观点总是遭到压制、批判，他被迫搞年画宣传画，心情很不舒畅。但他后来被排挤出美术学院，调至清华大学建筑系教绘画技巧，这反倒好似走进了一个避风港，用他的话说是"避开了左的文艺思潮的压力"。尽管还有干扰，尽管有不少生活的磨难，但他仍然可以执着地在一种特殊气氛中进行自己的探索。更难得的是，盛行的对中国画的推崇，虽然一度让他放下油画创作，却从另外一个方面丰富了他的创作，使他在寻找东西方艺术交融的时候，发现了一片新大陆。

当不少艺术家受到突兀而至的市场经济的冲击时，他幸运地已经获得了社会的承认。他不必为衣食操心，不为自己作品的市场操心。这样，在艺术荣誉、社会荣誉接踵而至的同时，他更有可能潜心于创作，独坐于画室，在风格不断变化的过程中获得艺术的快感与满足。

当然，对吴冠中来说，最大的幸运应该说是在他的艺术起步时，遇到了两位大师，他们一位是潘天寿，一位是林风眠。他们不同的艺术见解和艺术风格，从一开始就深深地影响着他。两个性情、艺术观截然相反的大师，仿佛赐予吴冠中飞翔的两翼，让他飞得很高很高。

作为吴冠中的启蒙老师，国画大师潘天寿强调中国本位艺术，对西方艺术不重视，不关心，也不甚了解。但是，从一开始学习传统中国画，就遇上这样一位在吴冠中看来"品格高、涵养深、风格独特"的老师，这无疑决定了他终生的艺术探索将立足于中国文化传统。而林风眠给予他更多。他对绘画形式的执着追求，他那永不停息的革新步履，他那力求将东西方艺术融为一体的精神，都得益于林风眠。

按照美术史家的看法，林风眠在20世纪中国绘画中，最早清醒意识到应该开创一条既不是传统东方式的，又不是盲目照搬西方的艺术道路。他从20年代起就开始注意探索。他的成功之处在于他自始至终保持着追求新东西的新鲜感，将东西方的艺术特点予以结合。为此，人们将林风眠看作真正意义上的艺术革新派。

吴冠中无疑是走在这条革新道路上的一位出类拔萃者。20世纪即将过去，当我们把整个世纪的画坛作一审视时，便会发现从林风眠到吴冠中，的确维系着一条主线。不同的是，50年代后，林风眠更多的时候是在被人误解被人冷落的状态下度过，吴冠中则在80年代达到声名显赫期，他的探索受到美术界和社会的承认。他不再被视为异端，更没有了寂寞。

在50年代，林风眠的东西方绘画相交融的艺术观，被看作"纯艺术"、"形式主义"而不合时宜，甚至是"现实主义"的异端。在这样的情形下，林风眠不得不在讨论会上检讨自己绘画教学上的"形式主义"错误，不得不说出这样的话："错不在同学，是我们提倡新画派的人要负责任的。我们以前所走的路不对，所以影响了同学。"被误解被指责的林风眠，1952年虽然只有五十二岁，却退休离开教学岗位，从此几乎闭门不出，埋头作画，在寂寞中进行自己的探索。他的作品很少发表，更很少参加展览，他的名字渐渐被人淡忘。等到70年代末期人们终于认识到他的艺术思想和作品的价值时，他即将告别世间。

吴冠中虽然在很长一段时期里，也遭遇过林风眠同样的指责和批评，但他却有幸在80年代达到他的艺术鼎盛期，所有的付出得到了报偿，而曾经有过的所有误解、指责，在他的艺术成就面前，一下子显得苍白。美术界接受了他，社会接受了他，他被公认是具有创新意识并达到很高艺术境界的艺术家。

可以告慰林风眠。吴冠中出色地体现着林风眠的精神。他永远有艺术的新鲜感，即便在古稀之年，他的风格也没有固定过，一直在色彩、结构诸多方面不断变化着。他坚持油画水墨画兼作，油画、中国画，西方、东方，他在它们之间寻找着交融点。他的作品，洋溢着浓郁的东方情调，但又有别于陈旧僵化的中国画传统格局，他吸收西方绘画的形式结构，来表现中国的意境趣味。他提倡抽象，但又不完全等同于抽象派，他将抽象寓于具象之中。他来到陕北高原，起伏不平的黄土高坡，纵横交错的山褶，如同老虎身上的花纹在他的眼中呈现。这花纹是活灵活现的线条，这黄土高坡也就成了生命。在这样的对象面前，他的艺术观似乎找到了最好的载体。于是，他画中的黄土高坡，形体是起伏的高原，而生命却是具有气势的老虎。在他的笔下，线条、结构、色彩、具象、抽象等等，是一个完美的整体。

当欣赏他的绘画艺术时，人们高兴地看到，从林风眠到吴冠中，终于有了一个漂亮的连接。这构成了20世纪中国绘画的一个重要的部分。

创新的吴冠中永远年轻。每次见到他，都不难感受到他身上充溢的艺术青春和生命活力。

1983年，已经六十四岁的吴冠中，被邀请参加"八十年代中国画展"，这是侧重于艺术创新的展览，参展者以年轻人居多。可是他走进了他们的行列。如今十几年过去了，我感觉他仿佛还是那样年轻，还以同样的精神状态走在青年人的队列之中。

当时他有过这样的感慨："姜老的辣，艺术总在晚年成熟。苍劲、洗练、老辣……都属于老年作品的特征吧，但紧跟着成熟之后往往是保守与老一套。苍劲与老辣似乎易体现在笔墨技法方面，而保守与老一套意味着艺术生命过早的衰退，青春过早的消逝！"现在，他依然持这样的态度。在他的世界里，没有保守、老一套的位置，他也以同样的态度拥抱着艺术探索中的青年人。我相信，拥有这种艺术精神和人生态度的人，永远不会衰老。

四

我曾经设想，如果为吴先生写一本传记，就该写出他的浪漫、热情、纯真、执着。说实话，很少有人能够像他那样，总是以浪漫的情怀品味着与妻子的爱情。即便到了古稀之年，他身上艺术家所特有的浪漫与纯真，依然那么浓烈。他和妻子间那种深厚和真挚的恩爱之情，串起着他生活中的一个个动人故事。在他的世界里，少不了妻子这个角色，而且，正是因为他们半个多世纪的爱情，一直充实着他的心。他难以想象，没有她，他的创作他的人生会是什么样子。他也相信，如果没有妻子站在他的身后，他的艺术一定没有现在这样丰富这样耀眼。

吴冠中看重自己的这份浪漫。

40年代到法国留学，他带去了一件红毛衣，这是他唯一的毛衣，是妻子在临别时为他赶织的。他很珍惜这毛衣。有一年春天，他同一位法国同学利用假期带着宿营帐篷，驾双人小舟，顺塞纳河而下，一路写生。但第一天就遇到了风暴，小舟翻于江心，不会游泳的吴冠中，几乎淹死。当时，他身上正穿着那件红毛衣，怀里揣着妻子的照片。他最终获救了。对于他，这次的死里逃生是终生难忘，仿佛冥冥之中万里之外的妻子在保护着他。大概从那时起，他就有一种强烈的感觉：他将永远与妻子同在。

"文革"中的1972年冬天，为探望在贵阳生病的岳母，他

278

们夫妇请假离开部队农场（那时艺术院校的师生们都在这种五七干校里劳动）。这样，吴冠中得以有机会途中在桂林逗留。他们来到了阳朔。虽然只有一天一夜的时间，但他十分珍惜这难得的机会。多年的"文革"，自己一直处在压抑和封闭的状态，如此美丽的景色，足以让他陶醉。他执意作画。妻子理解他的这种心情。

作画那天，天却下起了雨。妻子没有去观光，而是举着雨伞为他遮住画架。他们淋在雨中，听凭冰冷的雨水浇在身上。他不断地挪动写生地点，她则不停地跟随着，手中的雨伞没有挪开过。可以想象，在雨幔中，这是动人的一个场景。雨之后又是阵阵强劲的北风。大风中画架支不住了，十几年后吴冠中说，他当时几乎要哭出来。这时，妻子伸出双手扶住画面，用她孱弱的身躯替代了画架。冬日的桂林，寒风刺骨，她的手指冻僵了，但一直坚持着不松手，直到他画完。

在这样的场景里，吴冠中顾不上端详妻子已经花白的头发，也顾不上劝阻妻子，他知道劝阻也是没用的。只是到了十几年后，他才又一次次回想当年的情景，感受妻子给予他的温暖。

我第一次去看他时，他们还住在劲松小区轻工部的宿舍楼里，房间不大，画室更小，就是在这样的环境里，吴冠中开始着他晚年创作的新的飞跃。那时他妻子身体还很好，忙着为我倒茶，忙着接电话，看得出是一个贤惠善良的女性。她原来并不懂美术，但在半个多世纪的日子里，她已经在吴冠中的影响下，成了一个出色的美术鉴赏家，并且吴冠中还承认，她对他的作品的评说，时常使他颇有启发。甚至在他的影响下，她也拿起了画笔画速写，这些速写有时还给吴冠中以创作灵感。

后来她突然患了脑血栓，半身不遂。可以想象，这对吴冠中是一个多么大的打击。在她住院期间，他的生活规律和创作规律都被打破，他心神不宁地惦挂着妻子，而儿女又不让年岁已高的他常去医院。一天下午，他一个人独自坐在家里，似乎什么也不愿意去想，听凭时光流逝。电话铃响了。过去都是妻子首先接，为他安排一切。他拿起电话，话筒里直呼他的名，他听见是女人的声音，估计大概是哪个老同窗来问候她的病情吧，但恰恰是妻子！她也惦挂着家中的吴冠中，居然从病房被扶到电话机前自己同他直接通话了。中风后的她，声音已有所不同，他自己竟然听不出她的声音，为妻子挣扎着打来电话而感到意外。这突然和偶然使他丧失一切经验和理解，他哭了，哭她复活了。

吴冠中不止一次为妻子哭过。

一次他在长江巫峡附近的沿江羊肠小道上写生，妻子便自己沿着峭壁上的小道往前走去。他发现她许久不回，便高声呼喊，但没有回音。俯瞰峭壁下滚滚而去的江水，他着急了，为妻子而担忧。于是，他丢下心爱的画具，一路小跑，一路呼唤，仍然没有回音。他禁不住哭了。后来，在两里外的一个小山村里找到了她，原来她正在和一位老太婆聊天。短暂分离的重逢，那种喜悦只有他能够感受到。

最近我去看望他们，吴先生把我带进他的画室，欣赏他的新作。墙上挂着一幅油画，画的是他的妻子。他说，他就答应为妻子画一幅画，可总也没有实现。这次妻子七十岁生日，他终于完成了这幅肖像画，了却一桩心愿。画中的她，显得慈祥而平静，目光里没有微笑，而是关切和沉静。面容有些衰老，但分明又透出一种坚毅。肖像的背景，是浓烈的黑色，仿佛隐喻人生的艰难。

看得出，这是他全身心投入而创作出来的作品。他把自己的浪漫、纯真、感激，把自己对人生的认识，都融进了妻子的肖像之中。

　　在生活中，在艺术中，他与她同在。

冯亦代与郑安娜：陪都迷离处

一

最初冯亦代给我的印象，朴实、淡泊、平静、甘于寂寞。他最为痴情的是书，是翻译的乐趣。

也难怪，我认识他的时候，他正忙碌着为《读书》写书话文章。他把这个"西书拾锦"专栏看作他晚年最为重要的事业。从六十多岁一直写到八十几岁，将近二十年从未停歇过。二百多期《读书》上，他以质朴而淡雅的文字，将外国文学的现状介绍给读者，成为读书人一扇不可多得的窗户。他像一位巨大书库的导读，不厌其烦地引着人们在书架之间穿行。这样，在最初认识他的那些日子里，每次走进他的房间，与他聊天，所见所谈都是这些话题。

在搬到位于京城小西天那座高楼的"七重天"书斋之前，冯亦代一直住在三不老胡同的"听风楼"。那时，在每篇文章后面，他都会注明"写于听风楼"。在那间破旧狭窄的小屋里，他听过不知多少夜的风声雨声。这样的老人，平静地听风，平静地创作、翻译，都是很惬意的事情。

他是个很和善的老头。他的和善在于朴实和平淡。他聊天时，时而会用幽默的插曲来让人感到愉快，但他不会有别的人时常表现出来的那种妙语连珠的本领。这样的平淡，却另有一种魅力，这就是因平淡而产生的亲切。亲切，于是可爱，于是给人以快乐。

一次向他请教翻译，是关于一个词组的特殊译法。在解答后，他谈到在翻译过程中的体会。他的语调一如往常，没有抑扬顿挫，但是例外地语气有所强调："有的人觉得翻译很单调，其实翻译挺有意思。有时一个句子怎么也想不出好的译法，但是过了几天，嘿，突然从脑子里冒了出来。"说到这里，他的神情变了，仿佛一种巨大的幸福降临于身。微微仰起脸，眼睛轻轻闭上，一边说还一边稍稍晃晃头："啊，"停下，深深吁一口气，"那真是让人高兴！真有意思！"

他的神态真像一位嗜酒者，品尝一杯好酒，且已进入了微醺状态。

我可以理解他的这种陶醉。他这种性情的文人，总是有一些别人看来十分枯燥乏味的事情，却对自己有特殊的魅力。他迷恋它。自得其乐，自我沉醉。

他以这样的心境写书话。那些书话似乎简略，有时甚至带有不少转述的成分。但是，它却需要深厚的文学功底和外文能力作为背景，缺一不可。我常想，其实这是一件费力而又吃苦的工作。读者需要它，但它又不会引起轰动；作者需要学识，但这种文体又不需要把炫耀才华放在首位。实际上，冯亦代在持之以恒地做着寂寞的工作。有时我不免有种担忧，还会有人像他那样做同样的工作吗？

冯亦代乐于寂寞带给自己的满足。每次我看他翻阅寄自英国美国的书评报刊，听他讲即将写作或者已经完成的"西书拾锦"，都感觉他带有一种如醉如痴的神情。

后来，随着交往的频繁，才发现，在寂寞中写作其实只是他性格中的一个侧面。不错，他能够耐着性子做寂寞的工作，可是他却又并非是甘于寂寞之人；他可以安安静静在书斋里看他的书，写他的文章，可是他也喜欢热闹，喜欢不时感受一下众星拱月的满足；他平常也很随和，可要是较起真来，一点儿也不含糊，任凭你怎么劝也不管用，在这种时候，你会觉得其实他并不属于那种豁达豪爽的人。

当然，最大的发现是他的浪漫。前几年，他与黄宗英的黄昏之恋让不少朋友大吃一惊。浪漫、执着，着实让我看到了他性情中的另一面。当时，承蒙他信任我，早早将他与黄宗英的通信给我看，甚至还在小范围的几个人中征求意见时，把我这个年轻人也算在内。现在看来，他的黄昏之恋的确是难得的和谐和圆满。难以想象，如果没有黄宗英的细心照料和精神支撑，他能否从一次又一次的重病中挺过来？我想，说这是浪漫也罢，说这是生命力的坚韧也罢，反正到目前为止，他们是我所见到的众多黄昏恋中最为成功的一对。从那时起，这个写"西书拾锦"的老头，在我眼里，顿时生动跳跃起来。

一个浪漫的冯亦代。

二

几个月前，当冯亦代把他的一本写于40年代的日记本交给我时，我又一次走进他的浪漫。

这是一本由生活书店印制的极为考究的日记本，封面和封底上都标有"中华民国廿九年生活日记"字样。日记本为深咖啡色硬壳封面，扉页是建庵的一张木刻《拥护蒋委员长抗战到底！》，画面上蒋介石骑在马上，手指前方，身后是青天白日旗，身旁是持枪士兵在冲锋。日记本每月前面都有一页反映抗战生活的照片和一页"献辞"。"献辞"分别选用了艾青、艾芜、鲁彦、舒群等人的文章，每页下方则附有中外名人和中国抗战时期要人的名言。

在这样一本有着浓郁战争色彩的日记本上，冯亦代和妻子郑安娜先后分别写了两部分日记。前面由冯亦代记述，题为"期待的日子"，时间为 1941 年 10 月 1 日至 1942 年 4 月 1 日；后面由郑安娜接着记述，题为"山居日记"，时间为 1942 年 4 月 20 日至 1946 年 8 月 25 日。冯亦代是连续记录，而郑安娜则是断断续续，有时一年只记了一则。

冯亦代写这些日记时，独自一人在重庆。他在 1941 年 1 月离开香港，到重庆担任印制钞券事务处业务科主任一职，留下安娜在香港。日记记录的便是他在重庆等待安娜前来与他重逢期间的生活。他在第一天写日记时，在该页上端，用中文写上"期待的日子！"，旁边又用英文写道："Always in Waiting（一直在等待）！"在日记本上标明"今天的生活计划"这一页，冯亦代还抄录了一首泰戈尔的诗。这首诗集中概括出冯亦代期盼时的心境：

坚定地持着你的信心，
我亲爱的，
天将要黎明了。

希望的种子

深深的在泥土里
它将要萌芽了。

睡眠，像一个蓓蕾，
将要张开它的心胸向着光明，
而寂静就会获得它的声音。

白昼近了，
那时你的重荷会变成你的礼品，
你的痛苦会照亮你的路程。

读这些日记，自然就想到八年前逝世的安娜老人。

80 年代，每当我去"听风楼"看望冯亦代时，总是安娜来开门。她瘦小精干，穿着十分俭朴，虽已年老，但透出一种典雅气韵。她把我引进门，给我倒上茶，就静静地坐到她的书桌前，听我们聊天，偶尔也参加进来。看书时，她手上总是拿着一个放大镜，原来 70 年代在干校时她患了青光眼未得到及时治疗，结果右眼从此失明。看她年轻时照片上美丽的大眼睛，再看眼前的她，确有一种悲凉与遗憾在心头。后来我才知道，眼前这位从不张扬的老太太，其实也在时代大风大雨中闯荡过，风光过。现在我有时不免后悔和她聊得太少，不然，仅仅是抗战时期她在香港担任宋庆龄的秘书的记忆，就该有不少重要的故事和细节，这对于我了解那一时代的风云变幻和复杂性格，一定会有帮助。可惜，她在 1991 年去世，一切都随之远去。

晚年住在"听风楼"，他们的生活显得平淡安稳，当然也就无从让人感觉到他们情感中曾经有过的浪漫。直到安娜去世后，读冯亦代的怀念文章，听他的交谈，我才得知，他们的爱情婚姻，虽然有过波折起伏，但却有着少有的浪漫情调。而这样的一些故事，也就加深着对他们性格的了解，对那个时代中的人与事的了解。

他们的相识是在1934年的沪江大学。冯亦代还记得，那天晚上，在大学的露天剧院里，学生演出莎士比亚的《仲夏夜之梦》，安娜在剧中扮演小精灵迫克。"她娇小的身材，加上她诗一样的语言，柔和的声调，似乎是天生要我去爱的人。但是我还不知道她的姓名；我又用什么办法和她接近呢。我一面欣赏她的演技，一面痴痴地向往着能够早日结识她。"谁知，第二天，他才发现原来安娜和他选修同一门课，一同走进教室。到了晚年，冯亦代仍然用这种留恋、回味的语调说到当年的"一见钟情"。

经过几年的交往，他们1939年6月3日在香港大酒店平台举办婚礼，出任傧相的是戴望舒夫妇和徐迟夫妇。他们的喜事，给身处战乱中的朋友们带来巨大快乐。就在婚礼这天，他们两人又上演了一次他们的浪漫。

那天下午，吃完安娜切开的大蛋糕，朋友们便翩然起舞，而他们两人却偷偷离开了酒店，跑到一家戏院去看电影。是什么电影，冯亦代如今已记不清楚。他记得的只是，他呆望着身旁的安娜，那样安详，感觉就好像他们依然端坐在当年的教室里一样。她不时瞥他一眼，看见她笑，他也跟着笑笑。看完电影，他俩又去吃夜宵，早把客人抛之一旁了。回到新居，房东太太说客人刚刚散去。这便是他们的婚礼。用冯亦代自己的话说，坐在影院里相互对视，相互笑笑，"这就是我们看的影片！"

说得多妙。

知道了他们的这些故事，再看"等待的日子"中的日记，就不难理解冯亦代笔下所记录的种种情绪：等待中的思念、浪漫中的想象、焦急中的埋怨、重逢时的欣喜若狂……说实话，过去主要是读冯亦代的书话，我从未想到，他居然能写出"等待的日子"中的这种色调强烈的抒情文字。那简直是浓得化不开的甜蜜，是少男少女一般的情怀。在我看来，这些日记整理发表出来，大大充实了他的散文收获，呈现出他的写作风格的多样性。

看着人们拿着中秋礼品，看着人们忙着整理东西预备回家过节，那么欢欣的孩子似的腔调呀，心里有着说不出的怅然之感。一年容易，又是中秋，这团圆的季节，但我们却分散着，虽然我心里不断地拿"现在有着多少的离散的人"的那句话来安慰自己，但我的家应该是可以团圆的。真是太感伤了，但又有什么使我不感伤呢？

黄昏看月亮升上山头，那样明亮地像面镜子，月光照在雾上像片海，雾里的灯光是水里的倒影。而今晚没有灯火，月亮便显得格外明朗了。我抵不住它的诱惑，便硬将自己囚在烛火的书桌上，我不敢看月。

娜是不欢喜月亮的，但我记得去年有一晚香港灯火管制之夜，我们站在阳台上，夜凉如水，我却感到她身上的温暖。安适的家，和平的家，又是一年了。（10月4日）

这里，场景变换伴随心绪流动。惆怅、思念、感伤，与月光、烛火竟如此密不可分。诸如此类的篇章，在长达半年、数万字的日记中几乎比比皆是。

"等待的日子"绝非一般意义上的日记。尽管写它们时冯亦代丝毫没有将之发表的想法，但他显然是在精心地把它当作艺术品来雕琢。从散文创作的发展来看，这样的文字今天看来也许显得有些稚嫩，但从记录个人心境角度来看，从主人毫无顾忌地袒露心迹，从他刻意追求文学效果来看，仍堪称日记创作中不可多得的果实。

三

假如仅仅是一种个人间浪漫情感的记录，这些日记也许还不至于引起我如此浓厚的兴趣。

在回望20世纪的行程时，我常常感到历史研究或者历史描述中，总是留有不少空白。这一方面因为史料匮乏所致，另一方面也因为某些人为因素所致，各种原因各种因素，人们好像很难客观冷静地认识历史，更谈不上全面地描述历史的所有阶段所有场面。在这种情形下，我觉得史料的收集与整理极为重要。特别是个人的、档案性质的记录，如日记、书信、检讨、交代、"黑材料"，等等，在历史研究和描述中都有不可替代的作用，将是填补历史空白的必不可少的材料。这也就是我一直想编辑一套档案性质丛书的原因。

关于抗战期间重庆的研究和描述，我一直觉得是现代史研究的一个薄弱环节。当年它曾经作为战时中国的临时首都——陪都，在日本侵略战火中支撑八年，一时间成为世界关注的热点地区之一。在这里，那些年里上演过许许多多政治、军事、文化的故事，或悲壮，或凄惨，或恐怖，或沉闷。其实都有必要一一梳理，进行详尽的记录和分析。在这个意义上，冯亦代的日记（包括郑安娜的在内），从个人的角度，生动记录了大时代背景下个人生活与情感的波动。作为知识分子，他在陪都的苦闷、寂寞，颇能帮助人们了解当时、特别是 1941 年以后重庆的状况。

　　随着抗战初期的亢奋过后，重庆已变得日趋乏味。战火激烈时掩盖的种种弊病和矛盾，也渐渐露出水面，改变着人们的心情和态度。这一点，来自西方的记者们感受更为突出。我最近正在翻译美国作家 Peter Rand 写的《美国记者在中国》一书，其中不少篇幅都涉及外国记者在陪都重庆的生活。在他们眼里，1940 年之后的重庆无疑是一个乏味沉闷难以忍耐的城市。该书在描写著名战时记者白修德的章节中，这样描写当时的重庆：

　　在阴冷的冬天和酷热的夏天，以及 1940 年随之而来的大轰炸中，白修德继续担任《时代》记者，他的精神决不能被这个地方打败。要做记者，这就需要为之努力。首先，重庆在冬天变得封闭，没有新闻发生。日本人不再频繁地轰炸重庆，阴冷、厚重的浓雾，从深秋开始就久久笼罩着城市，一直到来年 5 月，天气都是灰蒙蒙的，阴冷难耐。这种气候既冻又潮湿，令人沮丧得很，到处都是陡峭、拥挤的小巷，里面堆积着臭鱼烂肉，垃圾发出的气味实在难闻。这个样子就像一个很多年前与世隔绝的霍皮族人的巨大村庄。没有一点儿绿色让人感到赏心悦目。整座城市一片灰暗，为避免空中轰炸，所有建筑都刷成黑色。危险的还有重庆的街道，都那么陡峭，泥浆根本积不到脚脖子那么深。

然而对于记者来说，重庆最糟糕的是中宣部对新闻的封锁。在蒋努力作战的时候，重庆的外国记者尚能一时容忍新闻检查。在1939年，记者们便开始不管中国政府，自己来观察因政府的无能而暴露出的更多的突出问题。位于中国内陆省份的这座封闭城市，如同中世纪的一个巨大城堡，在这里住上一年之后，外界便没有多少新闻吸引记者们。他们发现，他们已经陷入在政治泥淖之中却又无能为力。譬如白修德写信告诉费正清："人越在这里待下去，就变得越狼狈。"他写到，这里有三个阶段。第一，所看到的到处都是肮脏和污秽。"第二，你得接受这些肮脏和污秽，因为你看到善良勇敢的人们，在克服一切困难为这个国家而奋斗。"他写道。"第三，在这些善良和勇敢背后，你看到的是腐败、贪污、阴谋、管理荒唐、怯懦、官员的贪婪。于是，人便不得不开始怀疑。"怀疑过后便是挫折。"我认为我比这座城市的任何人，包括《泰晤士报》的德丁，更为了解这个国家的现状。"白修德说："但是，尽管了解却派不上用场。它还在燃烧……它还挺立着……我们不能说出我们今天所了解的真相，因为这会伤害我们正在努力帮助的一个民族；而等到了明天，人们却又不会再对我们必须说出的一切有任何兴趣；不管如何，希望这不会是真的。"

　　外国记者的这种感受，正是不少中国知识分子当时的感受。这也是冯亦代记录他的日记时的背景写照。"寂寞，寂寞，这该是个寂寞的时代。为什么有这许多人在喊着寂寞呢？难道人的心都冷了吗？"读冯亦代这样的感叹，很容易想到巴金描写战时重庆生活的长篇小说《寒夜》。男女主人公早年的所有热情和理想，一日日被陪都的苦闷蚕食殆尽，进而生命也就萎缩凝结了。

现实生活的沉闷和灰色，冯亦代无疑是难以接受的。他颇为自负和清高，看不惯重庆一般人那种卑微。

《愁城记》在演的第一天，有许多看客不到终场便跑了。人们不能在一个纯真的生活里获得一种人性的温暖，这是我最感失望的。他们在过着怎样的生活呀！他们不敢看到自己，想到自己，于是当描写自己的故事搬到台上时，他们不敢看，也不愿看。是呀，他们的生活本来是深埋在污浊的笑料中的，他们作假，他们骗自己，于是一天天过去，赵婉和林孟平不过是小圈子的生活，但他们却生活在泥沼里，闭着眼，什么也不管，用卑微的笑料为自己的滋养，他们生了又死了，可怜的人！但是我们不但要打破小圈子，而且应当打破泥沼，否则我们没有纯真的生活，我们只是一批开着眼的瞎子。

戏散了，又是在雨里冲回去，我脑里有着太多的思绪，我不想睡。但是床头的灯却突然熄灭了，我躲在黑暗里，我永远躺在黑暗里，天呀！（1941年11月1日）

对现实灰色人生采取蔑视态度的人，心里一定有着亮光在闪烁。这便是爱情的浪漫。他需要用它充实自己，安慰自己。我想，冯亦代之所以在等待与妻子重逢的那半年里，几乎每天都能够用浪漫的笔调如此执着地记录他的思念与期盼，甚至相互之间的误会，就是想借此来摆脱日常生活的沉闷、压抑。在想象中的与妻子相对的场景里，在诸般感受的挥洒中他的情绪得以发泄，不然，用他后来的话来说，他会在那里发疯的。安娜的日记同样如此，彼此之间尽管有时总是难免产生一些误会乃至矛盾，但相互的情感却一直是真诚不变的。日记中的种种情绪与思虑，也就是现实中作者的生活。同时，也是当时时代背景中私人心迹与情感的真实呈现。

这样，个人的记录也就成了一段历史的丰富注脚。

1999 年 4 月 26—28 日，北京

静听教堂回声

一

生平只参加过一次弥撒，是在北京西什库天主教堂。

弥撒为歌唱家张权而举办。她是一个虔诚的天主教教徒，在晚年最后一些平稳的日子里，尽管知道身患癌症，她还是把许多时间花在教唱诗班学生身上。她有一个愿望：用弥撒的形式，用教堂的歌声为她的灵魂送行。

她女儿告诉我，妈妈去世的时候，天正好下起了雨。很巧，弥撒那天，早上又下起蒙蒙细雨。雨在外面飘着，人们在教堂里肃穆地听着牧师们的吟诵。弥撒过程对于我是陌生的，现在我已记不清楚许多细节，但印象永远不会淡漠的是唱诗班的歌声。

大概因为当时的气氛和心境所致，我觉得那是我听到过的最美妙最动人的合唱。宏伟而空旷的教堂里，管风琴声听来尤为纯净、悠扬。它步履轻盈来回穿行，抚摸着人们，消解人们因逝者而产生的伤感。在我听来，管风琴似乎并不是伴奏乐器，而是那些合唱的向导，是那一时刻每个人情感的向导。在它的引导下，合唱才显得更为舒缓、沉静，富有层次感，从而也使歌声如室外的细雨，无声无息地潜入听者的心。我不信上帝，但在那样一个场合，却觉得唱诗班的歌声，确乎有一种神圣感。而且，我相信，这样的合唱也只有在这样氛围中，当听者的心境处在与逝者相亲相近的时候，才能把宗教音乐的深邃揭示出来。后来，我有过好几盘类似的 CD 唱盘，虽然也觉得它们非常优美，但从音响中欣赏它们，其感觉远不如弥撒时直接倾听显得真切。

弥撒那天音乐带来的宁静与美妙，让我似乎更为接近了作为教徒的张权，从而也更理解了她。一个音乐家，她能从这样的音乐中，找到与自己心灵沟通的东西，生活中的种种磨难，加深着她的体验。音乐、生命、信念等等，在这个女性身上，达到和谐境界，宗教的慰藉对于她，既非强求，也不必摈弃。于是，她便以极为平静的态度走到人生的终点，甚至为了在人们心中保留一个完美的记忆，在逝世前的最后日子，她拒绝人们去医院探望她。

她便这样在弥撒歌声中远去。我想，她的灵魂由此得到了永久安宁。

我不信教，但对基督教并不陌生，只不过以往那些有限了解，都是来自书本。读一些西方文学名著，常看到在作家笔下，理想中的乐园得到诗意般的描述，或者充满献身精神的圣徒们，闪耀着伟大的光环。记述中世纪的史书，则让人走进历史的黑暗深处，看到阴森教堂里由教会导演的一幕幕悲剧。

张权是我所接触的第一个真正的教徒。

这是一个善良、和蔼、亲切的老人。实际上，她看上去比实际年龄要年轻得多。她身上有一种活力，这活力当然不是来自健康——因为她早已患上了癌症——而是来自对生命意义的透彻体会。她经历过那么多苦难，但谈到过去，从来就是用十分平静从容的口吻，仿佛一切都来得那么自然。谈到一些待她不公正的人，她也以十分谅解的态度淡化。她并不是没有是非，在一些历史与现实的事件面前，她常常表现出坦率与明快。我很喜欢去看她，我以敬重的心情凝望她。

有时她也谈到教会学校的生活，谈到她的宗教信仰，但她从不向我讲诸如教义之类的内容。她只是从个人的角度，谈她对生命的看法。她从来不要求我赞同她，不过，从言谈之中，我明白她希望我能理解她。

我不能说真正理解了她，但是，是她让我渐渐感到，其实生活中有着不少认识空白需要填充。当我带着这样的想法回望20世纪时，我才发觉对并不久远的这段历史，我们的认识同样存在着类似的空白。基督教及其教会学校与现代文人……他们绝不是历史描述中可有可无的一撇一捺，也不是一眼即可尽收眼底的景致风物。因现实的种种内因外因，它们既具体又丰富，具体、丰富得可以涉及社会的每个角落、历史的每段时光。又因历史的盘根错节风卷云涌，它们更显得复杂而棘手，令人欲说便休，却又欲罢不能。

我们怎么能视而不见呢？

二

由萧乾介绍认识张权，本身便是一个非常有意思的现象，具备了可解说的内容。

和张权一样，萧乾也是接受教会学校教育长大的，而且他的一位表嫂，恰恰是一美国教徒。从小学到大学，他的很多知

296

识、修养，他对世界的了解，可以说是在这样的环境里形成的。然而，对待基督教及其教会、传教士，他的态度有着明显差别，读萧乾早年的小说，便能够看到他对教会的讽刺与批判。感情上他从来就抵触教会，但正是这样一个被外国汉学家界定为"反基督教"的中国文人，在晚年却充满着对一个天主教徒的同情、敬意与友谊。

为什么会这样？基督教在他心中究竟占据一个什么样的位置？

我没有就这一问题询问过萧乾。我相信，对于他这样年龄他这样经历的中国文人，其生命体验，其文化修养，决定他面对基督教，不会只是一种简单的否定或者肯定。

不仅仅萧乾一个人。我发现现代文人中，和萧乾一样在教会学校上过学的人为数不少，北京燕京大学、上海圣约翰大学、沪江大学、南京金陵大学、杭州之江大学、广州岭南大学……数以千计的小学、中学暂且不论，如果仅仅统计一下在这样几所教会大学接受过教育的现代文人，就足以说明它们有可能对现代中国文化产生重要影响。冰心、老舍、许地山、林语堂、郁达夫、林徽因、杨刚……他们是我们熟悉的人物，在文学史上也各自占据着自己的位置。他们在教会学校的时间或长或短，对待基督教和教会的态度也各不相同，有的拒绝，有的则甚至受过洗礼，正式成为过教徒。

那些即使没有走进教会学校大门的人，同样也或多或少接受了基督教及其教会的影响。出现在我们面前的历史实情是，反对也好，赞同也好，吸收也好，摈弃也好，作为一种精神现象、文化现象，在许多未曾具有萧乾那种生活经历的文人身上，我们同样能够发现他们同基督教的关系。

这会是很有意思的回望。透过层层历史烟云，我们可以看到许多意味无穷的景象：不同文化的冲撞；教义与教会及传教士的矛盾存在；爱国主义的决定作用；民族性格的特殊性……

有时候我问自己，理解一个人和理解一种历史现象，究竟谁最难？或者说，描述一个人难呢，还是描述一种历史现象难呢？

也许都难。但后者似乎更难。不过，这一次我不愿意欲说便休，而是乐意看看现代文人与基督教的关系，在历史场景里来一次漫步，静听遥远的教堂回声。

我们该用什么样的色彩描绘历史上曾经出现过的那些画面呢？

踌躇满志雄心勃勃的传教士们，仿佛感到上帝的召唤，有一种神圣的使命感，要到遥远东方一个辽阔国度传播所谓上帝的福音——更具体的目的，也许可以说是扩展各自所属教会的势力范围。我们不能否认，他们中有的人怀着对上帝的真诚，有一种历来某些传教士所具备的献身精神；也不能否认有的人知识渊博，受到过启蒙时代人文精神的影响，对世界有一种全新的看法。许多，我们尚无法了解，当然也无法否定。然而，一旦他们踏上中国大地的脚步声，是与帝国主义列强侵略中国的炮声相伴随时，一切便发生了质的变化。

他们顿时陷入了历史的尴尬。

他们宣讲着博爱、仁慈的教义，但教会赖以保护的却不能不是他们同胞的枪炮；他们之中有的人当然不乏善良友好的举动，但对于中国人，深恶痛绝的是另外某些人表现出来的强暴、侮辱与丑陋。何况，他们中的一些人，肩负着双重使命，早已超出了单纯传教的范畴，成为列强大军中举足轻重不可或缺的角色。于是，所有与传教士有关的一切，都可能因受到侵略而燃起的民族义愤烧为灰烬，列强意图瓜分中国的硝烟，就这样不可避免地将基督教及其教会、教会学校，笼罩上了浓浓的、永远也无法驱散的历史阴影。

一个世纪前，西方传教士们会聚上海，召开过一次主要关于教会学校的会议。那是 1890 年 5 月。在这次"在华基督教传教士第二次代表大会"上，传教士们拥有自信与抱负，对在中国发展教会学校充满着乐观。他们认定自己所做的一切，将改变中国的未来，将培养出具有基督教精神的年轻一代。一位在这次大会上被选为"中华教育会会长"的传教士便这样强调过：真正的基督教学校，其作用并不单纯地教授宗教，而在于给学生以智慧的和道德的训练，使其能成为社会上及在教会中有势力的人物，成为一般人民的导师和领袖，一个受过高等教育的人是一支燃着的烛，别的人跟着他的光走。

此时的他们当然有理由为自己的状况自豪。据《中国近代教育大事记》记载，到 1876 年，全国基督教教会学校已达到：男日校 177 所，学生 2991 人；男寄宿学校 31 所，学生 647 人；女日校 82 所，学生 1307 人；女寄宿学校 39 所，学生 794 人；传道学校 21 所，学生 236 人。学校总数 350 所，学生 5975 人。对于刚刚打开大门的中国来说，这是一个可观的数目。

"中华教育会"后来改名为"中华基督教教育会"，更加明确了传教士的使命。19 世纪和 20 世纪之交发生的义和团运动，虽然一时打破过他们的梦想，但义和团的失败，很快又使他们获得了更大的机会与权力。1913 年，上海召开过另外一次外籍基督教传教士大会，这些传教士们以这样的语言再次表述自己的使命："我们最伟大的责任，是训练将成为信仰基督教的中国领袖的中国男女。"

旧日的抱负难以忘怀，他们当然不可能想象半个世纪之后，他们对中国的影响将几乎变为零。

于是，历史的一角，就这样展开在一块古老的土地上。

对于近现代中国人，面对的同样是一种历史的尴尬。

惊醒、反省、奋起、抗争，几乎每一阶段的步履，都显得格外沉重，甚至伴随着自己的屈辱、痛苦。睁开眼睛，打开大门，往往不得不接受、容纳陌生的东西，摆脱封建的封闭与折磨，有时又只能以放弃传统为代价。一切，一切，都以后人无法理解的方式发生，都以复杂的、难以简单概括的情形发展。

我所关注的那些中国文人，在20世纪初陆续走进基督教教会学校，或者以各种途径开始陆续接触基督教，他们的精神、性格、知识、修养等等，就只能在这样的历史背景中完成。这个世纪的实际状况，决定着他们不会与他们的前辈相同，也不会与他们的后代相同，在与基督教的关系上，他们是特殊的一代。

同时，他们不同的家庭环境，不同的生活状况，不同的性格，又使他们彼此之间各有差异，历史与文化的丰富与复杂，就在这样一些差异中表现出来。一切因宗教而发生，却又远远超出了宗教本身。正是在这样的背景下，传统与现代、中国与西方得以碰撞，一代文人（从年龄上说也许分属两代人）也得以形成，他们的存在，有时让历史现象显得扑朔迷离，有时却又让历史变得更有意味。

于是，在悠悠历史的长链上，我们观望的是前所未有的一环，也是不可能重现的一环。

既然往事都已发生，既然历史是以这样的形态出现，后人也只能面对。

三

在诸多文人之中，基督徒许地山的身影最为突出。他的行止，他的宗教造诣，使他既不容易为人忘记，又使他让人感到他显得多少有些寂寞和孤独，仿佛只有他一个人真正在拥抱耶稣基督。

1941年许地山在香港逝世，一位与他相熟的牧师撰文纪念他。这位牧师当然是将他视为一个基督教徒而予以颂扬，这证明了许地山与基督教的特殊关系。牧师说："他斌性和蔼，对物、对事、对人，不轻易下批评，惟对于基督教，则多所创例，他似乎不满于现代教会固执的教义，和传统的仪文。他要自由，他是纯粹民主性。他以为基督教育由希腊哲学借来的'原质观念'的神学思想，是走不通的。……固许先生眼中的历史基督，不必由'童生'奇事'复活''预言应验'等说，而发生信仰，乃在其高超的品格和一切道德的能力所表现的神格，更使人兴起无限的景仰崇拜，信服皈依。譬如耶稣说'你罪赦了'，马上便使受者良心快慰，如释重负，这种奇事和能力，固较'水变为酒''履海不沉''化少为多'的能力更大，更奇迹了。"

对于这位牧师的概括是否准确，我无从了解。不过，可以确定的是，许地山在生命的最后一些日子里，常常去这位牧师的教堂听布道，和牧师探讨基督教。牧师的话，可以看作对一个基督教徒的由衷敬仰。

在我看来，和别的曾经受过基督教的影响的文人相比，大概只有这个人最有资格称得上一个真正的基督徒。这不在于他早在十来岁时，就在家乡福建受到洗礼成了教徒，也不在于他在燕京大学神学院系统地接受和研究过基督教，而在于他和别人不同，他常常感到一种责任（或者可以说是一种使命感），这就是修正、丰富和传播他所信奉的宗教。

现代文人中，还没有一个人像他那样，一次次在文学作品中反映对基督教的理解，并借人物形象的塑造，探索生命的形式。一篇短短的《落花生》，似乎是在用简洁的文字，描述童年生活片段，借父亲之口颂扬一种踏实质朴的生活态度，然而，我更愿意将它看作一种牧师布道式的寓言。读它，语气平缓、言简意赅的风格，让人想到《圣经》。"你们偶然看见一棵花生瑟缩地长在地上，不能立刻辨出它有没有果实，非得等到你接触它才知道。"他难道仅仅是在说明一个生活道理？显然不是。正是在皈依基督教、迷恋宗教比较研究的时候，他写出了这些文字。是否在告诉人们他所经历的故事？是否期待着人们如他一样，去接近那棵"落花生"？虽然他也写过一些贯穿着佛教思想的作品，但那是他对宗教研究的一个补充方式，而基督教对于他无疑是最为主要最为持久的。

这便是与众不同的许地山，他选择了"落华生"这样一个笔名。成为作家，写小说等等，肯定不是他的目的，和文学相比，他显然更偏爱宗教。他愿意自己就是一棵"落花生"，他希望人们通过他的笔，了解生活之外、生活之上的某种东西。这种东西也许存在于现实之中，也许完全出自精神的描述。因此，读他的作品，我常常感到的并非是现实的刺激，而是显而易见的说教意味，并随时可以触摸到一种浪漫情调。他的人物，徘徊于现实背景和理念之间，有时你仿佛感受到他们的体温、气息，但忽然又虚无缥缈，闪动在一个似乎永远也不可能存在的世界里面。

这里，我想到了老舍。1921年，老舍和许地山一同在北京参加一位牧师组织的"率真会"和"青年服务部"，第二年在缸瓦市基督教堂，老舍正式接受洗礼。不能忽略许地山对老舍的影响，因为早在这之前，许地山就受过了洗礼，并在燕京大学任教，可以说是一个颇有造诣的教徒。而他们相识时，老舍还没有密切接触过基督教，二十三岁的老舍，在基督教堂夜校里学习英语之后，才开始成为一名基督教徒。一个成熟的青年选择自己的信仰，显然是受到不同方面的综合影响才能如此。这里，教义、牧师、教友等的作用，都不可忽视，而许地山就在其中。这时，他们有机会一同吟诵《圣经》，一同以青年的热情聆听那教堂的歌声。

这段经历对于老舍来说并不算短，其间他也做过许多与教会有关的重要事情，譬如担任缸瓦市基督教会主日学主任，起草该教会的《现行规约》，翻译牧师的作品，宣讲《圣经》。但是，老舍从来没有离开他所生活的空间，从来没有像许地山那样敢于教义的思索，更没有那种浓烈的宗教情怀。他最感兴趣的，依然还是胡同里每日变化着的人与事，他的脚，并不是踏着圣歌前行，更多的时候，也许是徘徊于市井的叫卖声，或者庙会上的喧闹、胡同里的琐碎之间。

这可能是决定性的区别。于是，同是教徒的老舍和许地山，在某一时期有着相似之处，但当生活一日日过去，小说家的老舍和小说家的许地山，自然而然显出了不同。

老舍开始文学创作仍然与许地山有关。1924年他们差不多同时抵达英国，还一起住过一段时间。正是受到已经成为作家的许地山的鼓励，老舍开始了小说创作，并经许地山介绍向国内投稿，还参加"文学研究会"。但老舍从一开始，就走着和许地山完全不一样的路。他的小说，没有教义的说教，没有理念的影子，他热衷的是生活的故事，是食人间烟火的人，即使《猫城记》这类作品，仍然是想象力生活观察力的另外一种形式的结合，而非其他。读他的作品，看他的举止，我们看不到多少与许地山相似的影子。

于是，友谊继续着，但教堂的歌声在各自心中的回响已然不同。

长老会牧师的儿子林语堂也聆听着教堂的歌声。

他比谁都有资格、都有可能成为一个虔诚的基督徒。他一降生，就生活在宗教的摇篮里，他的啼哭，伴随着教堂唱诗班的歌声。他回忆，他的家就安在教堂里，来自西方的传教士住在楼上。父亲是一个热心、善良的基督徒，从小就留给他深刻的、美好的印象，而传教士们在他的眼里，也与一些人的看法不同，并非凶煞魔鬼，却是可亲可敬的"洋人"。在这样一个环境里，童年时他便入了教，随后，他进了教会学校，在当时中国最为著名的上海圣约翰大学神学院完成学业。这是一个标准的教徒成长过程。

他也的确一时间热衷于父亲献身的事业，并愿意将自己献身基督。他觉得自己有很深的宗教体验。他不能设想有一个无神的世界，甚至觉得如果上帝不存在，整个人类、整个宇宙就将毁灭。

然而，林语堂最终也没有成为另外一个许地山。可以说，即使有着如此便利的环境与条件，他也从来没有沉溺于所谓的教义、神学之中。相反，正是那些神奇传说、繁琐条文，乃至礼仪，让他感到困惑，感到厌倦。在神学院里，愈是研究神学，他的神学信念愈是减少。林语堂记述过这样一件往事。在清华大学任教时，他自动负责一个星期日圣经班，但种种圣诞故事、神学条文愈来愈让他感到荒诞而不可信，多年来形成的宗教信念令他苦恼。这时，他和一个同事有了这样一次交谈：

"如果我们不信上帝是天父，便不能普爱同行，行见世界大乱了，对不对呀？"

"为什么呢？我们还可以做好人，做善人呀，只因我们是人的缘故。做好人正是人所当做的咧。"

林语堂说，当年就是这样一句答语，"骤然便把我同基督教之最后的一线关系剪断了"。这显然是一种夸张表述，因为许多年后，晚年的他在50年代又宣布最终皈依基督教，认为经过一生的追寻，他才发现基督教符合自己的理想。他说这样做他有一种回家的感觉。不过，我宁愿将这看作一个老人疲乏的心灵找到一处歇息地，而非真正的宗教意识与追求。

五

对另外一些人来说，神学、礼仪、传教士、教会等等，则不仅仅限于一种烦恼。各自生活环境家庭背景的不同，各自性格的不同，导致他们一开始就由厌烦而产生反感、拒绝，乃至贬斥。

萧乾不止一次回忆过他在教会学校的生活。他从小就从那位传教士堂嫂那里学习英语，当然也包括基督教，可是他从来没有成为教徒，相反，后来倒成为一个"反基督教"的作家。前些日子，我告诉他我准备写这篇文章，他又谈到了他与基督教的最初接触。他说，教徒们繁琐的仪式让他厌倦。他的堂嫂属于基督教中最迷信的一个派别，大约是原教旨主义。每日吃饭前睡觉前，都必须跪在地上不厌其烦地向上帝祈祷，甚至出门前也得祈祷。对于幼小的他，这是难以忍受的。和所有孩子一样，他需要的是自由，是活泼，而不是约束。

不过，最让他反感的却是教会学校。一个孤儿，缺少家庭温暖，使童年的他尤为渴望安慰与关怀。但是半工半读的学校生活，传教士们表现出来的歧视、冷漠和虚伪，使他无法在吟诵《圣经》时，以心去接近上帝。当被迫跪在地上祈祷时，他心底却是抱怨，思绪则飞到窗外，想到他饲养的小羊，想到伙伴们的快乐。后来一年又一年，在中学、大学，他一直在教会学校里进进出出，但少年的经历决定他无法选择基督教。一旦提起笔，那些生活体验却变为他创作的源泉，他所看到的、他所认为的教会的荒唐、虚伪等，便成为他讽刺的对象。

郁达夫有着相似的体验。这是一个敏感而忧郁的性格。十七八岁时，他在杭州两度进出长老会办的之江大学预科、浸礼会办的蕙兰中学，每一次他都无法忍受其间的压抑气氛，总是匆匆离去，在他那里，传教士从没有留下什么可爱可亲的印象。他的笔和萧乾的笔一样，对传教士没有丝毫客气与宽容，甚至更加犀利、尖刻。在日本创作的小说《南迁》中，一个西方传教士，完全是一个丑角式的人物，在生活场景中，显出他的可笑、虚伪。

在这方面，许地山再次表现出牧师所称赞的"神学本质"。他虽然没有萧乾、郁达夫那样的体验，但他也遇到过林语堂所感到的那种烦恼。不过他并没有由此而回避。如那位香港牧师所说，许地山根据自己对不同宗教的比较研究，根据他对基督教义的理解，不断地在理论上矫正着、补充着他从传教士那里接受到的东西。

正如生活中每个人都有自己的生存方式一样，打量上帝的目光，接近教会的姿态，也因时、因地、因人而异。

有些事情，常常以出乎人们本来愿望的方式发生。对于曾经活跃在现代中国的那些教会和传教士来讲，尤其如此。他们明白自己肩上的使命，也明白自己所处的位置，他们要在芸芸众生与基督之间架设一座桥梁。可是，他们中的许多人，可能最终也没有明白，恰恰是他们自己本身，成了两者之间的障碍。

纵然有一些善良的传教士存在，他们却无法改变历史的框架。相反，一些传教士和教会的恶行，与种种历史因素相结合，将他们自己、将教会，定位在一个非常尴尬的处境。中国受帝国主义侵略这一历史现实，更使与之有着密不可分的教会，常常成为燃烧着爱国主义精神的中国文人笔下抨击的对象。在这样的时候，强烈的民族自尊和爱国热情，会取代宗教情绪。"反基督教"的萧乾、郁达夫自然如此，即使老舍这种受过洗礼的教徒，一旦涉笔爱国主义内容，传教士和教会同样成为他鞭挞的对象。

本来相互依赖不可分割的教会与基督教精神，对于大多数中国文人来说，实际上是两种完全不同的东西。前者，作为一种现实存在被抨击、被排斥，后者，作为一种精神财富来接受。

五四时代的陈独秀并不反对基督教本身。在1920年写的《基督教与中国人》一文中，他用赞美的笔调描述基督教。他把基督教精神概括为崇高的牺牲精神、伟大的宽恕精神、平等的博爱精神。在他看来，基督耶稣是一个伟大的人格，他甚至说："要把耶稣崇高的、伟大的人格，和热烈的、深厚的情感，培养在我们的血里，将我们从堕落在冷酷、黑暗、污浊中救起。"但是，在1922年的《基督教与基督教会》中，他明确地将教会钉在耻辱柱上："博爱，牺牲自然是基督教义中至可宝贵的成分；但是现在帝国主义资本主义的侵略之下，我们应该为什么人牺牲，应该爱什么人，都要有点限制才对，盲目的博爱牺牲反而要造罪孽。……综观基督教教会底历史过去的横暴和现在的堕落，都足以令人悲愤而且战栗，实在没有什么庄严神圣之可信。"

于是，政治意义上的教会，如同梦魇一般被我们的文人们抛弃。

六

美妙诱人的精神依然美妙诱人。不过，舍去礼仪和教会的基督教精神，在中国文人这里，必然渐渐淡化了它的宗教功能，而成为自我理想和自我人格完善的载体。与基督教精神密切相连的那些宗教艺术、文学、绘画、音乐，更是以永恒的魅力，一日日走进人们的生活。

冰心该是一个很好的例证。她在贝满女中、燕京大学读书，并在大学时受洗。可是，对于她，教会或者所谓仪式从来就不重要，甚至洗礼本身也无所谓庄重、神圣。她受洗，是因为老师说同学都看着她，如果她不受洗，别人也不受洗。这种仪式的无所谓态度，并不意味着她对基督教的轻视，相反她觉得自己从心灵上，更亲近基督教。她承认，自己作品中无处不在的母爱，就是受到基督教的影响："因着基督教义的影响，潜隐地形成了我自己的'爱'的哲学。"

巴金则属于另外一种人。他信仰过无政府主义，从来就没有赞同过基督教。但他对充满基督教色彩的托尔斯泰，却满怀崇敬之情。他曾被波兰作家显克微支的长篇小说《你往何处去》

深深感动，圣徒遭受迫害勇敢地上十字架的情节，给他留下了难以忘怀的印象。他有过基督教徒的朋友，信仰的不同，从不影响他们的友谊。他愿意理解他们，更愿意彼此之间，得到心灵的沟通。40年代，当他创作《火》第三部时，主人公田惠世这样一个基督徒和家庭，便得到了一种诗意的描写。

对于这些文人来说，对基督教精神的接受，实际变为一种文化选择。他们没有成为教徒，却友善地将这一份人类文化遗产接纳。

许许多多文人的性格，便在这样的背景下以这样的方式形成。不管他们对待基督教是什么态度，也不管如何评价他们的选择，当他们主动或被动地走向基督教走进教会学校时，就注定要迈出了不同于前辈的步履。

一个并非漫长的过程，却有着巨大的历史跨度，因为，一种新的特殊文化形态出现在这块古老的土地上。外语，为从教会学校出来的那些现代文人打开瞭望世界的窗户，基督教更将他们直接置于不同文化的冲撞之中。冲撞中困惑、痛苦，冲撞中思索、选择。从此，不同文化的交融，才变为可能。他们不再是禁闭心灵的封建遗老遗少式的八股文人，也不再只以单一的苍白的目光看待世界。

当新世纪走来时，他们在基督教里打了个滚，没有成为传教士所期望的教徒，却在文化创造上展现出不同风采，历史地成为古老土地上崭新的一代。

当牧师的儿子林语堂在清华大学宣布放弃基督教信仰时，实际上就是在做出一个最具中国化的文化选择。

他所接受的教会教育，让他强烈感受到一种尴尬：英文比中文好，对西文历史和文化的了解，远远超出对中国历史和文化的了解。他无法掩饰自己的这种难堪。于是，他愿意开始一个新的历程："带着羞愧，浸淫于中国文学及哲学的研究。"

于是，在以后的岁月里，人们看到的林语堂，并非他父亲所期望的、他自己早年所设想的模样。虽然他的学识，他的建树，与西方文化紧密相连，但作为一个性格，作为一种文化代表，他更接近于中国传统文化的某种模式。有的人赞赏他的我行我素，如野鹤闲云般的潇洒；有的人推崇他发掘中国文化中的真性情。能够这样，他自己似乎也十分陶醉："行为尊孔孟，思想服老庄，这是我个人自励的准绳。文章可幽默，做事须认真。也是我律己的明言。"

基督教的影子哪里去了？宗教意识哪里去了？

这里，传统文化、民族性格再次表现出能够包容一切、消解一切的恢宏，表现出难以抵御的魔力。令林语堂一度惭愧的不仅仅是一种母语，或者美丽的传说、深奥的哲学。他面对的是一个巨大的悠久的文化存在。它们早已存在于他脚下的大地，它们决定着中国文人的生存方式，决定着文人的对待宗教的态度。任何人，意识到也好，意识不到也好，谁也无法让自己完全摆脱它的制约，而只能在一个巨大影子笼罩下生存与发展。

这是一片浩渺的大海，这是无边无际的时间与空间，一切都将汇入其中，一切都将被卷入其中无声无息地消解。

我想到最近看到的李泽厚先生的一席话。他比较中国哲学与西方哲学的根本不同，说西方哲学关注的是"本真状态"（to being），中国思想家关注的是"如何、应该"（how to do）。他甚至认为中国没有纯哲学，顶多是半哲学、半宗教，是教育人"应该"做什么的过程，不反映大的存在状态。在我看来，这是对中国文化的一个非常准确的概括。

出现于悠长历史中的中国文人，也许从来没有真正意义上的宗教感。生命本体的思考，死亡本质的忧虑，很难取代他们对现实的介入，对生活的拥抱。即使历史上有过许多信佛道的文人，20世纪也有过李叔同、苏曼殊这样的遁入空门的文人，但他们与世间的联系，却常常不是宗教的，而是艺术的、文学的，并以这样的方式入世，人们也同样如此仰望他们，目光里不会有太多宗教成分，而是对才华与学识的钦佩，对某种性格的描绘。

入世，这才是几乎所有中国文人最为根本的需求。他们以文学，以艺术，以不同手段，一点点表现着自己，一点点发展着自己，并由此获得一种内心的充实，或者人生价值的体现。即便宗教，常常也会超出它的本来意义，成为如同文学一样的工具，把他们入世的强烈愿望和某种生活态度，以一种更为奇特的方式表现出来，获得另外一种效果。

我们视野里的那些现代文人，即便信教者，都自觉不自觉被传统的惯性推动着前行，他们不可能脱离这样的轨道。他们很少有人会完全回避中国的现实，脱离个人生活的状况去信教，如同传教士所希望的那样，无条件地接受上帝，在生命为何存在的问题上苦思冥想。文化传统使他们不会这样，生存空间也使他们不会这样。他们永远不会是真正意义上的宗教徒，而是根据自己的需要，将不同宗教的精神交融于自己的文化性格之中，在弥漫着浓郁世俗气息的文化创造中，完成自己的生命塑造。

我想，这绝对是20世纪初那些踌躇满志的传教士们无法预料也难以接受的现实。看到他们的学生，一个个以这样的姿态走出教会学校，他们该发出怎样的感叹？

几年前，一个受过洗礼的瑞典朋友，曾送我一本他所喜欢的瑞典诗人拉各维斯特（Par Lagerkvist）的诗集。诗人曾在50年代获得过诺贝尔文学奖。这本《黄昏土地》（*Evening Land*）是英、瑞文对照本，而英译者则是美国著名诗人奥登（W. H. Auden）。朋友在扉页上为我写了这样一段话："这些诗已经陪伴我许多年，因为它们表达出我自己所感受到的情感和思想。也许它们更内在地反映了我们两种文化所共同拥有的东西。"

我喜欢《黄昏土地》中的诗，闲暇时，还心血来潮，将整部诗集都翻译成中文。我并没有指望出版它，我只是希望周围的朋友也能欣赏到这些有着优美意象和深邃宗教感的作品。

拉各维斯特是一个典型的宗教意识强烈的诗人，他在五十岁之后感受到生命的黄昏。在黄昏中，他回望身后的路，希望寻找精神的所在。于是，整个诗集便产生强烈的宗教情绪，因为他把自己，当然也包括他所生活的人类，置放在广袤宇宙之间，仰望着设想的上帝，从那里寻找出生存的价值，寻找生命的意义。

读这样的诗歌，我有时想，生命黄昏季节，执着于一种形而上的思索，可能正是信仰基督教的西方文人与中国文人的不同。我们所熟悉的中国文人，哪怕接受过基督的影响的人，也很少能像拉各维斯特那样，在总结一生时把自己的存在与精神上的上帝联系在一起。

不过，我们的文人也有他们的可爱可敬之处。比较来说，他们以另外一种符合中国传统的方式，在生命的黄昏季节执着于人格的完善，执着于在个人与现实之间建立一种实际联系。也就是说，他们更入世，更显出生活的暖意。他们在亲切地对着我们微笑。他们也很少有拉各维斯特诗中显露的那种人生疲倦和困惑，即使在晚年，也有一种积极的人生态度，和年轻人一道行走着。他们的笔锋却永远带着青春的活力，他们表现出来的对现实生活的热情关注，他们表现出来的对历史和现实的思考，其敏感和深刻，在许多方面并不逊色于年轻人。谈到死亡，他们几乎都是坦然一笑。那种西方老人常常产生的困惑、恐惧，在他们身上可以说很少见到。从这个意义上，他们注重的不是个人生存的意义，而是周围的生活，也包括他们走过的历史。

其实，每当想到他们时，我也会产生一种奇妙感觉，仿佛他们身上，也有类似于宗教追寻一样的东西。那就是他们始终用自己的，也就是中国文化的方式，寻找着生命的真理与意义。

精神永远是一个无法一致的世界，每个人都在用各自的方式感受着生命。那些杰出的文人，无论东方或者西方，无论有无宗教信仰，都在完成着自身的塑造，都在倾听自己心中的歌，在上帝面前，他们都可以自豪地微笑——如果有上帝的话。

写于 1995 年 2 月上旬

《长河文丛》

梁由之 主编

九州出版社出版

第一辑

《旅食与文化》汪曾祺 著

《往事和近事》葛剑雄 著

《大师课徒》魏邦良 著

《书山寻路》魏英杰 著

第二辑

《旧梦重温时》李辉 著

《四时读书乐》王稼句 著

《汉代的星空》孟祥才 著

《从陈桥到厓山》虞云国 著